»Sie ist eine Meisterin des Plots, der Pointe und der Botschaft. Diese Erzählungen sind ein ungeheures Lesevergnügen, nicht zuletzt die Geschichte von den umwerfend komischen Erfahrungen einer Reisegruppe, die von ihrer entnervten Reiseleiterin in Abu Simbel sitzengelassen wurde.« (Irish Times)
»Eine wunderbare Sammlung – ein Fest der Erzählkunst.« (Publishers Weekly)

Penelope Lively wurde 1933 in Kairo geboren und verbrachte dort ihre Kindheit. Seit 1945 lebt sie in England. Sie studierte in Oxford Geschichte und hat zahlreiche Romane und Kinderbücher veröffentlicht. Für ihren Roman ›Moon Tiger‹ erhielt sie 1987 den Booker-Preis. Auf deutsch sind außerdem erschienen: ›Kleopatras Schwester‹ (1994), ›London im Kopf‹ (1995), ›Der wilde Garten‹ (1995), ›Ein Schritt vom Wege‹ (1996), ›Hinter dem Weizenfeld‹ (1996).

Penelope Lively

Die lange Nacht von Abu Simbel

Erzählungen

Deutsch von Isabella Nadolny

Deutscher Taschenbuch Verlag

Deutsche Erstausgabe
Dezember 1998
Deutscher Taschenbuch Verlag GmbH & Co. KG, München
© 1986 Penelope Lively
Titel der englischen Originalausgabe,
der diese Erzählungen entnommen sind:
›A Pack of Cards‹ (William Heinemann Ltd., London 1986)
© 1998 der deutschsprachigen Ausgabe:
Deutscher Taschenbuch Verlag GmbH & Co. KG, München
Umschlagkonzept: Balk & Brumshagen
Umschlagfoto: © Sylvain Grandadam/TONY STONE
Gesetzt aus der Aldus 10,5/12˙ (QuarkXPress 3.31)
Satz: KCS GmbH, Buchholz/Hamburg
Druck und Bindung: C. H. Beck'sche Buchdruckerei, Nördlingen
Gedruckt auf säurefreiem, chlorfrei gebleichtem Papier
Printed in Germany · ISBN 3-423-12568-3

Inhalt

Die lange Nacht von Abu Simbel

In Kairo hatten sie sich über den Verkehrslärm beschwert, und in Saqqara wollten Mrs. Marriott-Smith und Lady Hacking auf die Toilette und machten sie dafür verantwortlich, daß sie sich schließlich notgedrungen hinter eine Sanddüne zurückziehen mußten. Zwei hatte sie auf dem Flughafen Luxor verloren, und die übrigen hatten in einem Zustand wachsender Meuterei im Bus gewartet. Einige gingen dazu über, in ihrer Hörweite auszurufen: »Was macht denn die Unglücksperson nun schon wieder?« In Karnak war der Guide nicht rechtzeitig da, und sie hatte sie eine halbe Stunde bei 35 Grad im Schatten bei Laune halten müssen. Auf dem Schiff hatten sich einige darüber beklagt, daß ihre Kabinen auf dem Unterdeck lagen, und der alte Mr. Appleton war offenbar auf Milchdiät, ein Detail, das man im Londoner Büro nicht an den Koch weitergegeben hatte. Jetzt wußte sie, daß sie nicht nur Auslandsreisen und ihre Tätigkeit als Reiseleiterin nicht leiden konnte, sondern sich für Menschen ganz allgemein nicht sonderlich interessierte. Doch sie lächelte weiter und wiederholte, man werde zwischen fünf und sechs Uhr Schecks einlösen können und nein, sie glaube nicht, daß es in Assuan einen Fußpfleger gebe. Als mehrere lautstark über Verdauungsbeschwerden klagten, erwähnte sie nicht, daß es ihr ebenso ging. Sie war die Zielscheibe ihrer Proteste und Forderungen, wenn sie sich gerade in eine entfernte Ecke des Sonnendecks geflüchtet hatte und während jeder Mahlzeit. Zurückgezogen in ihre Kabine, setzte sie ein Bewerbungsschreiben an den Grundstücksmakler in Richmond auf, bei dem eine nette Stelle im Sekretariat frei war.

In Edfu wurde die Richterin aus Knutsford von einem Teppichhändler übers Ohr gehauen, zur insgeheimen Befriedigung einiger Mitreisender. In Esna verlor Miss Crawley ihre Reiseschecks, und Julie mußte den ganzen Weg zurück zum Tempel und sie suchen, zwischen den streunenden Hunden und den Basaltkopf-Händlern und der amerikanischen Gruppe vom *Minnesota Institute of Art*, die nett und hilfsbereit waren und ihre blaugetönte, überschwengliche Gruppenführerin ständig verulkten. Alle nannten sie mittlerweile Julie, aber mit einem quengelnd fordernden Unterton, bis auf den pensionierten Bankdirektor, der versucht hatte, ihr hinter einer Säule in Kom Ombo an den Hintern zu fassen, und ihr überallhin folgte mit dem Ansinnen, später, wenn seine Frau ihr Schläfchen hielt, einen trinken zu gehen.

Keiner von ihnen hatte das Reiseprogramm richtig gelesen. Als sie entdeckten, daß sie in Assuan anderthalb Stunden auf den Flug nach Abu Simbel warten mußten, umringten sie sie und beschwerten sich. Sie wünschten ein weiteres Flugzeug eingeschoben zu sehen und sich darauf verlassen zu können, daß sie nicht gemeinsam mit der französischen und der japanischen Gruppe dort wären, und Lady Hacking sagte immer wieder, daß es ja in Gottes Namen dort wohl anständige Restaurants geben würde. Schließlich kriegte sie sie alle in die Maschine und aus der Maschine in den Bus, wo der Guide namens Fuad, den die Agentur in Assuan fest zugesagt hatte, durch Abwesenheit glänzte. Sie ging zurück ins Flughafengebäude und rief das Büro in Assuan an. Es war geschlossen. Der Mann am Schalter der *Egypt Air* wußte von keinem Fuad. Sie kehrte zum Bus zurück und teilte es ihrer Reisegesellschaft in möglichst heiterem Ton mit. Die Busse mit den Amerikanern, den Franzosen und den Japanern fuhren inzwischen, mit ihrem jeweiligen Fuad

8

oder Ashraf bestens bestückt, in drei Staubwolken den Weg zu den Tempeln hinunter.

Kommentare blieben nicht aus. Der Busfahrer spuckte aus dem Fenster und schloß die Tür. Sie ruckelten über den Wüstensand. Der Nassersee lag rechts von ihnen, hellblau, umsäumt von lederbraunen Hügeln. Diejenigen, die sich vom Ärger über das Nichterscheinen Fuads schon genügend erholt hatten, äußerten sich freudig. Die übrigen klagten weiter. Der Fahrer hielt auf der höchsten Stelle des Weges zum Tempel hinunter. Alle stiegen aus. Miss Crawley sagte, sie sei sich nicht klar darüber gewesen, daß man schon wieder gehen müsse. Sie trotteten zu zweit und zu dritt los und standen endlich vor dem blind starrenden Gottkönig. Mrs. Marriott-Smith sagte, es mache einen denn doch trotz allem nachdenklich, und Miss Crawley entdeckte, daß sie leichte Blasen an den Füßen hatte, und die Frau des Geometers sagte, so leid es ihr täte, aber sie sähe nirgends eine Gelegenheit, etwas zu essen zu kriegen. Sie standen herum und fotografierten und zogen im Kielwasser der geführten und informierten Franzosen und Japaner in die düsteren Tiefen des Tempels, und als alle außer Sicht waren, verließ Julie sie.

Sie ging mit raschen Schritten den Hügel hinauf dorthin, wo der amerikanische Bus stand, dessen Gruppe bereits eingestiegen war und dessen Fahrer gerade den Motor anließ. Sie stieg ein und fuhr mit ihm zum Flughafen, wo sie lächelnd einen Umschlag mit zweiundzwanzig Rückflugtickets Assuan–Abu Simbel–Assuan bei dem Burschen am Schalter der *Egypt Air* deponierte. Dann bestieg sie zusammen mit der amerikanischen Gruppe die Maschine. Bald gesellten sich die Japaner und die Franzosen dazu. Die Maschine hob pünktlich ab, wie immer, worauf die Stewardeß stolz hinwies, während sie aus dem Fenster auf das wegkippende einsame Flughafengebäude hinabblickte.

Die Gruppe von *Magitours* widmete sich weiter der Sehenswürdigkeit. Man versammelte sich vor der Steintafel, die Gamal Abdul Nasser zum Gedenken an die internationale Hilfe zur Erhaltung der Menschheitsschätze enthüllt hatte. Die anderen Reisegesellschaften begaben sich den Weg hinauf zu den Autobussen. »Endlich Ruhe und Frieden!« sagte Lady Hacking. »Ich weiß nicht, was mich mehr verrückt macht, die Amerikanerinnen mit ihrem Geschreie oder die Franzosen, die dauernd drängeln und schubsen.«

Mr. Campion, der ältere Polizeiinspektor, der im Besitz eines vernünftigen Reiseführers war, übernahm die Rolle des abwesenden Fuad und informierte sie über Ramses den Zweiten und die technische Großtat, die beim Errichten des Tempels an seinem gegenwärtigen Standort vollbracht worden war. Die Gruppe, entsprechend demütig vor dem Ausmaß beider Begriffe, bewegte sich ehrfürchtig rings um die hoch aufragenden Tempelsäulen und bewunderte die übermenschliche Leistung, das Ganze in einen künstlichen Hang hineinzusetzen. Man war sich einig, daß es ungeheuer eindrucksvoll sei und durchaus eine Reise wert. Wer noch an Magenverstimmung litt, begann unruhig zu werden, und Mrs. Marriott-Smith sehnte sich nach ihrem Dinner, aber im großen und ganzen war die Stimmung positiv. Sie traten aus dem Tempel heraus, saßen herum und bewunderten den See, den jetzt rosenfarbene Streifen zierten, weil die Spätnachmittagssonne schon der Wüste zuzusinken begann. Einige Frauen zogen ihre Strickjacken über; es war erstaunlich, wie rasch es sich abends abkühlte. Mr. Campion las weiter aus dem Reiseführer vor. Keiner achtete auf die fernen Rufe des Busfahrers oben auf dem Hügel. Jemand sagte: »Die verflixte Person ist schon wieder weg.«

Der Busfahrer, der nur für eine bestimmte Zeit gemietet war und nicht länger, hupte fünf Minuten lang. Dann

warf er – da ihm jegliche Anweisung fehlte – seine Zigarette aus dem Fenster und fuhr seinen leeren Bus zurück
ins Depot.

Die Sonne war schon fast untergegangen, als die letzten
zum Flughafen kamen. Miss Crawley hatte nunmehr ganz
fürchterliche Blasen an den Füßen – nach gut drei Kilome-
ter Fußmarsch. Mr. Campion war es, der die achtlos auf dem
Schalter der *Egypt Air* beiseite geschobenen Rückflugtickets entdeckte. Doch es dauerte ungefähr zehn Minuten,
während derer die Gruppe sich langsam um ihn sammelte,
nun ganz kleinlaut und in einer Mischung aus Wut und
Besorgnis, ehe der Groschen fiel. »Ich kann es einfach nicht
glauben«, sagte die Frau des Geometers immer wieder. Der
Beamte der *Egypt Air*, mit einem Sperrfeuer von Fragen
konfrontiert, zuckte ungerührt die Achseln. Wer sich am
Außenrand der Gruppe befand und nicht ganz begriffen
hatte, was vor sich ging, drängte näher heran, und als einer
dem anderen die Ungeheuerlichkeit ihrer Zwangslage
erklärte, wurde das Murren lauter. Mr. Campion, der entschlossen Ruhe bewahrte, konzentrierte sich auf den Burschen von *Egypt Air*. »Also wann geht die nächste Maschine?« Es gab keine. Die letzte startete allabendlich um
halb sechs.
»In diesem Fall«, sagte Mr. Campion beherrscht, »werden
Sie Assuan anrufen müssen, verstehen Sie, und ein weiteres Flugzeug anfordern.«
Der Beamte von *Egypt Air* lächelte nur.
»Unsinn«, sagte Mrs. Marriott-Smith. »Natürlich können die ein Flugzeug schicken. Sagen Sie ihm, er soll nicht
albern sein.«
Der Beamte von *Egypt Air* zuckte die Achseln und führte
ein Telefongespräch mit der Miene eines Mannes, der bis zu
einem gewissen Grade bereit ist, eine Schar von Irren zu

beschwichtigen. Das Ergebnis des Telefonates war allen klar, noch ehe er den Hörer auflegte.

»Na schön«, sagte Lady Hacking. »Dann müssen wir uns eben damit abfinden. Fragen Sie ihn, wo das nächste Hotel ist.«

Der Polizeiinspektor, an Fragen über Leben und Tod gewöhnt, machte sich gar nicht erst die Mühe, ihr zu antworten. Diese Frau war ihm mit ihrer ganzen Art schon seit Tagen auf die Nerven gegangen. Er zeigte schlicht in Richtung der großen Fenster der Flughalle, die auf die Wüste hinausgingen. Hie und da sah man einen struppigen Baum oder einen schlechtgelaunten herrenlosen Hund, die einzige Landebahn durchschnitt eine Sandfläche, die jetzt im Licht der untergehenden Sonne lila, rosa und ockerfarben war. Auch der Rest der Gruppe folgte Mr. Campions zeigender Geste.

»Himmlische Farben«, sagte die Richterin aus Knutsford. Sie hatte schon seit dem ersten Morgen im Kairoer Museum betont künstlerische Empfindsamkeit an den Tag gelegt.

Jetzt wurde die Bestürzung allgemein. »Ich glaub's einfach nicht«, sagte die Frau des Geometers. »Wirst es schon müssen, verdammt noch mal«, schnauzte ihr Ehemann. Die Gruppe musterte unter erschrockenem Murmeln die erbarmungslose Realität der Flughalle. Da gab es ein halbes Dutzend Reihen steifer Schalensitze aus Plastik, zwei, drei Plastiktische und eine Limo-Bar, an der ein junger Bursche bediente. Er, der Beamte der *Egypt Air* und ein paar Porter oder Putzleute beobachteten sie jetzt mit mattem Interesse. Es gab auch noch den Schalter der *Egypt Air*, in den der Beamte ein schmuddeliges Schild GESCHLOSSEN gestellt hatte, ein paar zerfetzte Plakate an den Wänden: der Tadsch Mahal, Sri Lanka – und eine Unmenge überquellender Abfallbehälter. Wer bereits hastig in die Damentoilette vorgedrungen war, fand sie am einen Ende überschwemmt von Urin und überwacht von einer Frau, die jeder Kundin ein verdrecktes Handtuch reichte und dann erwartungsvoll neben ihr stehenblieb. Lady Hacking zeigte vorwurfsvoll auf den überschwemmten Boden; die Frau nickte und wies auf eine der Kabinen, aus der sich ein Schweif durchweichtes Toilettenpapier ergoß. »Nix gutt.« – »Dann *tun* Sie gefälligst was«, sagte Lady Hacking streng.

Es war jetzt sechs Uhr dreißig. Die Gruppe hatte sich mit zunehmender Dringlichkeit an der Limo-Theke eingefunden. Es war die verspätet eintreffende Miss Crawley, die feststellte, daß nur noch ein halbes Dutzend Dosen *7-Up* und vier Packungen Chips übrig seien. Wer im Besitz der einzigen drei Sandwichpäckchen und der einzigen Packung Keks war, blickte je nach Temperament trotzig oder schuldbewußt. »Dreizehn von uns«, verkündete Miss Crawley laut, »bekommen überhaupt nichts.« Das Prinzip des »Wer zuerst kommt, mahlt zuerst« kollidierte jetzt mit zögernd aufflackerndem Gemeinsinn. Die beiden pensionierten Bibliothekarinnen boten Mrs. Marriott-Smith ein Sandwich an, das diese huldvoll entgegennahm. Man stellte fest, daß sie niemandem sonst etwas anboten.

Die Temperatur war merklich gesunken. Die wenigen, die Mäntel mithatten, zogen sie über, die meisten schlotterten in Hemdsärmeln und Sommerkleidern. Der Architekt, der 1942 in Libyen gestanden hatte, rekapitulierte wie schon so oft – zu oft – seine Erlebnisse im Wüstenkrieg. Die Frau des Geometers sagte jedem, daß die verflixte Person bestimmt entlassen würde, wenn das auch kein Trost war. Miss Crawley entnahm ihrer Reisetasche seufzend ein Buch und begann ostentativ zu lesen. Eine Katze mit gestutzten Ohren lag auf einem der Plastiktische und rollte sich genüßlich. Die Richterin aus Knutsford wollte sie streicheln, die Katze streckte die Krallen heraus und öffnete ein rotes Mäulchen zu einem tonlosen Miau. Miss Crawley beobachtete es ohne Kommentar.

Draußen wurde es dunkel. Der Beamte der *Egypt Air* war nicht mehr da. Wer wollte, konnte voller Groll am entfernten Ende des Flugfeldes einen Bungalow erkennen, in dem trauliche Lichter schimmerten. Der Limobursche hing noch immer über seinem Tresen, und die Frau aus der Damentoilette kam heraus und hockte sich davor auf den Fußboden. Der eine verbliebene Porter oder Wachmann hockte sich neben sie, rauchte und wechselte manchmal eine flüchtige Bemerkung mit ihr. Sie ignorierten die *Magitours*-Touristen, die sich nun in mürrischen Grüppchen in der ganzen Halle verteilt hatten. Der Architekt versuchte ohne Erfolg, vier zu einem Whist zusammenzubringen. Wem nicht wohl war, der saß mit verbissener Miene unweit der Toiletten. Die Richterin aus Knutsford hielt der Katze ein Knäuel aus Zeitungspapier hin. Die Katze schlug mit der Pfote danach, und sie zog mit einem Aufschrei die Hand zurück.

»Hoffentlich hat sie nicht die Tollwut«, sagte Miss Crawley interessiert. »An so einem Ort muß man damit rechnen.« Die Richterin untersuchte ihre Hand, auf der Blut perlte. »Ach herrje«, sagte Miss Crawley. »Vielleicht würde es sich lohnen, ein Antiseptikum anzuwenden.« Die Richterin sah sie wütend an und drückte ein *Kleenex* auf ihre Hand.

Etwa um neun Uhr dreißig wurde die Stimmung der Proviantlosen unerträglich. Die Meuterei wurde ausgelöst durch die Enthüllung, daß die Frau des Geometers im Besitz eines Geheimvorrats an Orangen, Roggenkeks und Plätzchen war, die sie nun verstohlen an Personen ihrer Wahl verteilte. Das Murren der Ausgeschlossenen wurde unüberhörbar. Mr. Campion erhob sich schließlich, durchquerte die Halle und sprach kurz und schroff mit der Frau des Geometers, die verärgert aufbegehrte. Dann räusperte er sich und verkündete, daß angesichts der Umstände eine Art gemeinsamer Kasse in Sachen Eßwaren vielleicht eine gute Idee wäre. Daraufhin kam ein Häufchen Eßbares zusammen, das Mrs. Campion, sichtlich verlegen, aufteilte und auf einem vom Limo-Tresen geborgten Tablett herumtrug. Die Kranken sagten, sie wollten nichts davon, und machten dadurch weitere komplizierte und minuziöse Teilvorgänge nötig. Dieses Hin und Her war eine beträchtliche Ablenkung, so daß es eine Weile dauerte, ehe jemand – einschließlich seiner Frau – bemerkte, daß mit dem alten Mr. Appleton etwas nicht in Ordnung war. Er war auf seinem Sitz zusammengesackt, brabbelte unaufhörlich und stieß von Zeit zu Zeit eine Art Bellen aus, das weder Gelächter noch ein Schmerzensschrei war. Seine Frau neigte sich – ebenso verlegen wie besorgt – über ihn und redete auf ihn ein. Schließlich brachte eine der Bibliothekarinnen eine Flasche Mineralwasser. Auch Aspirin wurde hervorgeholt und eine Vielzahl von Lutschtabletten.

»Der arme Alte«, sagte die Richterin aus Knutsford. »Wissen Sie, ich hatte schon die ganze Woche das Gefühl, er sei ein klein bißchen gaga. Ein Jammer.« Andere meinten, sie seien nicht überrascht – das sei ja auch wirklich genug, um einen umzuwerfen. »Wissen Sie, woran mich das erinnert?« fragte die Richterin aus Knutsford. »An diesen Ort in Orkney – Maeshowe. War einer von Ihnen schon mal dort?« Keiner war es. Diejenigen, die von ihrer Weitgereistheits-Nummer bereits genügend genossen hatten, wandten sich betont wieder ihren Büchern und Zeitschriften zu. »Etwas ganz Außergewöhnliches, Sie sollten wirklich mal hinfahren. Dreitausend und einiges vor Christus. Das Faszinierendste sind die Inschriften der Wikinger. Seeleute, die mal während eines Sturmes die Nacht dort verbringen mußten, und einer von ihnen ist übergeschnappt.« Es herrschte Schweigen. Die Katze räkelte sich verführerisch und wickelte sich um die Wade der Richterin, die sie mit der Handtasche wegschob.

»Wie geht es Ihrer Hand?« fragte Miss Crawley.

»Ausgezeichnet«, sagte die Richterin gereizt. Sie beobachtete die Katze, die dasaß und mit dem Schwanz peitschte. Miss Crawley ließ ihr Buch sinken und beäugte sie. »Hier sehen alle Tiere irgendwie krank aus. Was hat sie da am Maul?«

Um elf Uhr war auch die einzige bis dahin noch funktionierende Damentoilette verstopft, ein Umstand, der eine zart aussehende, bis jetzt schweigsame Frau dazu brachte, in kaum unterdrücktes Schluchzen auszubrechen. Irgend jemandes Ehemann gestand, eine gewisse Kenntnis der Klempnerei zu haben, rollte die Ärmel auf und machte sich an die Arbeit. »Guter Kerl«, sagte der Polizeiinspektor laut.

Der Verkäufer an der Limo-Theke wickelte sich in eine karierte Decke, legte sich hin und fiel, wie man sah, fast sofort in einen tiefen, geruhsamen Schlaf. »So ein Glückspilz«, sagte der Architekt. »Ich weiß noch, daß wir das damals auch konnten, am Halfaya-Paß.«

»Nun hören Sie schon auf mit dem Halfaya-Paß«, sagte Mrs. Marriott-Smith unangemessen laut. Der Architekt, ein empfindlicherer Mann, als man äußerlich wahrnahm, verstummte beleidigt. »Pst, pst, meine Liebe«, sagte Lady Hacking. »Natürlich sind diese Menschen physisch ganz anders gebaut. Es hat mit ihrem Becken zu tun. Haben Sie nie bemerkt, wie sie stundenlang in der Hocke bleiben können?«

»So ein Schwachsinn«, murmelte die Frau des Polizeiinspektors. Lady Hacking fuhr herum, konnte aber nicht feststellen, wer gesprochen hatte.

Mittlerweile hatte die Gruppe sich geteilt: in diejenigen, die entschlossen in möglichster Einsamkeit überdauern wollten, und in die anderen, die stillschweigend den schwachen Trost kollektiven Leidens suchten. Einige hatten versucht, einen Teil des Bodens zu reinigen und sich hinzulegen, ungenügend gepolstert mit Zeitungen und dem Inhalt von Handtaschen, gaben es aber bald auf. Andere wiederum, die sich zur Autorität hingezogen fühlten, lagerten sich rings um Mr. Campion, als warteten sie sehnsüchtig darauf, daß er vielleicht noch irgendwie ein Wunder bewirkte. Der alte Mr. Appleton fuhr fort, zu murmeln und zu bellen, und seine Frau nötigte ihn – mittlerweile mit etwas verstörtem Blick –, Mineralwasser zu trinken.

Mrs. Marriott-Smith sagte: »Du meine Güte, es *kann* doch nicht erst halb eins sein …«

»Ich will Ihnen was sagen«, meinte die Frau des Geometers. »Wir sollten gemeinsam singen. Wie Leute, die sich in den schottischen Bergen verirrt haben.« Sie kicherte verlegen. »Sei nicht so verdammt albern«, murrte ihr Ehemann. Miss Crawley ließ ihr Buch sinken und schaute verächtlich. »Ein besonders unpassender Vergleich, wenn ich so sagen darf.« Niemand sonst sprach. Die Frau des Geometers holte eine Puderdose heraus und betupfte ärgerlich ihre Nase.

Einem unbefangenen Beobachter, der zu diesem Zeitpunkt am Flughafen Abu Simbel angekommen wäre, wäre gewiß nicht entgangen, daß hier etwas verkehrt lief. Die komplizierten Linien der Feindseligkeit und Abneigung zwischen den Reisenden von *Magitours* glichen einem unsichtbaren Spinnennetz, das grimmig vibrierte. Abgesehen von der kleinen Gruppe um Mr. und Mrs. Campion gescharter Anhänger waren die kompromißlos zu Reihen verschweißten Schalensitze in möglichst großen Abständen besetzt. Ehepaare saßen ein, zwei Sitze entfernt von anderen Ehepaaren. Einzelreisende wie Miss Crawley und die Richterin aus Knutsford hielten sich abseits. Die beiden pensionierten Bibliothekarinnen hatten demonstrativ auf zwei freien Sitzen eine Barriere aus Gepäckstücken um sich aufgebaut. Das Murmeln und Bellen des alten Mr. Appleton hatte einen beträchtlichen Leerraum um ihn geschaffen. Er schien jetzt zu schlafen, sein Unterkiefer war herabgesunken. Von Zeit zu Zeit hustete oder schuffelte jemand oder sagte leise etwas zu Ehepartner oder Mitreisendem. Ein beklommener Friede herrschte, dessen Brüchigkeit offenkundig wurde, als jemand an ein Tischbein stieß, was ein schrilles Geräusch am Boden verursachte. »Unter uns sind welche«, sagte Lady Hacking laut, »die uns noch das letzte bißchen Ruhe nehmen wollen.«

Es war ein Uhr fünfundvierzig, als Mr. Appleton allem Anschein nach starb. Er sackte vornüber und ging mit einem erschreckenden Plumps zu Boden, wie eine aus großer Höhe geworfene Matratze. Seine Frau tat einige Sekunden lang gar nichts und begann dann durchdringend zu schreien.

Alles sprang auf. Manche, wie die Campions, die Richterin aus Knutsford und die beiden Bibliothekarinnen, eilten hinüber. Andere verharrten entschlußlos. Miss Crawley, die sich so weit aufrichtete, daß sie sah, was vor sich ging, sagte laut, daß man hier von einem Schlaganfall ausgehen müsse, also wahrscheinlich nicht viel tun könne, es aber in jedem Fall sinnlos sei, sich dazuzudrängen. Die Hilfswilligen hatten sich in zwei Gruppen geteilt, die eine widmete sich Mr. Appelton, die andere ermahnte seine Frau, die noch immer mit erstaunlicher Energie weiterschrie. »Hysterisch«, sagte Mrs. Marriott-Smith. »Darüber weiß ich alles, wir hatten mal ein Kindermädchen – vor Jahren –, die war auch so. Jemand müßte ihr eine Ohrfeige geben, nur das hilft.«

Mrs. Campion, den Arm um Mrs. Appletons Schultern gelegt, beschwor sie, still zu sein. »Es ist schon gut. Wir tun alles, was wir können. Bitte seien Sie still, *bitte*.«

Mrs. Appleton unterbrach sich einen Augenblick, um Atem zu holen, blickte dann auf den daliegenden Körper ihres Mannes und fing von neuem an. »Ruhe!« befahl der Inspektor. »Machen Sie keinen solchen Lärm.« Die Bibliothekarinnen und die Richterin stritten, ob man Mr. Appleton umdrehen sollte oder nicht. »Ich sage Ihnen, ich kenne mich aus mit solchen Sachen: Man sollte ihn nicht bewegen.« – »Entschuldigen Sie, aber Sie irren sich. Ich weiß, was ich tue. Atmet er?« – »Ich glaube nicht«, sagte die Richterin, und unglücklicherweise fielen ihre Worte in eine momentane Pause zwischen Mrs. Appletons Schreien und brachten sie bestens wieder in Schwung.

Der Verkäufer von der Limo-Bar hatte sich aus seiner karierten Decke gewickelt und stand zusammen mit der Toilettenfrau und dem Porter da und sah zu. »Sagen Sie ihnen, sie sollen einen Arzt holen«, sagte Lady Hacking. »Ich glaube, das wäre das Beste.«

»Halten Sie um Gottes willen den Mund, Sie dämliche Person«, sagte der Polizeiinspektor. Totenstille trat ein, sogar Mrs. Appleton war vorübergehend abgelenkt. Lady Hacking wurde puterrot und wandte sich ab. Die Frau des Geometers brach in hektisches Gelächter aus. Die Richterin aus Knutsford, die bei Mr. Appleton kniete, blickte auf und fauchte, sie sähe im Moment keinerlei Grund zum Lachen. Mrs. Appleton war zu einem etwas abgelegenen Sitz geführt und von Mrs. Campion mit einigem Erfolg beruhigt worden.

Mr. Campion, der am Schalter der *Egypt Air* den Telefonhörer abgehoben hatte, lauschte einen Augenblick und versuchte nun dem Porter beizubringen, daß man den Beamten der *Egypt Air* herbeirufen müsse. »Schläft«, sagte der Porter. »Büro geschlossen.« – »Geben Sie ihm Bakschisch«, sagte der Architekt. Der Polizeiinspektor, ein großer, breiter Mann, überhörte das, beugte sich vor, packte mit beiden Händen die Jacke des Porters und schüttelte ihn heftig. Die Klofrau stieß einen schrillen Empörungsschrei aus.

»Schrecklich unklug«, sagte Mrs. Marriott-Smith laut. »So kann man mit diesen Leuten nicht umgehen.« Das Interesse war jetzt von den Appletons fort- und auf den Schalter der *Egypt Air* gelenkt.

Der Porter nahm ärgerlich brummelnd das Telefon, und alsbald hörte man ihn etwas hineinsprechen. »Sagen Sie ihm, er soll verdammt noch mal schauen, daß er sofort herkommt«, sagte Mr. Campion. »Und uns nach Assuan schafft.«

»Der Mann versteht kein Englisch«, sagte Miss Crawley.

»Wenigstens versuchen einige etwas zu *unternehmen*«, zischte die Richterin. »Was man nicht von allen sagen kann.«

Miss Crawley blickte eisig. »Deswegen brauchen Sie nicht beleidigend zu werden.«

Lady Hacking saß steif, mit zusammengepreßten Lippen da, während Mrs. Marriott-Smith beschwichtigend auf sie einredete. »Ich habe nicht vor«, sagte Lady Hacking entschieden, »mich auf dergleichen einzulassen. Diese Art von Benehmen ignoriert man einfach, ja, das tut man.« Die Frau des Geometers sah sie mit glänzenden Augen an.

Der Porter hatte den Hörer aufgelegt und schimpfte laut vor sich hin. »Ist schon gut, schon gut, mein Alter«, sagte der Ingenieur. »Wir haben's verstanden. Beruhige dich.« Mrs. Appleton fuhr fort zu wehklagen. Mrs. Campion, die noch immer bei ihr war, wurde allmählich sichtlich ungeduldig. Die Frau, die beim Zusammenbruch der letzten vorhandenen Damentoilette in Tränen ausgebrochen war, weinte wieder leise. »Ich will heim«, sagte sie immer wieder. »Nur noch heim.«

In diesem Augenblick zuckte Mr. Appleton konvulsivisch

und machte den Versuch, sich auf den Rücken zu rollen. »O Gott! Er kommt zu sich«, verkündete die Richterin. »Ganz unter uns, Leute, ich dachte, der wäre abgeschrammt.« Die Bibliothekarinnen zogen ihn unter ermutigenden Zurufen in eine sitzende Stellung hoch.

Der Porter zuckte die Achseln und sah Mr. Campion bedeutungsvoll an. »Ist jetzt okay?« – »Geh zum Teufel«, sagte der Polizeiinspektor und näherte sich Mr. Appleton, den man fragen hörte, wo er denn sei. »Sagt es ihm nicht«, riet der Ingenieur. »Das haut den armen Kerl glatt wieder um.«

Mrs. Appleton wurde, gestützt von Mrs. Campion, zu ihrem Gatten hinübergeführt und fing an, ihm den Staub von Hose und Jacke zu klopfen, wobei sie ihm vorwarf, ihnen allen einen solchen Schreck eingejagt zu haben. Der Alte kümmerte sich gar nicht um sie, ließ sich zu einem Sitz führen und blickte schnaufend in die Runde. »So ist es brav«, sagte der Polizeiinspektor und klopfte ihm auf die Schulter.

Der Beamte von *Egypt Air* traf ein, ohne Schlips und den Hemdschlapp über der Hose. Der Porter überfiel ihn mit Klagen. Der Polizeiinspektor schaltete sich ein, nahm ihn beiseite. »Ein kleines Bakschisch könnte die Situation retten«, sagte der Architekt. Mr. Campion fuhr fort, leise, aber autoritär zu erklären, daß ein Mitglied der Gruppe krank geworden sei und zweifellos ärztliche Hilfe brauche, daß aber die unmittelbare Gefahr anscheinend vorüber sei. »Mann nicht tot«, stellte der Beamte von *Egypt Air* gekränkt fest. »Nein, glücklicherweise nicht«, sagte Mr. Campion.

Und als schließlich die Morgendämmerung über die Wüste hereinbrach und ein graues Licht ins Flughafengebäude kroch, herrschte dort wenn schon nicht gerade Frieden, so doch ein erschöpfter Waffenstillstand. Einige befanden sich in unruhigem Schlaf, die anderen starrten aus entzündeten Augen durch die Fenster auf die sich rötende Wüste oder wagten sich in die Toiletten vor in dem Bemühen, ihr Äußeres etwas herzurichten. Die Bibliothekarinnen boten liebenswürdigerweise mit Eau de Cologne getränkte Feuchttüchlein an. Einige gingen ins Freie, um Luft zu schöpfen, wanderten sogar ein kurzes Stück den Weg zu den Tempeln entlang, an deren Ende die riesigen steinernen Kolosse einem neuen Sonnenaufgang entgegenblickten.

Und als drei Stunden später die erste Maschine aus Assuan ihre Passagiere ausschüttete, fanden sie die Halle bevölkert von einer Gruppe grimmiger, aber gefaßter Personen. Die Mitglieder von *Cookstours* stürzten sich auf sie: »Hören Sie mal, stimmt das, daß Sie die ganze Nacht hier waren? Das muß ja gräßlich gewesen sein.«

Wer es für angemessen hielt zu antworten, tat dies abwehrend. »Ein kleiner Zwischenfall«, sagte Lady Hacking huldvoll. »Aber alles in allem haben wir uns ganz nett aus der Affäre gezogen.«

Miss Crawley warnte mit Grabesstimme vor dem Zustand der Toiletten. Die Bibliothekarinnen sagten fröhlich, es sei ein bißchen wie im Luftschutzkeller gewesen, wenn man alt genug sei, sich daran zu erinnern. Mrs. Appleton stützte ihren Mann, der nach einer Morgenzeitung verlangte, und lächelte tapfer. Der äußerlich aufgelösten Erscheinung der Gruppe widersprach ihre Stimmung entschlossener Solidarität, ja vielleicht sogar zurückhaltender Verschwiegenheit. »Die Sache war einfach die«, sagte die Richterin aus Knutsford, »wir saßen alle im selben Boot, da blieb nichts anderes übrig als gute Miene zum bösen Spiel.« Mrs. Marriott-Smith versicherte den Neuankömmlingen, die Tempel seien absolut überwältigend, einfach unvergeßlich, daran sei kein Zweifel. »Genau«, sagte der Polizeiinspektor. »Etwas völlig Außergewöhnliches.« Es wurde zustimmend gemurmelt, und als die Gruppe von *Cookstours* im Gänsemarsch ihrem Bus zustrebte, machte sich die *Magitours*-Gruppe, ziemlich eng aneinandergedrängt, auf den Weg über das sandbestreute Flugfeld zur wartenden Maschine.

Verworfenheit

Der Richter und seine Frau hatten, als sie übers Wochenende nach Aldeburgh fuhren, im Fond ihres Wagens einen Weinkarton voller pornographischer Magazine. Der Richter schloß die Hecktür, warf einen Blick durchs Fenster hinein, öffnete dann die Tür wieder und legte eine Nummer der ›Times‹ oben auf den Stapel, um die knalligen Titelblätter zu verdecken. Dann setzte er sich ans Lenkrad und nahm die Straßenkarte zur Hand.

»Die übliche Strecke, Liebes?«

»Ja, ich denke, die übliche Strecke. Wenn wir nicht unterwegs etwas Verlockendes entdecken.«

»Wir haben Zeit genug, uns verlocken zu lassen, wenn uns danach ist.«

Der Richter, Richard Braine, war zweiundsechzig, seine Frau, Marjorie, Verwaltungsbeamtin, zwei Jahre jünger. Das vor ihnen liegende Wochenende war ihr alljährlicher Frühsommerbesuch des Musikfestivals, eine liebgewordene Gewohnheit. Die pornographischen Zeitschriften waren beschlagnahmte Ware eines derzeit in Untersuchungshaft sitzenden Importeurs und bildeten gewissermaßen den Inhalt des richterlichen Aktenkoffers.

»Hausaufgaben?« hatte seine Frau gefragt, und er hatte erwidert: »Ja, leider. Hausaufgaben.«

Um die Mittagszeit bogen sie von der Hauptstraße in einen sorgsam ausgesuchten Feldweg ein, wo sie den Wagen parkten. Sie trugen Decke und Picknickkorb zu einer nahe gelegenen Wiese und verzehrten ihr Mittagsmahl unter dem weiten ostenglischen Himmel im Zustand außerge wöhnlicher Zufriedenheit. Beide hatten bemerkt, daß die kleinen Genüsse des Lebens mit den vorrückenden Jahren intensiver wurden.

»Die Welt wird immer schöner«, hatte Marjorie einmal gesagt, »und nicht immer weniger schön. Spaß macht noch mehr Spaß. Musik ist noch mehr Musik, wenn du verstehst, was ich meine. Damit war nicht zu rechnen.«

Während sie die sorgfältig belegten Sandwiches und den Kaffee aus der Thermoskanne zu sich nahmen, strahlten sie sich an, in dem hohen Gras, in dem dicht bei dicht Klee und Butterblumen blühten. Vor ihnen dehnte sich die Landschaft bis in blaue Fernen aus, hie und da sehr hübsch von Alleen, einem Kirchturm oder einem Hügel durchbrochen. Von Zeit zu Zeit tauschten sie Bemerkungen der Anerkennung und Vorfreude: über die Umgebung, das Wetter, das Essen, das sie abends in dem kleinen Restaurant an der Küstenstraße zu sich nehmen würden, und über das Konzert morgen abend.

Richard Braine, immer der Stimmung des Augenblickes zugänglich, ergriff die Hand seiner Frau, und sie saßen in der Sonne und erklärten einander verschwörerisch und ohne allzu schlechtes Gewissen, wie froh sie waren, ihre älteste, verheiratete Tochter heute nicht dabeizuhaben, die sie sonst manchmal auf diesem Kurzurlaub begleitete. Sie liebten die Tochter, aber in eben diesem Augenblick wäre sie überflüssig gewesen.

Als sie bei dem kleinen Hotel eintrafen, war früher Abend. Der Richter trug ihren Koffer und den Weinkarton hinein und stellte sie am Empfangspult ab. Der Hotelinhaber trug den Karton und führte sie in ihr Zimmer. Beim Auspacken sagte Marjorie: »Ich glaube, du hättest das Zeug im Wagen lassen sollen. Die Zimmermädchen, du weißt schon …«

Der Richter runzelte die Stirn. »Da könntest du recht

haben.« Er kippte den Inhalt der Schachtel in den leeren Koffer und verschloß ihn.

»Ich glaube, ich nehme noch ein Bad, ehe wir ausgehen.«

Er lag in der dampfenden Wanne, einen Schwamm auf dem Bauch. Marjorie, nackt bis auf ein Höschen, kam herein, um sich zu waschen.

»Wieder die gute alte Avocado-Suite. Irgendwann sollten wir uns daheim auch ein Avocado-Bad einrichten.«

Der Richter, der seinen gewölbten Bauch betrachtete, nickte. Er beschloß, eine Abmagerungskur zu machen, ein Beschluß, den er – wie er betrübt dachte – nicht durchhalten würde. Er war ein Mensch, der gerne aß.

Der Körper seiner Frau, der soeben energisch eingeseift und geschrubbt wurde, war fester und weniger ausladend, wie er bereit war zuzugeben. Er wandte den Kopf, um sie zu beobachten, und dachte ein Weilchen melancholisch über Körper nach, darüber, wie man sie bewohnt und von ihnen dem Grabe zugezerrt wird, und wie der Mensch von ihnen bestimmt wird. Im Lauf seines Berufslebens hatte er häufig Gelegenheit gehabt, über diesen letzteren Punkt nachzudenken. Wenn er die Gesichter sah, die im Gerichtssaal an ihm vorüberzogen, ihm von Anklagebänken und Zeugenständen entgegenstarrten, war es ihm vorgekommen, als ob nicht viele von uns über ihre körperliche Erscheinung hinausgelangen. Das Leben einer häßlichen Frau ist anders als das einer schönen. Von der Erscheinung läßt sich zwar nicht auf den Charakter schließen, aber es läßt sich ein gut Teil der äußeren Umstände vermuten, zu denen sie geführt hat.

Er ließ dieses interessante, aber düstere Thema fallen und betrachtete die Brüste und muskulösen, aber nicht unschönen Oberschenkel seiner Frau und die Hautfalten an ihrem Hals und dachte an das erste Mal, als er sie ohne Kleider gesehen hatte.

Sie wandte sich um und sah ihn an: »Wenn du dich etwa

über meinen Slip lustig machst: der gehört Alison, und ich hab ihn versehentlich aus der Wäsche geholt.«

Alison war ihre jüngste, unverheiratete Tochter.

»Ich hab ihn wirklich gar nicht bemerkt«, sagte der Richter höflich. »Ich habe an was ganz anderes gedacht.« Er lächelte.

»Und schiel nicht so lüstern«, sagte seine Frau und gab ihm einen Klaps mit dem Waschlappen. »Das gehört sich nicht für einen Mann deines Alters.«

»Es ist ein Kompliment für deine Reize, meine Liebe«, sagte der Richter. Er setzte sich auf und fing an, sich den Hals zu waschen, wobei er noch immer an das erste Mal dachte. Sie waren beide verlegen gewesen. Die Verlegenheit hatte zum Genuß beigetragen, überlegte er. Wie sonderbar, wie interessant.

Es war noch hell, als sie ins Restaurant fuhren, ein violettes Sommerzwielicht, in dem die Vögel mit Dschungelschrille sangen.

Beim Aussteigen sagte Marjorie: »Das Kalbfleisch mit Pilzen in Rahm für mich, denk ich. Und für dich einen kleinen Salat ohne Dressing.«

»Kommt nicht in die Tüte!« sagte der Richter.

»Bewundernswert, wie du die moderne Redeweise beherrschst.«

Sie ging voraus ins Restaurant und sah sich aufmerksam um. Als sie am Tisch saßen, flüsterte sie: »Da ist wieder die Frau, die wir voriges Jahr getroffen haben, weißt du noch? Die Hochgestochene, die dich dauernd wegen Britten verbessert hat.«

Der Richter wandte unauffällig den Kopf. »Stimmt. Vorsichtige Zurückhaltung ist geboten.«

»Zu Befehl, General«, sagte Marjorie und widmete sich der Speisekarte. »Nummer fünfzehn, ja?«

»Ja«, sagte ihr Mann.

Ihre Bekannte brach vor ihnen auf, blieb an ihrem Tisch stehen und begrüßte sie. Der Richter, der sich nicht gern beim Essen stören ließ, überließ alles Marjorie. Als die Frau sich zum Gehen wandte, sagte sie: »War schön, Sie wiederzusehen. Alsdann, erholen Sie sich gut von all den Prozessen und solchen Sachen.« Damit strahlte sie den Richter an.

Er sah ihrem seidenbekleideten Rücken nach.

»Ziemlich überdrehte Person. Woher zum Kuckuck weiß sie, was ich beruflich tue?«

»Sie hält sich ans Hotelpersonal, kein Zweifel. Deine Stellung gibt dir Prestige. Mich dagegen findet sie eine fade Hausfrau. Ich hab gesehen, wie sie sich überlegt hat, womit ich dich habe an Land ziehen können.«

»Sollen wir sie aufklären? Pure zügellose Begierde!«

»Apropos«, sagte Marjorie, »wie lasterhaft wäre es denn, wenn wir als Nachtisch ein Stück Käsekuchen nähmen?«

Wieder im Hotel, kletterten sie in einem Zustand genüßlicher Sättigung in die Betten. Der Richter setzte die Brille auf und langte nach dem Koffer.

»Aber du wirst doch mit dem Zeug nicht *jetzt* anfangen?« sagte Marjorie. »Einen einzigen Tag ohne Arbeit könntest du dir schon gönnen.«

»Du hast recht«, sagte er. »Morgen reicht auch. Ich nehm mir lieber diesen Roman von Barbara Pym.«

Als der Richter früh am nächsten Morgen erwachte, lag er da und dachte an das laufende Gerichtsverfahren. Eigentlich dachte er nicht über Obszönität oder Pornographie nach, sondern über das Gewinnmotiv. Er stellte fest, daß er das Gewinnmotiv ebensowenig begriff wie das, was Menschen grausam machte. Er hatte nie den Besitz anderer begehrt oder sich gewünscht, reicher zu sein, als er war. Er besaß keine Aktien und Wertpapiere. Marjorie hatte einmal ein kleines Kapital von einer Tante geerbt. Weder er noch sie hatten sich je im mindesten für die Stabilität ihrer Investitionen interessiert. Sie hatten sogar beide vergessen, worin genau das Geld angelegt war. Alles das war, wie ihm klar wurde, die Einstellung eines Mannes von beträchtlichem Einkommen. Würde man ihm nicht ein solches Gehalt zahlen, hätte er die Sache sicherlich anders gesehen. Aber eigentlich hatte er es auch als mittelloser junger Anwalt nicht viel anders gesehen. Und die Importeure von Pornographie befanden sich, wie er hörte, meist in der oberen Einkommenskategorie. Nein, das Hindernis, die Barriere, die den Einsatz der kriminellen Phantasie nötig machte, war der Drang mancher Menschen, Geld in immer mehr Geld zu verwandeln. Die Reichtum um des Reichtums willen brauchten, die Summen vermehren wollten. Der Richter zog gern Gemüse und überlegte, ob sich seine Befriedigung über eine gute Ernte Stangenbohnen mit der Motivation des Profitdenkens vergleichen ließ. Irgendwie schien die Analogie nicht ganz schlüssig.

Das Gewinnmotiv als solches ist natürlich völlig harmlos. Ohne dieses würde die Gesellschaft zusammenbrechen. Das war nicht der Punkt, der dem Richter zu schaffen machte. Ihn interessierten die persönlichen Neigungen, die einen Menschen unter Umständen wie durch einen Abgrund vom anderen trennen. Als junger Mann hatte er sich gefragt, ob uns dies überhaupt unfähig macht, über unsere Mitmenschen zu urteilen, war aber zu dem Schluß gelangt, daß das nicht zutraf. Er erinnerte sich an eine leidenschaftliche Diskussion über Apartheid mit einem anderen Jurastudenten, einem Südafrikaner.

»Du darfst nicht über unsere Politik urteilen«, hatte der gesagt, »wenn du nie in unserem Land warst. Dann verstehst du die Situation nicht.«

Richard Braine hatte mit der Präzision einer körperlichen Reaktion gewußt, daß der Mann unrecht hatte. Nicht irregeleitet war, sondern unrecht hatte. Ein Mörder tut Böses, ganz gleich, welche äußeren Umstände ihn zu seinem Verbrechen bestimmen.

Das Profitdenken ist nichts Falsches, aber die Umstände seiner Anwendung können es sein. Der Richter stellte – leicht irritiert – fest, daß er sich an das Gesicht des Porno-Importeurs erinnerte: ein unscheinbarer, bebrillter Mann, den nichts auszeichnete als ziemlich buschige Augenbrauen und die Gewohnheit, sich beim Kreuzverhör am Ohrläppchen zu ziehen. Er verdrängte den Kerl entschlossen aus seinen Gedanken. Draußen vor dem Fenster trieben sauber gefältelte Wolkenstreifen in einem milchig-blauen Himmel. Es sah aus, als würde es ein schöner Tag werden.

Die Braines verbrachten den Vormittag im Vogelschutzgebiet von Minsmere, am Nachmittag gingen sie spazieren. Der Abend fand sie, blankgeputzt von frischer Luft und ein wenig schläfrig, beim Anhören von Mozart, Bartók und Mendelssohn. Der Richter, der nie ein Instrument gespielt hatte und sich als relativ unmusikalisch empfand, reagierte trotzdem sehr intensiv auf Musik. Sie erregte ihn auf verschiedene Art, auf so verschiedene Art, daß er sich als gründlicher und methodischer Mensch oft fortgerissen fühlte durch die weiterstürmenden Klänge, ehe er Zeit gefunden hatte, sie für sich zu ordnen. Halt! hätte er gern zu dem wogenden Orchester gesagt, ich möchte über diese Passage nachdenken. Doch schon wurde er weggespült in andere Stimmungen, zu anderen Motiven, anderen Leidenschaften.

Marjorie, die auf unspektakuläre, aber kompetente Art Klavier spielte, hatte oft vorgeschlagen, das Problem wenigstens teilweise dadurch zu lösen, daß er Noten lesen lernte.

Zweifellos hatte sie recht, dachte er jetzt, während er mit einer schwierigen Passage kämpfte. Wenn ich in Pension gehe, wäre es genau das Richtige für einen zur Untätigkeit verurteilten Mann. Der Richter freute sich nicht auf seine

Pensionierung. Doch die wenigen Augenblicke der Unaufmerksamkeit waren verhängnisvoll: jetzt war ihm die Musik ganz und gar entglitten, als hätte er in einem Buch versehentlich zwei Seiten umgeblättert. Stirnrunzelnd konzentrierte er sich auf den Dirigenten.

In der Pause ging er an die Bar und stellte fest, daß er neben der Bekannten aus dem Restaurant stand, die ebenfalls darauf wartete, sich einen Drink zu bestellen. Galanterie oder auch nur elementare gute Manieren verlangten, daß er sich einschaltete.

»Oh«, sagte sie, »wie lieb von Ihnen. Ein Gin und Tonic wäre herrlich …« Resigniert führte er sie zurück dorthin, wo Marjorie ihn erwartete.

»Ihr Gatte war so freundlich und hat darauf bestanden … Ich bin heute abend allein. Meine Schwester hat rasende Kopfschmerzen und wollte nicht mitkommen.«

Sie war eine große Frau Anfang Fünfzig, zu jugendlich verpackt in Volantrock und hochhackige Stiefel, und ihr Verhalten dem Richter gegenüber war sowohl schmeichlerisch als auch leicht neckisch.

»Letzten Monat hab ich in der ›Times‹ über Sie gelesen, ein Bestechungsfall. Natürlich habe ich das wenigste davon verstanden, diese ganzen Fachausdrücke, aber ich habe zu Laura gesagt, ich *kenne* ihn, wir haben uns auf dem Festival so reizend über Britten unterhalten.«

»Hm«, sagte der Richter und studierte sein Programm. Als nächstes der Tippett.

»Ich heiße übrigens Moira Lukes. Wenn es Ihnen auch so geht wie mir, sind Namen für Sie Schall und Rauch, aber an Ihren erinnerte ich mich natürlich, weil ich ihn in der Zeitung gelesen habe.«

Sie wandte sich an Marjorie. »Ist das Konzert nicht himmlisch?« Diskrete Herablassung schwang mit, die Herablassung einer Frau mit sexueller Vergangenheit gegenüber einer Frau, die vermutlich keine hatte, die einer luxuriös Gekleideten gegenüber einer grauen Maus. Der Richter spürte eine leichte Schwingung in der Luft, ohne sie genauer bestimmen zu können.

Marjorie bestätigte höflich, das Konzert sei hervorragend. »Entschuldigung«, sagte sie, »ich geh nur rasch noch auf die Toilette.«

Der Richter und Moira Lukes, allein gelassen, stellten sich innerlich aufeinander ein. Der Richter räusperte sich und äußerte sich kritisch über die Architektur des Konzertsaales. Moira trat etwas näher an ihn heran und änderte ihre Stimmlage, vermutlich ohne es selbst zu merken.

»Sie müssen ein faszinierendes Leben führen«, sagte sie. »Ich meine, Sie müssen solch außergewöhnlichen Menschen begegnen. Typen wie bei Dickens. Ich glaube, ich habe noch nie einen Kriminellen zu Gesicht bekommen.«

Der Richter dachte wieder an den Porno-Importeur. »Die meisten sind im Grunde recht prosaischer Durchschnitt.«

»Aber Sie müssen doch so vieles über Menschen erfahren.« Sie sah ihn sehr direkt an, mit großen Augen; eine schöne Frau, räumte der Richter ein, zweifellos als Mädchen hinreißend gewesen. Er bestätigte, ja, man käme zu ein paar Erkenntnissen über das menschliche Verhalten.

»Faszinierend«, sagte Moira Lukes wieder. »Sie könnten bestimmt die wunderbarsten Geschichten erzählen. Ich beneide Ihre Frau maßlos.«

Um ihre großen Augen zeigten sich Lachfältchen, ein oft geübter Trick, obwohl der Richter das nicht erkannte.

»Ich finde überhaupt, sie hat Glück, ich erinnere mich noch an das interessante Gespräch, das ich voriges Jahr mit Ihnen geführt habe.«

Sie legte ihm eine Hand auf den Arm und zog sie fast sofort wieder zurück, es war, als habe ein Vogel sich für eine flüchtige Sekunde niedergelassen. Der Richter, in mehrerer

Hinsicht aufgerüttelt, versuchte sich an dieses Gespräch zu erinnern: irgendwas darüber, wann ›Peter Grimes‹ zum ersten Mal aufgeführt worden war, oder war es ›The Turn of the Screw‹? Das Interessante daran war ihm jetzt entfallen. Er warf einen raschen Blick ins Foyer auf der Suche nach Marjorie, die ihm schrecklich lange zu brauchen schien.

Moira Lukes sprach jetzt über die Gegend von Sussex, wo sie lebte. Sie müssen unbedingt, sagte sie eben, bei mir hereinschauen und bei mir essen, Sie beide, wenn Sie je in diesem Teil der Welt sind. Der Richter murmelte, ja, natürlich, falls sie je … Er betrachtete die Ringe an ihrer Hand und fragte sich flüchtig, was wohl aus Mr. Lukes geworden war, man wußte irgendwie, daß der so oder so nicht mehr da war.

»Das einzige Mal, daß ich mit dem Gesetz zu tun hatte, war bei meiner recht unglücklichen Scheidung.«

Der Richter nahm einen Schluck von seinem Drink.

»Und da war der Anwalt furchtbar lieb, hat eigentlich die ganze Zeit meinen Kopf über Wasser gehalten.«

Sie seufzte, einen Hauch von Seufzer, fast nicht wahrnehmbar. Daran hing, wie sie ganz zart andeutete, eine Geschichte. »Daher habe ich eine Schwäche für alle Juristen.«

»Gut«, sagte der Richter jovial. »Freut mich zu hören, daß unser Berufsstand Sie gut behandelt hat.«

»Oh, *sehr* gut behandelt.«

Noch immer war nichts zu sehen von Marjorie. Vielleicht, dachte der Richter, war diese Moira Soundso hinter ihrer etwas ermüdenden Art gar nicht so schlimm. Der Schein trügt, wie man weiß. Außerdem hatte er den Eindruck, da sei es jemand möglicherweise recht dreckig gegangen.

»Nun ja, auch in der Juristenwelt findet man solche und solche, wie überall. Und sie konfrontiert einen mit dem Leben, mit allem, was dazugehört.«

Angesichts des Respekts, mit dem diese Banalitäten entgegengenommen wurden, kam er sich ein bißchen billig vor. Um es auszugleichen, erzählte er ihr eine Anekdote über einen Fall, mit dem er mal zu tun gehabt hatte, einem *crime passionnel*, bei dem ein scheinbar betrogener Ehemann sich schließlich als der Schurke des Dramas erwiesen hatte.

»Ein Leisetreter, und so überzeugend wie nur was, hatte sie aber offenbar seit Jahren systematisch drangsaliert.«

Moira Lukes nickte weise. »Die Menschen sind entschieden anders, als sie zu sein scheinen.«

»Tja«, sagte der Richter. »Ja und nein. Andererseits verraten sich viele, sobald sie nur den Mund aufmachen.«

»Ach du meine Güte«, sagte Moira Lukes. »Jetzt hab ich das Gefühl, ich dürfte nie wieder ein Wort sagen.«

»Ich dachte mehr an Leute, die mir beruflich begegnen, als an die im Privatleben.«

»Dann hab ich wohl nichts zu befürchten?«

»Nun, was könnten Sie wohl zu verbergen haben?« sagte der Richter liebenswürdig. Es klingelte. »Ich frage mich, wo Marjorie hingeraten ist. Ich glaube, wir gehen besser wieder hinein.«

Moira Lukes seufzte. Sie wandte ihm ihre großen Augen zu und kniff sie wieder in den Augenwinkeln zu Fältchen.

»Also, das war jetzt nett. Ich bin überzeugt, wir begegnen uns noch mal dieses Wochenende. Aber denken Sie daran: ich stehe im Telefonbuch von East Sussex. Ihr Fall, über den ich gelesen habe, war ja, glaube ich, in Brighton. Wenn Sie dort je wieder als Richter fungieren und sich ein paar Stunden zurückziehen möchten, schauen Sie auf einen Drink herein.«

Sie lächelte noch einmal, ging rasch davon und verschwand in der Menge.

Der Richter blieb einen Augenblick stehen und sah ihr nach. Er stellte überrascht fest, daß er die Zielscheibe von

etwas gewesen war, was man allgemein als Annäherungs-
versuch bezeichnet. Außerdem stellte er fest, daß es ihm
schwerfiel, sich über seine Gefühle klarzuwerden. Die Ver-
nunft und seine natürliche Menschenkenntnis (eigentlich
hatte er nicht viel für diese Frau übrig), kämpften mit Ver-
werflicherem und einer gewissen Selbstzufriedenheit (man
war also noch kein total abgewrackter Alter). In diesem
Zustand innerer Zerrissenheit ging er zurück in den Kon-
zertsaal und fand Marjorie bereits auf ihrem Sitz.

»Wo um alles in der Welt hast du gesteckt?«

»Entschuldige«, sagte sie fröhlich. »Es war eine endlose
Schlange bei ›Damen‹, und als ich endlich wieder rauskam,
lohnte es nicht mehr, dich zu suchen. Und wie bist du mit
unserer Bekannten zurechtgekommen?«

Der Richter knurrte etwas und beschäftigte sich mit seinem Programm. Die Lichter erloschen, der Dirigent erschien wieder, und die Hörerschaft versank in Schweigen.
Aber die Musik hatte ihr Zwingendes verloren. Er bemerkte
jetzt zu viele Äußerlichkeiten: er konnte keine befriedigende Stellung für seine Beine finden, seine Verdauung
machte ihm leichte Beschwerden, und es störte ihn, daß der
Kerl vor ihm den Kopf nicht ruhig hielt. Neben sich konnte
er Marjories hingerissenes Gesicht sehen. Irgendwie war
ihm der Abend verdorben.

Der nächste Morgen war noch strahlender als der vorhe-
rige. »Heute«, sagte Marjorie, »setzen wir uns an den
Strand und tun überhaupt nichts. Eventuell gehen wir sogar
ins Wasser.«

»Das klingt hübsch.«

Der Richter hatte in der Nacht an die kleine Episode mit
dieser Frau gedacht und dabei sein seelisches Gleichgewicht
wiedergefunden. Er war ärgerlich – obwohl mehr über sich
als über sie –, daß es seinen Genuß am Konzert gestört
hatte. Er sah sie daher mit einigem Verdruß am anderen

Ende des Speiseraums mit ihrer Schwester sitzen und die Hand zu einer wedelnden Begrüßung heben.

»Was ist denn?« fragte Marjorie mit dem Ahnungsvermögen der Ehefrau. »Ach so … Wieder sie. Versteck dich hinter deiner Zeitung. Ich gehe hinauf und mache alles für den Strand zurecht.«

Er war zur Hälfte durch die Lokalnachrichten, da spürte er, daß sie neben ihm stand. Allein. Die Schwester war sie offenbar losgeworden.

»Wieder so ein himmlischer Tag. Haben wir nicht Glück? Ganz allein? Ich habe Ihre Frau davontraben sehen …«

Sie blieb weiter stehen, ihr Blick verirrte sich zu der Kaffeekanne neben seinem Ellbogen.

Man erwartet von mir, dachte er, daß ich sage, setzen Sie sich doch, trinken Sie noch eine Tasse Kaffee mit mir. Wieder spürte er diese Schwingung und wußte jetzt auch den Grund. Marjorie trabte tatsächlich, ihr Gang war ziemlich ungraziös, aber es stand dieser Frau nicht zu, so etwas zu sagen und jemanden zu verunglimpfen, den er zufällig liebte. Er raschelte leicht mit seiner Zeitung.

»Wir wollen gleich an den Strand.«

»Ja, wie schön. Ich glaube, wir gehen später auch hinunter. Ich überlege, ob ich Sie um etwas bitten darf oder nicht …«

Sie zögerte anmutig, offenbar von plötzlicher Schüchternheit befallen. »Also, ich will mal mutig sein. Die Sache ist die, ich habe ein lästiges Problem mit einer Wohnung in London, die ich kaufen will, etwas mit einem Pachtvertrag, was ich absolut nicht verstehe, und ich traue dem Mann, der das für mich durchzieht, dem Anwalt, wissen Sie, nicht so hundertprozentig. Dürfte ich irgendwann dazu Ihren Rat erbitten?«

Der Richter blickte ungerührt zu ihr auf.

»Ich meine natürlich nicht jetzt, mitten in Ihrem freien

36

Wochenende. Meine Schwester hat zufällig Ihre Adresse im Hotelregister gesehen, und ob Sie es glauben oder nicht, meine derzeitige Wohnung ist nur ein paar Minuten weit davon. Es wäre wunderschön, wenn Sie mal ein Stündchen erübrigen könnten und auf dem Heimweg irgendwann abends auf einen Drink vorbeischauten, natürlich mit Ihrer Frau, nur daß es wahrscheinlich schrecklich langweilig für sie sein würde. Wäre das sehr aufdringlich? Wenn man allein ist wie ich, ist man so ausgeliefert …«, sie seufzte, »allen Leuten, dem System, ich weiß nicht, allem. Manchmal bekomme ich richtig Panik.«

Das bezweifle ich, dachte der Richter. Er legte die Zeitung fort. »Mrs. Lukes.«

»Oh, bitte, nennen Sie mich Moira …«

Er räusperte sich. »Eigentumsübertragung ist nicht mein Fachgebiet. Was ich dazu sage, könnte möglicherweise irreführend sein. Der einzige vernünftige Rat, den ich Ihnen geben kann, ist, wechseln Sie Ihren Anwalt, wenn Ihnen das Vertrauen zu ihm fehlt.«

Ihre Augen flackerten. Der Ausdruck aufrichtigen Bittens erlosch. »Oh, ich verstehe. Nun, ich denke, Sie haben recht. Das muß ich also tun. Ich hätte nicht fragen sollen. Aber die Einladung steht natürlich, wann immer Sie frei sind.«

»Sehr freundlich«, sagte der Richter kühl. Er nahm die Zeitung wieder auf und sah sie über den Rand hinweg an. Ihre Blicke trafen sich in gegenseitigem Verstehen. Er erschrak etwas über ihren Gesichtsausdruck. Er war so haßerfüllt, wie er ihn im Lauf der Jahre von Zeit zu Zeit im Gerichtssaal gesehen hatte, auf den Gesichtern in der Anklagebank.

»Einen recht schönen Tag noch«, sagte Moira Lukes. Ihre Fassung war zurückgekehrt, sie strahlte und kniff die Augenwinkel zusammen und war fort. Na ja, dachte der

Richter, jetzt ist es vorbei mit der Liebe. Aber es mußte sein, ein für allemal. Er faltete die Zeitung zusammen und ging Marjorie suchen.

Sie packte gerade eine Strandtasche mit Badesachen und Handtüchern. Der Richter schloß den Koffer auf, nahm einen Stoß pornographische Zeitschriften heraus und stieß sie auf den Grund der Tasche.

»Ach du meine Güte«, sagte Marjorie, »die hatte ich ganz vergessen. Mußt du?«

»Ja, leider. Der Fall wird morgen wiederaufgenommen. Es ist das Übliche: alle durchsehen, bis zu welchem Grade sie obszön sind. Ein paar Bücher sind auch dabei.«

»Ich helf dir«, sagte Marjorie, »denn größ're Liebe hat kein Weib ...«

Der Strand war angenehm leer. Familiengruppen sprenkelten den Sand. Kinder und Hunde hopsten in die Brandung und wieder heraus. Möwen trieben auf dem Wasser, und eine Gruppe kleiner Watvögel trippelte vor den Wellen hin und her wie verwehte Blätter. Der Richter, der gern entspannt den Vögeln zusah, saß da und beobachtete sie liebevoll. Das Wetter, diese besonders köstliche Manifestation der physischen Welt, und das unkomplizierte Behagen von Mensch und Tier ringsum hatten einen Zustand allgemeinen Wohlwollens in ihm hervorgerufen.

Marjorie brachte die Decke und den Windschirm in Stellung und fragte: »Gut so?«

»Gut so«, erwiderte er. Sie lächelten einander zu und freuten sich des Understatements.

Marjorie ging nach einer Weile entschlossen schwimmen. Der Richter war feiger, er folgte ihr nur bis an den Uferrand und schaute zu. Als sie zusammen den Strand wieder hinaufgingen, sahen sie plötzlich, daß Moira Lukes und ihre Schwester nicht weit entfernt lagerten. Sie warf ihm einen kurzen Blick zu und sah dann sofort weg.

Jetzt, um die Mittagszeit, füllte sich der Strand allmählich, wenn auch nicht störend. Eine Familie hatte sich in der Nähe der Braines eingerichtet, junge Eltern mit einem Baby im Kinderwagen und einer Schar größerer Kinder, die eben jetzt mit den Anfängen einer Sandburg beschäftigt waren. Der Richter, der seinerzeit nicht wenige Sandburgen gebaut hatte, empfand den absurden Drang, dabei zu helfen. Der ursprüngliche Entwurf war, wie er feststellte, mangelhaft und würde bald Probleme machen. Die Mutter, eine junge Frau mit frischem Gesicht, kam durch den Sand getrottet und bat Marjorie, ihr einen Dosenöffner zu leihen. Sie schwatzten einen Augenblick. Die junge Frau trug das Baby auf der Hüfte.

»Bei so etwas«, sagte Marjorie und setzte sich wieder, »werde ich doch immer wieder zur Bruthenne, obwohl ich schon so alt bin.«

Auch sie sah beim Bau der Sandburg zu, schließlich wühlte sie im Picknickkorb und förderte einen Plastikbecher zutage.

»Für Türmchen«, erklärte sie dem Richter etwas schuldbewußt. »Mit einem Eimerchen kriegt man das nicht hin.«

Die Kinder nahmen ihre Gabe mit wohltuender Freude entgegen. Die Eltern lächelten dankbar. Die Burg wuchs empor, jetzt noch stilvoller.

Der Richter seufzte und tauchte in die Tiefen der Strandtasche.

»An die Arbeit, fürchte ich«, sagte er. Um sie her hatte sich das Strandleben zu einem Fries zurechtgerückt, als sei der Tag unendlich: Kleine, hingeräkelte Menschengruppen, der weite Bogen des Horizonts, vor dem die grauen Umrisse entfernter Schiffe standen wie Scherenschnitte, der belebte Vordergrund mit rennenden Hunden und Kindern und einem Strohhut, der von einer plötzlich aufgekommenen Brise hierhin und dorthin geweht wurde.

Der Richter und seine Frau saßen da, jeder mit einem Stoß Zeitschriften neben sich. Marjorie sagte: »Das ist ja eine schauerliche Sammlung. Kann ich mal dein Taschentuch borgen, meine Brille überzieht sich immer wieder mit Salzfilm.«

Der Richter blätterte und machte sich gelegentlich ein paar Notizen. Nichts von dem, was er sah, überraschte ihn, von Zeit zu Zeit stellte er fest, daß er die Gesichter musterte, die zu den abgebildeten Körpern gehörten, als suche er eine Erklärung. Aber es schienen ihm ganz normale Gesichter, so wie die Körper wohl auch.

Marjorie fragte: »Tasse Tee? Sag mal, wieso können Wörter so viel obszöner sein als Bilder?« Sie blätterte in einem Buch, oder doch in etwas, was als Buch gelten konnte.

»Deswegen, glaube ich, hat man sie immer so gern verbrannt.«

Gerade als der Richter nach dem Becher Tee griff, den sie ihm reichte, kam der Wind mit einer großen, kräftigen Bö, warf sich den Strand entlang in einer Wolke aus Sand und fliegenden Plastiktüten. Er jagte Zeitungen in die Luft wie große flatternde Vögel und wirbelte einen buntgepunkteten Fußball die Wasserlinie entlang wie einen Kreisel. Er hob Decken an und stieß Liegestühle um. Er riß die Zeitschriften vom Schoß des Richters und von Marjories und trug sie über den Sand in einem Wirbel farbiger Seiten, ließ sie fallen, nur um sie wieder aufzuraffen und sie hierhin und dorthin zu schleudern: zu Füßen einer dicken Dame, die gerade in einem Liegestuhl ein Nickerchen machte, in den Kinderwagen der Nachbarfamilie und auf die Badetücher und Sonntagszeitungen der Leute.

Marjorie sagte: »*Ach du lieber Gott …*«

Sie standen auf. Sie begannen getrennt den Strand abzusuchen nach dem, was der Wind entführt hatte. Der Richter fühlte sich absurderweise unwohl, weil er sein Jackett auf dem Stuhl gelassen hatte und in Hemdsärmeln (ohne Krawatte) und Tweedhose den Sandstrand entlangstapfte.

Die Dame im Liegestuhl erwachte und streckte eine Hand aus, um das Magazin zu fassen, das sich um ihr Bein wickelte.

»Gehört das Ihnen?« fragte sie freundlich und blickte zum Richter auf. Als sie es ihm reichte, öffnete es sich, und ihre Augen ruhten einen kurzen Moment auf der mittleren Doppelseite, dem *pièce de résistance*. Ihre Miene veränderte sich, war gewissermaßen ausradiert von Verwunderung. Sie sah den Richter sekundenlang an und beschäftigte sich dann eifrig mit dem Strickzeug auf ihrem Schoß.

Marjorie, die systematisch hinterherstapfte, hob eine Zeitschrift nach der anderen auf und schob sie sich unter den Arm. Sie wandte sich um und sah, daß die Kinder die Krise mitbekommen hatten, ihre Sandburg im Stich ließen und hin und her flitzten und aufsammelten, als gälte es eine Schatzsuche. Auch die Mutter war aufgestanden und schüttelte den Sand aus einer Zeitschrift, die sich an den Rädern des Kinderwagens verfangen hatte. Als Marjorie neben sie trat, kam das kleine Mädchen mit einem Armvoll angelaufen.

»Brav, Sharon«, sagte die Mutter und das Kind – es war sechs, vielleicht sieben – strahlte und hielt Marjorie die aufgeschlagenen Seiten der Zeitschrift hin. Das Kind blickte darauf, und die Mutter blickte darauf, und Marjorie blickte darauf, und das Kind fragte: »Sind das Blumen?« – »Nein, Liebes«, sagte Marjorie traurig, »das sind keine Blumen« und wandte sich ab, ehe sie dem Blick der jungen Mutter begegnete.

Der Richter nahm einen Stoß von einem Mann entgegen, der sie ihm mit einem Zwinkern überreichte, und weitere von einem Jungen, der ihn ausdruckslos anstarrte, mehr konnte er nicht finden. Er ging zurück zu ihrem Lagerplatz.

Marjorie stopfte ihre Sachen in die Strandtasche. »Gehen wir?« fragte sie, und der Richter nickte.

Als sie die Decke zusammenfalteten, kam Moira Lukes heran. Sie trug Hosen mit korrekter Bügelfalte und ging mit federnden Schritten.

»Das gehört anscheinend Ihnen«, sagte sie, hielt ihm eine Zeitschrift zwischen Finger und Daumen hin wie mit einer Zange und ließ sie auf den Sand fallen.

»Wie fürchterlich wahr ist es doch«, sagte sie, »daß Menschen nicht das sind, was sie scheinen.« Sie strahlte Genugtuung aus, warf einen kurzen Blick auf Marjorie, wie um sicherzugehen, daß sie es gehört hatte, und ging.

Die Braines sammelten schweigend ihre restliche Habe ein. Marjorie nahm die Decke und den Picknickkorb, der Richter trug die Strandtasche und den Windschirm. Sie trotteten den ganzen Strand entlang, mit Blicken verstohlenen Interesses gemustert.

Venedig, jetzt und damals

»Venedig!« sagte sie, stand auf und ging durchs Zimmer.
»Natürlich! Der Dogenpalast und der Campanile. Hübsch.
Wo hast du es her?«

»Ich hab es bei einem Trödler gesehen.«

Draußen vor den Fenstern donnerte der Londoner Verkehr.

»Ja«, fuhr sie fort, »wie einen das erinnert! Zu der Kirche
sind wir auch mal gegangen, das Bild muß von dieser Seite
aus gemacht worden sein. San – San …«

»Santa Maria della Salute.«

»Genau!« Sie stubste mit einem Finger auf das Glas.
»Dort habe ich die fluoreszierende Halskette gekauft. Da –
unter der Arkade!«

Er schaute angestrengt darauf hinunter, als müsse die
Vergangenheit sich offenbaren. »Wirklich? Ich dachte, es
wäre auf dem Platz gewesen. Wie die Dinge sich verwischen. Ich erinnere mich nur noch an die Hitze nachts. Es
war, als läge man in warmer Suppe.«

*Auf der Wasseroberfläche zittern lange Bänder aus Licht.
Ein Tanker kommt vorbei, eine riesige, schwarze Masse,
die sich vor Kirchen und Paläste schiebt und einen Wellenkamm nach dem anderen ausschickt, der an den Kai und
die vertäuten Boote schwappt. Hin und her gehen Hunderte von Menschen, hin und her, wandern und unterhalten sich, und wir mit ihnen: Liz und ich und Belinda und
Alan. Heute dort, morgen fort – nun ja, jedenfalls nächste
Woche. Waren alle Menschen dieser Welt irgendwann*

einmal hier? Ein Ort ist ein Gefäß, das alles aufnimmt; vielleicht gibt es nur Orte und überhaupt keine Menschen.

Ich würde gern was essen. Ich hole die anderen ein. Liz kauft etwas von einem Mann mit einem Bauchladen voll Postkarten, Schals, Krawatten. Alan und Belinda stehen Hand in Hand da. Liz sagt: »Schau mal, ich konnte nicht widerstehen. Häng sie mir um, James.«

Sie schmiegen sich einem um den Hals wie Glühwürmchen. Ich sage: »So eine muß ich haben.« Alan und Belinda sehen lächelnd zu. Alan trägt ein blaues Hemd, sein Haar ist kraus vom Meerwasser und dem Salz. James legt mir die Kette um, er gerät damit in die Härchen in meinem Nacken, und ich beklage mich. »Il faut souffrir«, sagt Alan, »pour être belle.« Wir setzen uns ins Straßencafé und lachen. Lebende Fische in einem Becken und Lichtstrahlen, pelzig von Insekten.

»Wieviel hat es gekostet?« fragte sie. »Fünfundzwanzig, das ist nicht zuviel heutzutage, meine ich. Ich würde es über den Schreibtisch hängen. Wenn ich was zu sagen hätte. Übrigens hast du noch gar nicht gesagt, was du von meiner neuen Frisur hältst.«

Sie wendete den Kopf von einer Seite auf die andere und zeigte sie.

»Kürzer«, stellte er vorsichtig fest.

»Klar, kürzer, Schwachkopf, das ist doch der Sinn dabei.«

»Wo war doch noch das mit den Carpaccios?«

»O ihr Carpaccios, wo seid ihr, wo weilet ihr«, singt Belinda. Sie lehnt sich über ein Geländer. »Zwei Plastikflaschen, siebzehn Salatblätter, was Gräßliches, was ich gar nicht wissen will, ein altes T-Shirt, die Zeitung von gestern ...«

James steht da, den Stadtplan in der Hand, und runzelt die Stirn. Er dreht den Plan so herum und andersherum, er versucht Plan und Straßen einander zuzuordnen, er blinzelt nach rechts und links, sucht das Gedruckte und die Realität unter einen Hut zu bringen. Wir lungern so herum.

»Wir könnten sie ja weglassen«, schlägt Alan vor. »Ich glaube, James, wir sind wieder da, wo wir vor zehn Minuten waren.«

Und James regt sich auf. Nein, nein, die darf man nicht auslassen, sie sind, so steht es im Führer, mit das Tollste. Moment mal, ich hab's gleich. Wenn wir hier raufgehen und dann nach rechts ...

Wir folgen ihm. »Carpaccio, Carpaccio«, singt Belinda, »wo weilest du, Carpaccio?«

Wir schlendern durch eine Trompe-l'œil-Landschaft, in der Straßen in Gebäude und Kanäle hineinführen, in denen Menschen in Mauern verschwinden, in denen ein Platz keinen sichtbaren Ausgang hat. Wir lavieren uns durch. Ich nehme die Sonnenbrille ab und setze sie wieder auf. Wir tauchen aus der Hitze in kühle, dunkle Innenräume. Wir bleiben andächtig stehen, wir kehren über Brücken zurück. Ich lasse Münzen in die Hand eines schmuddeligen Aufsehers gleiten. Wir betreten hintereinander einen heißen, halbdunklen Raum. Draußen reißen Männer mit Drillbohrern das Straßenpflaster auf. Der Mann schließt die Tür, und der Lärm wird gedämpft. »Die sind aber klein«, sagt Liz. »Ich hab mir die irgendwie riesig vorgestellt.«

»Ach Gott«, sagte sie. »San Soundso. Krieg ich was zu trinken, James, mein Lieber? Ich bin total geschafft.«

Er stand neben ihr und machte sich an den Flaschen zu schaffen.

»Siehst du Alan eigentlich noch manchmal?«

»Ich arbeite doch in derselben Firma wie Alan. Heute wie damals. Natürlich treffe ich Alan gelegentlich. Von Zeit zu Zeit, Alan ist ein bißchen fett geworden. Er ist nach Fulham gezogen.«

»Ich dachte nur.«

»Eigentlich«, sagte sie, »hab ich Alan immer noch gern. Na ja.«

Alan, der gute Manieren hat, hilft mir ins Boot. Er sagt: »Komm, gib mir die Tasche, ja?«

Wir sind unvermutet in einen Aprikosenabend geraten. Der Himmel ist aprikosenfarben und der erstaunliche Horizont und die vibrierende, zerschmelzende Luft.

Belinda sagt: »Herrje, ich hätte am Flughafen noch mal ›für Damen‹ gehen sollen. Wie lange dauert das wohl?«

Alan sitzt neben ihr. »Beherrsch dich, mein Mädchen«, sagt er und lächelt zu mir herüber. »Ziemlicher Unterschied zu Whitehall, was?«

Ich sehe mich nach James um, aber James hat sich ganz nach hinten gesetzt, in den Bug oder wie das heißt. Er schaut angestrengt rundum, er versucht sich zu orientieren. James weiß immer gern, wo er ist.

Wir jagen durch eine Welt, die augenscheinlich kreisrund ist, und hinterlassen ein gemeißeltes, weißes Kielwasser. Wir fliegen über diese Wasserscheibe, die von Land umringt ist, einer undefinierbaren Substanz, die sich hie und da in ein Gekritzel von Kränen und Schornsteinen, in eine Sequenz von Kuppeln und Türmen auflöst. Zinnfarbene Wolken liegen rings am Horizont, mit Bäuchen aus Zitronengelb, Gold und Silber. Liz ruft etwas in die pochende Luft. Ich versteh kein Wort. Sie brüllt: »Ist das nicht herrlich! Ich bin so froh, daß wir nicht den Bus genommen haben.« Ich nicke.

»Hmm«, sagte er. »Ich bin nicht so sicher, ob die Zeit die Dinge wirklich klärt. Eines tut sie bestimmt: sie tut noch etwas dazu.«

»Jahre?« schlug sie vor. »Graue Haare?«

»Ich hab keine gesehen. Oder sind die alle abgeschnitten worden?«

»Du Biest. Belinda ist ganz unverändert.«

»Ich kann mich«, sagte er, »an Belinda nicht mehr erinnern. An die damalige Belinda. Komisch.«

»O doch, ich schon. An die Handtasche, die sie immer in den Cafés liegengelassen hat. An dieses Sonnenöl. An Graham Greene.«

Belinda liest ›Brighton Rock‹. »Es ist eine Ewigkeit her, seit ich das gelesen habe«, sage ich. »Der stirbt doch am Schluß, nicht? Der Junge, Pinky. Er hat diese Flasche mit Säure, und ...«

»Du Ekel!« ruft Belinda, »jetzt hast du mir verraten, was passiert. Jetzt hast du alles verdorben.«

»Nicht verdorben«, verbessert Alan. »Du kannst es trotzdem noch genießen, es ist das gleiche Buch.«

»Ist es nicht«, sagt Belinda. »Jetzt weiß ich, wie es ausgeht. Alles wird anders, wenn man weiß, was kommt.«

»Tut mir leid«, sage ich.

»Du bist wirklich lästig«, beklagt sich Belinda. Sie setzt die Brille wieder auf und liest.

Ich laviere mich an den Tischen vorbei dorthin, wo Belinda sitzt und liest. Sie blickt auf.

»Oh«, sagt sie. »James. Alan sieht nur eben mal nach den

Abfahrtszeiten der Motorboote. Die unselige Liz hat mir erzählt, wie mein Buch endet. Und ist zur Strafe die Sonntagszeitungen kaufen gegangen. Tee oder Kaffee?«

Und sie blickt zu mir auf, die Augen gegen die Helligkeit zusammengekniffen in einem Gesicht, das ich nicht länger sehen kann, weil es nicht mehr existiert, das Gesicht der damaligen Belinda, das Gesicht von Alans Ehefrau Belinda. Ich setze mich ihr gegenüber auf einen unbequemen Metallstuhl mit gemusterter Sitzfläche. Ich kann das Metall und die Löcher, wo es fehlt, durch meine Hose spüren. Ich sitze da und frage mich, wie es möglich ist, ein Muster zu spüren. Belinda spricht über einen Film im Notting Hill Classic.

»Wenn man einen hübscheren Rahmen dafür hätte ...« sagte sie.

»Ja ...«

»Und es ein bißchen saubermacht. Soll ich das Glas putzen? Oder wäre das irgendwie ehrfurchtslos?«

Er überlegte. »Ich würde vielleicht noch warten.«

»Scuola irgendwie ... Wo die Carpaccios waren. Scuola di ...«

Die Decke ist durchweg Rot und Gold. Mein Fuß tut mir weh, wo der Riemen der Sandale gescheuert hat.

Erst dieses bohrende Dröhnen, und dann wird es – knacks – abgestellt, wird zum Gemurmel, und statt dessen kommt eine Stimme auf deutsch, ruhig, belehrend, sachlich. Wir bewegen uns, James und Belinda und Alan und ich, im Raum umher, halten uns so weit wie möglich von der deutschsprachigen Führung fern, fühlen uns in unserer ungeführten Unabhängigkeit überlegen. Wir sind ganz gefesselt. Wir vergessen darüber vielleicht einander.

Ich blicke auf und sehe James neben Belinda stehen. Ich sehe sie noch immer, meinen langen, leicht vorgebeugten Bruder und Belinda in einem geblümten Baumwollrock und rosa Top, zwei Leute, die sich nicht besonders gut kennen und beide ein Gemälde anschauen.

Ich stehe neben Belinda, einer Freundin meiner Schwester, deren Ehemann Alan ebenfalls mit meiner Schwester befreundet ist, und sehe das Bild an. Ich kann es heute noch sehen: das dem Licht zugekehrte Gesicht des Mannes, das weiße Hündchen, das zu Boden gefallene Buch.

Belinda sagt: »Der heilige Augustinus in seinem Studierzimmer«, *und dann:* »Der Hund ist genau wie der von unserem Nachbarn.«

Ich lächle Belinda höflich an, ich schaue auf sie herunter: Ich sehe eine sympathische, zur Rundlichkeit neigende Frau wie durch Glas, undeutlich.

»Ich kann nicht lange bleiben – na gut, ein Glas noch, wenn du darauf bestehst. Ist es für etwas Besonderes, das Bild?«

»Etwas Besonderes?«

»Einen Geburtstag?«

»O nein.« Er musterte es noch einmal, überrascht, als sei es unerwartet da. »Nichts Besonderes, nein. Fiel mir nur zufällig auf. Verstehst du, war irgendwie hübsch. Irgendwie vertraut. Ob ich zuviel gezahlt habe?«

»Ja, das schon. Ich meine, vertraut, nicht, daß du zuviel gezahlt hast. Und doch, ich könnte schwören, das da war *hier.«* Wieder tupfte sie auf das Glas. »Weißt du noch? Das Gewitter?«

Blitze zucken. Wilde Opernblitze. Die Gebäude heben sich vor schwefliger Wolkenlandschaft ab, aus der gleich Walküren oder Seraphim oder ein Mozart singendes Trio her-

vorkommen werden. Es ist völlig unwirklich, so unwirk-
lich wie der Dom, der Palazzo, der Campanile, die
bestimmt erst gestern erbaut worden sind, egal, was davon
behauptet wird. Alles ist Bühnenbild, wie auch die Stati-
sten, eine riesige Hollywood-Armee von Statisten, die
rings um den Platz, auf und ab, hin und her schwappt.
Sollte man applaudieren? Oder wird der Höhepunkt erst
kommen?

James klatscht plötzlich Beifall. Er steht da in seinen
Hemdsärmeln und klatscht in die Hände.

»Dein Bruder«, sagt Alan, »ist entschlossen, das Urbild
des exzentrischen Engländers darzustellen.« Er lächelt
wohlwollend. Er ist älter als wir, manchmal schleicht sich
eine onkelhafte Nuance bei ihm ein.

Und jetzt zuckt ein Gabelblitz vor einem Flächenblitz,
ein überwältigender Eindruck, ein metallisches Zischen vor
dem großen, weißen Lodern, und in weiter Ferne, in den
Kulissen, grollt die Landschaft.

»Es passiert gar nicht hier«, sagt Alan. »Es ist über den
Dolomiten, schätze ich.«

Belinda ist ängstlich. Es wird jeden Moment anfangen zu
gießen, behauptet sie, und überhaupt habe ich Angst vor
Blitzen, und was ist, wenn es in einen der Türme einschlägt,
dann sind wir alle … Sie rennt um uns herum wie ein Hir-
tenhund. Sie umrundet James, der jetzt mit gekreuzten
Armen dasteht, ganz Genießer, und James klatscht noch
ein-, zweimal und lächelt liebenswürdig, distanziert, und
wir kehren alle ins Hotel zurück.

»Die Dinge sind so unbeständig«, sagte er. »Das ist das
Schlimme.«

»Gebäude wandern nicht. Wenn es nicht dort ist, wo es
meiner Erinnerung nach damals war, dann ist es woanders.
Orte bleiben sich gleich.«

»Stimmt«, bestätigte er. »Schön, daß es etwas gibt, auf das man sich verlassen kann.«

»Wo sind denn die Kinder? Es ist so unheimlich still.«

Er sah sie über den Rand des Glases an. »Warte mal … Wie war das doch noch. Sie sind … nicht da. Ich glaube, sie sind in der Musikstunde.«

»Ich beneide dich, wirklich«, sagte sie, »um deine Fähigkeit, dich abzuschotten.«

»Die ist in den vergangenen zwei Jahren auf eine harte Probe gestellt worden, wie ich zugeben muß.«

»Es sind reizende Kinder, aber eben Kinder.«

»Ja, so sagt man.«

»Wie sonderbar ist es doch«, sagte sie, »wenn man bedenkt, daß es sie damals in Venedig noch gar nicht gab. Wenn uns damals jemand gesagt hätte …«

»Ja, allerdings. Wir wären völlig perplex gewesen. Außerdem«, fuhr er fort, »hätte es uns einen sehr netten kleinen Urlaub verdorben.«

Unter den leuchtendfarbigen Decken schlurft die Menschenmenge mit verrenktem Hals, spricht verschiedene Sprachen. Ein Strom von Menschen, sich selbst erneuernd sicherlich, es können unmöglich so viele verschiedene Leute hier durchkommen. Am einen Ende herein, am anderen hinaus, durchgeschleust. Ich finde eine Stelle, wo ich mich setzen kann, vor einem stürmischen Gemälde; auch die Zahl gemalter Menschen ist Legion, Heilige und Christusse und Marien und solche, die weinen, und solche, die zuschauen. Ich konsultiere den Reiseführer. Ich blicke wieder auf, und da ist Liz, die sich neben mir auf den Sitz fallen läßt.

»Magst du sie?« fragt sie, und ich betrachte prüfend die große Fläche vor mir, die große, vielfältig glänzende Fläche.

»Doch nicht das, Dummkopf«, sagt sie. »Sie. Ich meine Alan und Belinda.«

Ich erwidere, es sei zu heiß für Beurteilungen und über-
haupt sei ich hungrig.

»Dein Bruder«, sagt Belinda, »nimmt alle Besichtigungen
schrecklich ernst. Dabei«, ergänzt sie hastig, »ist er richtig
lieb. Er beschämt uns alle geradezu. Meinst du, wir können
es wagen, ihn weiterzuzerren?«

Und wir schauen durch den Raum zu James hinüber, der
von uns abgeschirmt ist durch Menschenmassen, durch
wogende Mengen von Körpern: James mit seinem Buch,
seinem inzwischen arg mitgenommenen Buch, wie er
dasitzt und dies mit dem und das mit jenem in Beziehung
setzt. Ich gehe hin und setze mich zu ihm, und er erzählt
mir von Verkündigungen und Kreuzigungen und Auferste-
hungen.

»Verdorben? Es könnte ihn auch interessanter gemacht
haben. Du mußt zugeben, es hätte ihm noch zusätzlich ein
gewisses Etwas verschafft.«

»Nein. Verdorben«, sagte er energisch.

»Da ist die Tür.«

Er nahm ein drittes Glas. »Wollen wir hoffen, daß man
mich nicht für verschwenderisch halten wird.«

»Ach, wegen dem Bild? Natürlich nicht. Es wird ihr großartig gefallen, glaube ich. Scuola di San Giorgio, da, jetzt hab
ich's wieder. Jetzt bin ich zufrieden. Es macht einen verrückt, wenn einem etwas nicht einfällt.«

»Hieß es so?« sagte er. »Ja, stimmt. Bei Namen war ich
schon immer nicht gut. Dort gab es einen Drachen und den
heiligen Hieronymus mit dem Löwen.«

Ein höchst menschlicher Löwe. Und erschreckt flüchtende
Gestalten und grüne und rote Farben, wie mit einem Gold-
hauch überzogen, dem Sonnenschein eines anderen Jahr-

hunderts, wie es scheint. Ich stehe in angenehmer Trance des Betrachtens, denke an nichts, bin ein Augenpaar, nicht mehr. Ich spüre, wie sich neben mir etwas bewegt, und schaue rasch hinüber. Belinda teilt mit mir St. Augustinus – sein Fenster, seinen Hund, sein heruntergefallenes Buch.

Wir sind verbunden durch das Bleibende dieses Bildes, stehen für immer in einem heißen, halbdunklen Raum. Das Gemälde ist noch dort, immer noch vor dem inneren Auge, aber Belinda ist fort, die Belinda von damals, ausradiert durch das, was seitdem war, Belinda ist nicht wiederzufinden.

Also, es ist doch gut, daß wir hergefunden haben. James hatte recht, oder das blöde Buch von James, man darf sie tatsächlich nicht verpassen. Ich gehe in dem Raum herum, steuere das eine an, dann das andere. Ich setze mich auf eine Bank und versuche, etwas an meinem Sandalenriemen zu richten, mein Fuß hat eine rote, juckende Stelle. Ich stopfe ein Papiertaschentuch unter den Riemen und trete wieder an das Bild mit dem Drachen.

Ich sehe mich um nach den anderen: Alan kauft Postkarten. Er wartet geduldig in einer Menschentraube, die Hände in den Taschen.

Belinda steht neben James am anderen Ende des Raumes. James bückt sich ein wenig, um zu hören, was sie sagt, sie legt den Kopf in den Nacken und blickt zu ihm auf. Ich kann sie noch immer sehen, aber sie sind überlagert von den Erkenntnissen des Jetzt. James blickt auf Belinda herab, er lächelt. Er lächelt seiner Frau zu.

Werde alt mit mir oder Das Beste kommt noch

»Ach, ich weiß nicht«, sagte Sarah. »Immer diese Entscheidungen. Ich hasse Entscheidungen. Ich meine, etwas, was mich unter anderem stört, ist: Wäre ich dann noch ich? Würde ich mich verändern? Wenn wir es täten?«

Sie trug blaßtürkisgrüne Hosen und ein weißes T-Shirt. Sie fuhr ihren Fiat über das Lenkrad gebeugt. Ihr Gesicht war fast verdeckt von einer großen, spiegelnden Sonnenbrille, über die Hecken und Bäume und ein überholender Wagen glitten.

»Hier ist es wundervoll, nicht? So verschlafen, als ob hier in hundert Jahren nichts passiert.«

Tony sagte: »Wir könnten uns beide verändern. Es ist ein bedeutsamer Schritt in einer Beziehung. Darauf kommt es an, glaube ich.«

»Und das Wartenkönnen. Das Nachdenken darüber. Nichts überstürzen.«

»Nicht daß wir das getan hätten.«

»Stimmt. Sollen wir bald mal halten und essen?«

»Ja, wenn ein vernünftiges Gasthaus kommt.«

Gloucestershire entrollte sich zu beiden Seiten. Dunkelgrün, strohfarben, unbewohnt. In den Feldern neigten sich schlaffe Bäume.

Ein Dorf war bis auf einen vor einem Laden tuckernden Lastwagen still und schweigsam. Der Hochsommer hatte die Landschaft im Griff. Vögel zuckten von Hecke zu Hecke.

»Die Hälfte der Zeit«, sagte Sarah, »taucht es gar nicht auf. Man verdrängt es irgendwie. Es gibt zuviel anderes, an das man denken muß. Und dann fängt es an zu bohren. Und dann muß man es entweder tun oder lassen.«

»Wir haben es drei Jahre lang nicht getan, Liebling.«

»Ich weiß, ich weiß. Trotzdem taucht es auf.«

»Steuerlich gesehen wären wir besser dran«, sagte er, »wenn wir nicht verheiratet sind. Seit deiner Gehaltserhöhung. Aber das haben wir im Winter schon besprochen, erinnerst du dich?«

»Wie sieht das hier aus? – Um wieviel besser dran genau?«

»Mein Gott, ich weiß es nicht. Jedenfalls um Hunderte.«

Sie bog in den Hof des Gasthauses ein.

»Das ist ja nicht so ohne. Ma sagt immer wieder, was ist, wenn ein Kind kommt? Und ich sage dann, na ja, dann würde die Sache natürlich ganz anders aussehen, aber bis dahin sind wir in unseren Entscheidungen frei. Das Schlimme ist nur, die liebe Ma glaubt, ich sei mit sechsundzwanzig überfällig. Und ich sage ihr immer wieder, ›fällig‹ gibt es heute nicht mehr.«

Die Frau hinter der Theke sah sie hereinkommen, ein gutaussehendes junges Paar, bei bester Gesundheit, finanziell nicht knapp, die Art Leute, die etwas vom Leben haben. Sie servierte ihnen Bier und Geflügelsalat und stellte fest, daß Sarah eine gute Figur hatte, kein Gramm an der falschen Stelle, was eine vage Unzufriedenheit bei ihr hervorrief. Ich werde jetzt Diät halten, dachte sie, von Montag an, ich schwöre es bei Gott. Sie bemerkte auch Tonys braungebrannte Unterarme unter den aufgekrempelten Ärmeln eines undefinierbar schicken Hemdes, wie bei den Typen in den Farbbeilagen. Um die dreißig. Angenehme Stimme. Er steckte das Kleingeld ein, ohne sie anzusehen, wandte sich mit den Tellern zum Gehen. Sie sah zu, wie die zwei sich an einem Ecktisch beim Fenster niederließen, dicht nebeneinander, und sich unterhielten. Verliebt vermutlich. Hatten die ein Glück.

»Die Steuer ist schon ein Gesichtspunkt«, sagte Sarah. »Aber ein anderer ist das voneinander Abhängigsein. Schau dir nur Tom und Alison an. Und doch weiß man, daß man schließlich eine Entscheidung treffen muß. Du kannst meine Essigzwiebel haben.«

»Viele Leute tun es nicht. Eine Entscheidung treffen, meine ich. Sieh dir doch Blake und Susan an.«

»Ich will mir Blake und Susan gar nicht ansehen. Blake ist zweiundvierzig, hast du das gewußt? Außerdem – er *war* ja mal verheiratet. Ach, es ist alles so schwierig! Wir haben gesagt: kein Kind, außer wenn es passiert, zumindest jetzt noch nicht. Das war doch immerhin eine Entscheidung. Gott sei gedankt für die Pille. Ich meine, stell dir vor, wie das war, als die Kinder einfach passierten.«

»Es kommt immer noch vor. Sieh dir Maggie an.«

»Aber ich bitte dich, Maggie hat es gewollt, du liebe Zeit. *Das* Baby war kein Zufall. Es war psychologisch absolut folgerichtig.«

Eine Weile aßen sie schweigend. An der Bar unterhielten sich Einheimische, Männer mittleren Alters, unrhythmisch wie Uhren, die verschieden rasch ticken. Die Frau polierte Gläser. Ein Handelsreisender kam herein und bestellte Steak-and-Kidney-Pie mit Chips. An der Wand machten handgeschriebene Plakate auf einen Flohmarkt und einen Seniorenausflug aufmerksam. Tony stellte die leeren Teller aufeinander. »Hier ist nicht gerade der Nabel der Welt.«

»Es ist ganz lieb. Wie bei Laurie Lee. Ich hab das Buch damals verschlungen, wie hieß es noch? Wir hatten es in Literatur. Sex in der Hecke und all so was. Okay, ich such noch schnell das Klo, dann fahren wir. Wo sind wir überhaupt? Ich hab irgendwie den Überblick verloren.«

Als sie zurückkam, hatte er die Straßenkarte auf den Knien.

»Laß mal sehen, es könnte ja hier etwas zu besichtigen geben. Ach du liebe Zeit – wir sind nicht weit von Deerhurst! Oh, Deerhurst müssen wir sehen! Du weißt doch, eine angelsächsische Kirche, ganz was Besonderes.«

»Dann los. Haben wir den Kunstführer mit?«

»Im Fach hinten im Wagen. So ein Glück. Mir war gar nicht klar, daß Deerhurst hier in der Gegend liegt.«

»Du bist ein kluges Mädchen«, sagte er und tätschelte ihr Knie. »Weißt sogar was über angelsächsische Kirchen.«

Die Frau hinter der Bar, die sie beobachtete, dachte, ja so ist es, wenn man so miteinander steht. Man kann die Hände nicht bei sich behalten. Na ja.

»Wie geht's dem Rücken, John?« fragte sie. »Hat dir das Zeug, von dem ich dir erzählt hab, geholfen?«

Das junge Paar stand nun auf, warf Pullover um die Schultern und ging ohne einen Blick zurück. Leute, die nur eben durchkamen, um in ein anderes Leben zurückzukehren. Ein junges, intensives Leben. »Was? Gern, danke sehr. Ich nehm ein Bier mit Schuß. Cheers, John.«

»Willst du fahren oder lotsen?« fragte Sarah auf dem Parkplatz. »Im Kartenlesen bist du besser als ich, und zu dieser Kirche sind es lauter Nebenwege. Eins sag ich dir, wenn wir tatsächlich heiraten, dann nicht mit einer verdammten Riesengeschichte in der Kirche. Dir ist doch klar, daß Ma genau das im Sinn hat.«

»Na, irgendeine Festivität wird schon sein müssen.«

»Wir könnten es in der Wohnung machen. Viel billiger. Die Festivität, meine ich. Und nur Standesamt. Aber das ist alles ziemlich theoretisch, solange wir uns nicht tatsächlich dazu entschließen. Jetzt nach rechts oder links?«

Wegweiser wiesen in träges Hinterland. Autos funkelten zwischen den Hecken, Farbtupfer in einer Welt aus Grün und Braun. Am Rande eines Dorfs hielten Wäscheleinen steife Formen von Kleidern, durchhängende rosa und gelbe

Leintücher, eine Reihe Windeln. Ein Mann kratzte mit einer Hacke rings um junge Kohlköpfe.

»Korfu«, sagte Tony, »war aufregender.«

»Ich dachte, wir hätten ausgemacht, nie wieder eine Pauschalreise zu machen? Jedenfalls ist dieses Jahr der neue Wagen dran.«

»Das hier ist unser vierter gemeinsamer Urlaub, Sarah.«

»Meine Güte … He, du lotst mich nicht richtig. Auf dem Schild hieß es Deerhurst.«

»Entschuldige. Ich dachte an was anderes. Übrigens, wie sind wir eigentlich auf das Thema Heirat gekommen? Heute, meine ich.«

»Ich weiß auch nicht. Ach doch, jetzt fällt es mir ein – weil du von dieser Tante gesprochen hast. Mußt du übrigens zu ihrer Hochzeit?«

»Hoffentlich nicht. Ich wäre dort der einzige unter Fünfzig, könnte ich mir vorstellen. Nein – herzliche gute Wünsche am Telefon, irgend so was.«

»Ist doch schön für sie«, sagte Sarah nachsichtig, »in ihrem Alter. Obwohl es ja irgendwie geschwindelt ist, wenn du verstehst, was ich meine.«

»Ja, aber für diese Generation gibt es keine Alternative.«

Sie nickten dunkel.

»Da sind wir«, sagte Sarah. »Hier muß man anscheinend den Wagen stehenlassen. Fein, es ist niemand sonst da. Ich hasse es, Kirchen zu besichtigen, wenn andere dabei sind. Wo ist der Kunstführer? Wir wollen das hier richtig gründlich machen, es soll ja was Wichtiges sein.«

Sie gelangten auf den Friedhof. Die Kirche, zwischen Eiben geduckt, schien in ihrem Alter fast ein Hohn, vertäut an etwas Dunklem, Unbegreiflichem, Gleichgültigem, zu fern, um verstanden zu werden. Ihr Stein war verwaschen, ihre Formen seltsam und unschön. Grabsteine ertranken im

Gras. Ein Flugzeug donnerte unsichtbar über den milchigen Himmel.

»... das hohe, schmale Mittelschiff ... typisch für das 8. Jahrhundert«, las Tony vor. »Siebenhundertundwas. Großer Gott, das gibt einem zu denken, hm?«

»Dort über dem Tor muß diese berühmte Skulptur sein. Ein Tierkopf. Das da ist es, nehme ich an. Du liebe Zeit, ist das alles unheimlich.«

Sie blieben stehen und schwiegen. »Alles, was so unglaublich alt ist«, sagte Sarah schließlich, »flößt einem Respekt ein. Ich meine, Respekt, weil es überhaupt da ist.«

Sie betraten die Kirche. Tony tat ein paar Schritte das Mittelschiff hinunter. »Ja, ich weiß, was du meinst. Hier drinnen sogar noch mehr. All diese Steine, die schon so lange stehen.«

Er wies ringsum auf Stützpfeiler, Vierungen, schmale, strenge Fenster.

»Lies vor«, befahl Sarah. »Ich möchte gern verstehen, was ich sehe.«

Sie machten nebeneinander die Runde im Gebäude, wandten die Köpfe zwischen dem Buch und den architektonischen Besonderheiten hin und her und verstanden.

Die Kirchentür, die sie hinter sich geschlossen hatten, wurde aufgerissen. Das Geräusch ließ sie beide zusammenfahren. Sie drehten sich um und sahen einen Mann im hereinströmenden Licht stehen, einen hochgewachsenen Mann in Tweedjackett und ausgebeulten Hosen, eine seltsame Prophetengestalt mit weißer Haarmähne, eine rustikale Variante eines gealterten Bertrand Russell. Ein eindrucksvolles Individuum, das sich einen Moment in der Kirche umsah, Sarah und Tony mit einem sekundenschnellen Blick abtat, mit großen Schritten den Mittelgang entlangkam, offenbar die Säulen absuchte und dann zum Eingang zurückkehrte und die Tür zuschlug.

»Der Vikar?« fragte Tony nach einem Moment.

»Nein. Das war bestimmt kein Vikar. Trotzdem, komisch, gleich wieder rauszurennen. Diese Kirche *vaut le detour*, wie es im Michelin heißt.«

»Vielleicht kennt er sie schon.«

»Wahrscheinlich.« Sarah wandte sich wieder dem Kunstführer zu. »Anscheinend ist noch etwas in Stein Gemeißeltes draußen, an der Rückseite, das müssen wir noch suchen. Alles andere haben wir, glaube ich, gesehen.«

Sie ging voraus, aus der Kirche und ringsherum, durch das hohe Gras und die schiefstehenden Grabsteine. Und dadurch stieß sie als erste auf sie.

Im Winkel eines vorstehenden Stützpfeilers, an der Wand der Kirche: den Mann. Den weißhaarigen großen Mann, der ihnen jetzt den Rücken zukehrte, weil er in einer Umarmung gefangen war, in einer sexuellen Umarmung (das Geräusch von Mündern, der Eindruck aneinandergepreßter Lenden) mit einer Frau, von der wenig zu sehen war, als Sarah mit abgewandtem Blick vorüberhastete, Tony wenige Schritte hinter sich. Beide sahen es gleichzeitig und schauten rasch weg. Sahen von dem Mann den tweedgekleideten Rücken und seine Mähne gelbweißes Haar und von der Frau, nun ja, wenig mehr als flüchtig einen blauen Jeansrock und Turnschuhe. Und ebenfalls weißes Haar, krauses, grauweißes Haar.

Sie erreichten die Rückseite der Kirche, blieben stehen und schauten die Mauer hinauf.

»Ich sehe keine Skulptur«, sagte Sarah (mit fester Stimme, wie gewohnt, nicht flüsternd, sondern ziemlich laut). »Sie soll eine Muttergottes darstellen – ah, das da muß sie sein. Direkt unterm Fenster dort oben.«

Als sie wieder an dem Pfeiler vorbeigingen, war das Paar fort. Der Friedhof lag völlig leer und verlassen. Der ganze Ort, der nur kurz erschüttert worden war, war wieder in seine Lethargie zurückgesunken. Die knisternde, erschreckende Aufladung mit Leidenschaft hatte sich in der unbewegten Luft eines Sommernachmittags aufgelöst. Es war drei Uhr, und man hatte das Gefühl, später würde es nie mehr. Irgendwo jenseits der Hecke tuckerte ein Traktor über einen Acker.

»Gehen wir«, sagte Sarah lebhaft. »Ich glaube, Deerhurst hab ich jetzt gesehen.«

Der Wagen stand nicht mehr allein. Zwei weitere parkten jetzt daneben. Sarah stieß den Schlüssel ins Schloß und öffnete die Wagentür. Sie ließ sich in den Fahrersitz fallen.

»Weißt du was, das war ein heimliches Rendezvous, auf das wir da zufällig gestoßen sind.«

»Sah so aus.«

»Wo die wohl jetzt sind, was meinst du?«

Tony zuckte die Achseln.

Sarah ließ den Motor an. Mit plötzlicher Heftigkeit stieß sie hervor: »Weißt du, eigentlich war es abstoßend. Die waren bestimmt siebzig.«

Tony nickte.

Verlegenheit füllte den Wagen.

Was das Auge nicht sieht ...

Die beiden Misses Knight, Joyce und Nora, beide schon auf der Schwelle zum Alter, bewohnten ein geräumiges georgianisches Haus in Pershore, Worcestershire. Pershore ist einer jener mittelgroßen Marktflecken, die trotz normaler Supermärkte, Tankstellen und Plakatwände der Gegenwart ein wenig entrückt scheinen. Vielleicht liegt es an der Symmetrie der Fassaden aus dem achtzehnten Jahrhundert oder an den vom Lärm des Durchgangsverkehrs unberührten Seitenstraßen. Das Haus der Knights, Nummer sieben am St. Joseph's Place, lag in einer solchen Seitenstraße, eigentlich eher einer Sackgasse, und hier erreichte diese Entrücktheit ein bemerkenswertes Maß.

Es gab wenig, mit dem sich das Haus dem gegenwärtigen Jahr oder sogar Jahrzehnt hätte zurechnen lassen, keine nachträgliche Elektrifizierung oder ein sofort einzuordnendes Ornament, keine modernen Bücher, keine Zeitschriften oder Illustrierte. Den Misses Knight war es gelungen, die Gesellschaft, in der sie lebten, selektiv abzulehnen, sie suchten sich heraus, was sie brauchten, etwa Bendicks Pralinen, Bath-Oliver-Kekse, Kanalisation, Antibiotika und Schädlingsbekämpfungsmittel, den Schutz des Gesetzes und Dauerversorgung mit Wärme, Licht und Wasser, alles übrige lehnten sie ab. Was das Auge nicht sieht, tut dem Herzen nicht weh, pflegten sie zu sagen. Nora und Joyce hatten das Auge geschult, nur das zu sehen, was sie zu sehen wünschten, und das Herz, sich von Erschütterungen freizuhalten. Sie sagten: Wir wissen wenig von dem, was so passiert, wir leben unser eigenes Leben.

Natürlich hielten sie die ›Times‹ wegen der Familienanzeigen. Nora studierte jeden Tag beim Frühstück sorgsam die Anzeigen und suchte nach einem Namen, der ihr etwas sagte. »Eine gewisse Lucy Symington hat geheiratet. Meinst du, sie könnte etwas mit Molly Symington zu tun haben?« Sie überlegten. »Eine so junge Tochter hat sie sicher nicht«, sagte Nora. »Wenn überhaupt, ist es eine Enkelin.« Molly Symington war mit ihnen zur Schule gegangen. Aus der Adresse war nichts zu ersehen, und überhaupt hatten sie vierzig Jahre lang keinen Kontakt mehr mit ihr gehabt.

»Ein John Chalmers ist gestorben. Mit neunundachtzig. Hießen die Leute damals im Urlaub in Salcombe nicht Chalmers? Vielleicht der Vater?«

Es war niemand geboren worden, der sich in irgendeiner Weise mit ihrem Leben verknüpfen ließ. Joyce legte die Zeitung sorgfältig zusammen für den Stapel Anfeuerpapier in der Vorratskammer.

Das Haus hieß Cader Idris, in liebevollem Gedenken an jenen Teil von Wales, in dem die Schwestern die Kriegsjahre verbracht hatten, den Gefahren und Behinderungen entrückt, die das normale Leben in Hove, wo sie 1939 wohnten, notwendigerweise beeinträchtigt hätten. Es war ein kluger Entschluß. Im Dolgelly war es möglich gewesen – bis auf Ärgernisse wie Lebensmittelkarten, Verdunkelung und Petroleummangel – mehr oder weniger zu ignorieren, was anderswo vor sich ging. Es war ein geruhsamer Krieg gewesen; Nora hatte Petit-Point-Stickerei gelernt, und Joyce züchtete mit beträchtlichem Erfolg Iris. Eine Fotografie der Irisrabatte aus dem Mai 1943, ein Flammenmeer aus *Iris xiphium* und *Iris laevigata* war damals in ›Country Life‹ erschienen – ein berauschender Augenblick – und hing jetzt gerahmt über dem Schreibtisch im Salon. Sie hatten ein bißchen Kriegshilfsdienst geleistet, weil man ja guten Willen zeigen sollte. Und sie hatten Geschmack an King-Charles-Spaniels gefunden, von denen der letzte einer langen Ahnenreihe nun in einem Sonnenfleck auf dem türkischen Teppich lag und erwartungsvoll mit dem Schwanz klopfte.

»Gib Ben ein Keksi«, sagte Nora, »und dann laß ihn hinaus.«

Aus dem Frühstückszimmer führten Glastüren auf die Terrasse und in den ausgedehnten Garten. Dieser Garten war eine Sehenswürdigkeit. Obwohl im Herzen von Pershore gelegen, maß er etwa 2000 Quadratmeter, eine Luftaufnahme hätte ihn wie den Park von Buckingham Palace als verblüffende grüne Insel inmitten der Dächer und Straßen gezeigt, ein unerwartetes Refugium. Die Mauern waren so hoch und so dick, daß man den Verkehr, der am einen Ende wenige Meter am Kräuterbeet, dem Flieder und dem Rosengarten vorüberrauschte, kaum wahrnahm. Ein gelegentliches Rattern oder Rumpeln, ein Hupen, die Sirene eines Krankenwagens betonte noch den Inselfrieden von Nummer sieben. Dabei waren die Einkaufsmöglichkeiten der High Street nur wenige Minuten entfernt: Boots, W. H. Smith, Sainsbury's. Nicht daß Joyce und Nora selber eingekauft hätten, das erledigte ihre Haushälterin. Sie beschäftigten eine Haushälterin und eine Gärtnerin. Beide wohnten im Westteil des Hauses, der hinter dem Küchentrakt lag und zu einer separaten Wohnung umgebaut worden war. Mr. Knight war Textilfabrikant gewesen, die Firma hatte in den fünfziger Jahren mit der Entwicklung von Kunstfasern einen großen Aufschwung genommen. Dem Kapital seiner Töchter, buchstäblich gepolstert mit Dralon, Courtelle, Terylene, Polyester und so weiter, hatte die allgemeine Geldentwertung nicht viel anhaben können. Es ging ihnen Gott sei Dank finanziell noch immer gut. Und eben darauf kommt es an, sagte Joyce, ob man sein Leben führen kann, wie man will, oder aber sich mit Dingen abgeben muß, die man weniger schätzt.

Die Haushälterin und die Gärtnerin hießen Beryl und Sylvia. Sie waren eng befreundet, ein ausgezeichnetes Arrangement, wie Joyce gern erzählte, denn so kam es nie zu den Reibereien, die zwischen zwei miteinander arbeitenden Frauen so häufig sind. Es war ein harmonischer Haushalt.

Joyce und Nora machten auch selbst bestimmte Ausflüge in die High Street: zur Bücherei, zu Debenhams und zur Konditorei. Beide aßen gern Süßes. Tee war der Höhepunkt des Tages. Die langwierige Entscheidung zwischen Sahne-Kirschtörtchen, Makronen, Schokoladeschnitten, Eclairs, Baisers und Mokkatorte bereicherte jeden Nachmittag. Zu ihren Kuchengängen wechselten sie sich ab. Im übrigen blieben sie die meiste Zeit am St. Joseph's Place. Zu festlichen öffentlichen Anlässen erschienen sie gelegentlich, nahmen aber sonst am städtischen Geschehen nicht teil. Die Klagen ihrer Bekannten und Altersgenossen über Veränderungen und Profanierungen ließen sie gleichgültig, sie selbst bemerkten so etwas kaum. Als sie ihren üblichen Weg zum Park durch den Bau eines Wohnungskomplexes blockiert sahen, führten sie Ben einfach auf einem Umweg hin und mieden Schmutz und Bauschutt. Das neue vielgeschossige Parkhaus war schon neun Monate im Bau, ehe es ihnen durch das Fenster des Gästezimmers zum ersten Mal ins Auge fiel. Es verdeckte die Aussicht auf die Abbey, und das war schade. Joyce nähte rasch Vorhänge aus hübschem Gitternylon von Debenhams.

Beryl und Sylvia waren tüchtig und fröhlich und blieben ganz für sich. Sie taten ihre Arbeit und saßen abends vor dem Fernseher, dessen gedämpftes Geschnatter durch die Tür ihres Wohnzimmers zu hören war. Auch Nora und Joyce hatten einen Fernseher, sie sahen Naturfilme, Serien,

Verfilmungen klassischer Romane, ›Unser Garten‹ und den Wetterbericht. Joyce hatte die Fähigkeit, genau im richtigen Moment bei den einleitenden Worten des Wetterpropheten einzuschalten, ohne sich den letzten Nachrichten ausgesetzt zu sehen, zu einer kleinen Kunst entwickelt. Beryl und Sylvia andererseits sahen gern ›Panorama‹ und ›Menschen wie du und ich‹ und versuchten lästigerweise manchmal ein Gespräch über Politiker und Streiks und Unruhen im Nahen Osten in Gang zu bringen. Gegen diese Art von Aufdringlichkeit mußte Joyce dann doch etwas energisch werden, aber alles in allem waren es nette Mädchen, und Beryl war eine ausgezeichnete Köchin. Beryl war die dominierende Partnerin, eine kleine Dunkelhaarige, deren drahtigschwarzes Haar auf walisisches Blut schließen ließ. Sie sang im Chor der Abbey. Beide waren seit nunmehr drei Jahren am St. Joseph's Place.

Im Hinblick darauf und wegen ihrer allgemein guten Beziehung waren die Misses Knight geneigt, Beryls Bitte zu entsprechen, die sie eines Morgens beim Abdecken des Frühstückstisches vorbrachte. Trotzdem tauschten sie argwöhnische Blicke.

»Wie alt?« fragte Joyce.

Die Nichte war elf, wie es schien. Joyce und Nora nickten erleichtert: ein kleineres Kind wäre natürlich nicht in Frage gekommen. Ein stilles kleines Ding, versicherte Beryl. »Sie werden kaum merken, daß sie da ist, und Sylvia wird dafür sorgen, daß sie im Garten nichts anfaßt. Und meine Schwester und ihr Mann bekommen die Chance, einmal allein Urlaub zu machen, zehn Tage an den italienischen Seen, meine ich, das ist doch kein Vergnügen für ein Kind, so eine Reise, voriges Jahr haben sie Tracy nach Spanien mitgenommen, und sie hat sich tödlich gelangweilt und hatte immer wieder Magengeschichten und all so was. Da hab ich gesagt, Sylvia und ich werden sie ausnahmsweise zu uns nehmen.

Also dann vielen Dank, Miss Knight, und wie gesagt, sie wird überhaupt nicht stören, und wir werden dafür sorgen, daß sie auf unserer Seite vom Haus bleibt.«

Und wirklich, als es soweit war, bemerkten Nora und Joyce die ersten drei Tage die Anwesenheit des Kindes in Cader Idris überhaupt nicht. Joyce wurde schließlich erst aufmerksam, als das Mädchen – ein schattenhaftes Anhängsel Beryls auf der Treppe –, den auf dem Boden schleifenden Saum eines Lakens aufhob, das ihre Tante trug, so daß Beryl sekundenlang aussah wie eine Braut mit geisterhafter Begleitung. Joyce fuhr zusammen und tat einen kleinen Schreckensschrei. Beryl sagte: »Sag schön guten Tag zu Miss Knight, Tracy. Sie hilft mir bei der Wäsche. So, und jetzt bring die Kissenbezüge.«

Sie war ein sehr mageres Kind, überall zeichneten sich die Knochen ab, noch betont durch den knapp anliegenden Stoff von Hose und Pullover. Hüftknochen, vorstehende Schlüsselbeine, spitze Schultern, die Rillen der Rippen, die Scheibchen der Brustwarzen. Ein bißchen käsig auch. Die Art Kind, dachte Joyce, dem frische Landluft und Lebertran not täte. Erinnerungen an Evakuierte in Wales während des Krieges stiegen auf. Doch das hier war kein Elendskind aus dem East End. Tracys Vater, so hatte es geheißen, hatte einen leitenden Posten in einer Firma für Tiefkühlkost. Sie hatten ein Haus mit vier Schlafzimmern und zwei Wagen. Joyce sagte freundlich: »Hallo, Tracy, hoffentlich hast du es schön in deinen Ferien.«

Das Kind musterte sie aus kleinen, wachen Augen, es glich einer nachdenklichen Katze, die die Augen zusammenkneift, und das war ein bißchen enervierend. Sie zerrte die Tante am Arm und tuschelte etwas. Beryl lachte. »Tracy fragt, ob sie mal kommen und die Porzellanhunde im Wohnzimmer anschauen darf. Sie hat sie von der Terrasse aus durchs Fenster gesehen und findet sie so schön.«

Vor dem Porzellanschrank sagte Joyce belehrend: »Das ist eine Art Porzellan, die Staffordshire heißt. Sie haben mal meiner Mutter gehört.«

»Sind sie wertvoll?«

»Ich glaube schon.«

»Meine Mama hat eine Glasvase aus Venedig, die hat fünfzehn Pfund gekostet.« Tracy stand jetzt auf einem Bein und schabte sich mit dem anderen in der Kniekehle, eine irritierende Verrenkung. »Entschuldigung, Miss Knight, aber Sie haben einen Fleck auf der Backe.« Ernsthaft sah sie zu, wie Joyce etwas erschrocken mit dem Taschentuch an ihrem Gesicht herumwischte. »Wie heißt denn Ihr Hund?«

»Ben.«

»Komm her, Bennie. Braver Hund. Komm schön, Bennie.«

Sie fing an, auf dem Kaminvorleger mit ihm zu spielen. Joyce trat an ihren Schreibtisch, um ein paar Rechnungen durchzusehen. Nach einigen Minuten sagte sie: »Ben, nicht Bennie.«

»Er mag's aber gern, wenn man ihn Bennie ruft, nicht wahr, Bennie?«

»Deine Tante wird sich fragen, wo du geblieben bist«, sagte Joyce energisch.

In den nächsten Tagen geriet Tracy immer häufiger in den Haupttrakt des Hauses. Joyce und Nora bemerkten dann manchmal ganz plötzlich ihre Anwesenheit, weil sie an einer Türklinke hing oder auf der Treppe hockte und beobachtete. Oder ihre Stimme ließ sie zusammenschrecken. »Entschuldigung, Miss Knight, kann ich mal was fragen? Warum zeigt diese Uhr die falsche Zeit?«

Erst einmal bei ihnen im Zimmer, schwatzte sie dann weiter. Meine Mama dies, mein Papa das, die Lehrerin in der Schule meint, daheim tue ich das. Entschuldigung, Miss Knight, wissen Sie, daß an Ihrer Strickjacke ein Knopf fehlt?

Bennie mag mich gern, nicht? Bennie mag es, wenn ich ihn besuchen komm. Haben Sie gestern abend ›Eric und Ernie‹ gesehen? War doch irre komisch, wie die sich als Araber verkleidet haben. Ich *liebe* ›Eric und Ernie‹. Echt, die liebe ich. Gefallen Ihnen ›Eric und Ernie‹? Entschuldigung, Miss Knight, soll ich Ihnen das Glas aufmachen? Meine Mama hält den Deckel immer unter heißes Wasser, dann geht er auf.

»Du brauchst nicht jedes Mal Entschuldigung zu sagen, Tracy.«

Dann schwieg das Kind für ein Weilchen, starrte sie aber mit einem so abschätzenden Blick an, daß sich Nora und Joyce sehr bald unbehaglich fühlten; sie hatte das Talent, einen irgendwie ins Unrecht zu setzen. An ihr war eine sonderbare Frühreife, eine vorzeitige Weltklugheit. Ein höchst unkindliches Kind, fanden die Misses Knight, die ohnehin nie viel mit Kindern zu tun gehabt hatten. Doch doch, sie waren kinderlieb, das schon, sie lächelten nachsichtig in Gegenwart des Nachwuchses ihrer Freunde oder Nachbarn. Die Jungpfadfinder durften in ihrer Aktionswoche die Parterrefenster von Cader Idris putzen, fröhliche, stramme Jungen, die für ihr Geld danke sagten und höflich zu einem aufblickten. Auch Tracy blickte zu einem auf – sie war ziemlich klein für ihr Alter –, vermittelte aber den beunruhigenden Eindruck, zugleich auf einen herabzublicken. Und in ihren Gesprächen schweifte sie oft erschreckend vom Thema ab, man wußte nie, worauf sie als nächstes kommen würde. Eines Tages lieferte sie einen peinlichen Bericht über ein Frauenleiden ihrer Mutter, voll von versteckten Anspielungen. »Ihr Siewissenschon, ihr Untenrum.«

»Ja«, sagte Joyce lebhaft. »Findest du nicht, daß du Sylvia draußen helfen solltest, das Laub zusammenzuharken?«

»Soll ich Bennie in den Garten mitnehmen?«

Der Hund lag auf der Seite, schlief fest und zuckte nur

manchmal mit den Pfoten. Sein Penis ragte rosig aus dem weichen Bauchfell. Tracy sagte interessiert: »Er hat sein Dings draußen, mit dem er die Babyhündchen macht.«

Nora und Joyce hatten immer gefunden, in dieser Beziehung wäre eine Hündin netter. Natürlich gab es bei einer Hündin andere Probleme, aber nicht diese sichtbare Unanständigkeit. Ben war darin lästig, er tat es so oft. »Ich glaube, Ben wäre besser ein Weilchen im Garten, Liebes«, pflegten sie zueinander zu sagen. Der ausgesperrte Ben saß dann beleidigt auf der Terrasse, und sein Glied schrumpfte auf dem kalten Stein.

»Sehen Sie das, Miss Knight? Warum macht er das?«

Joyce erhob sich mit einem Ruck, verschüttete Tee aus der Tasse in ihrer Hand und öffnete die Terrassentür. Ich muß mit Beryl reden, dachte sie, das Kind sollte wirklich in ihrem Teil des Hauses bleiben. Sie sah zu, wie Tracy und Ben über den Rasen auf Sylvia zuliefen, die methodisch Blätter zu einer goldenen Pyramide zusammenharkte. Hinter dem Flieder qualmte ein Feuer. Von der Straße drang das Geräusch eines Lautsprechers oder etwas Ähnlichem, eine unangenehm plärrende Stimme. Und am Horizont ragte unmittelbar über dem flammendroten Sumachbusch der Arm eines riesigen Krans mit einem gläsernen Führerhaus auf: seit wann war der denn schon da? Joyce konnte sich nicht erinnern, es bemerkt zu haben. Es war, als drängten die Dinge sich heran, drängten sich auf. Sie schloß das Fenster und goß sich noch eine Tasse Tee ein.

Am frühen Abend kam Beryl durchs Wohnzimmer herein. Sie trug ihre Ausgehsachen und war leicht verlegen. Die Sache war die, daß sie und Sylvia sich einen Kinobesuch mit Freunden in Birmingham vorgenommen hatten und geplant hatten, Tracy mitzunehmen, aber als es soweit war, wollte Tracy nicht mit – es gab etwas im Fernsehen, das sie unbedingt sehen wollte, und man brachte sie nicht vom Fleck. Ob es wohl möglich wäre … »Ich meine, ins Bett geht sie schon allein und wäre bis dahin quietschvergnügt mit dem Abendessen auf einem Tablett vorm Fernseher, es ist nur, damit sie weiß, daß sie nicht allein im Haus ist.«

Joyce und Nora sahen sich an. Dies war natürlich genau der Moment für eine energische, aber taktvolle Bemerkung über Tracys Position ganz im allgemeinen, aber gerade als Joyce (wie Beryl die dominierende Partnerin und übliche Wortführerin) anfing: »Nun ja, Beryl, ausnahmsweise wollen wir …«, klingelte es an der Haustür, Ben raste schrill bellend los, und Beryl sagte: »Verstehe, und vielen Dank, Miss Knight, ich sag ihr, daß sie Sie bestimmt nicht stören darf.«

Sie hörten Beryl und Sylvia in ihrem Mini kurz nach sieben wegfahren. Ihr eigenes Abendessen, kalt bis auf die Suppe, die sie sich in der Küche warmmachen sollten, stand bereit auf der Anrichte. Joyce, die sich um die Suppe kümmerte, konnte den Fernseher im anstoßenden Zimmer hören – eine Schnellfeuerunterhaltung, unterbrochen von Lachsalven, die aufbrandeten und zurückwichen wie Wellen, die an eine Küste schlagen. Sie erwog nachzusehen, ob bei dem Kind alles in Ordnung war, verwarf dann den Gedanken (mit einem kleinen Gewissensbiß) und trug die Suppe ins Eßzimmer.

Sie saßen im Wohnzimmer, Joyce legte eine Patience und Nora strickte, als plötzlich alle Lichter ausgingen. Eben noch war alles friedlich und normal, im nächsten Moment saßen sie isoliert und verwirrt da. »Es muß eine Sicherung durchgebrannt sein«, sagte Joyce. Sie fingen an, sich gegenseitig zur Vorsicht zu mahnen, langsam zu gehen, zu überlegen, wo die Taschenlampe war. Keiner von beiden dachte an Tracy. Als sie wenige Minuten später die Tür gehen hörten, schrie Nora auf.

Tracy sagte: »Mitten in ›Das schöne Leben‹! Das ist mal

wieder typisch. Schade, daß Sie keinen offenen Kamin haben, Miss Knight, bei meinen Freunden haben sie echtes Feuer, und wie die Lichter ausgegangen sind, haben wir davorgesessen und mehrstimmig gesungen, war wunderschön.«

Sie schien dabei im Zimmer herumzuhüpfen, ihre Stimme kam bald aus dieser Ecke, bald aus jener und schwatzte arielhaft aus dem Unsichtbaren.

»O, gib doch acht, Kind«, rief Nora, »das Tischchen mit der Sèvres-Vase!«

Es gab ein Krachen, dann klirrte es, doch das war Joyce, die sich zur Tür durchzutasten suchte und unterwegs ans Sofa gestoßen war. Sie blieb stehen, das Altvertraute war hinterhältig geworden und sie mitten im eigenen Wohnzimmer gestrandet. Tracy, deren Stimme jetzt zum Fenster gehüpft war, sagte: »Hoppla! Können Sie nicht sehen, wo Sie sind, Miss Knight? Ich kann's! Soll ich Sie führen?«, und Joyce fühlte, daß etwas mottenleicht ihren Ärmel streifte und eine kalte kleine Hand sich in die ihre schob. Sie schrak zusammen.

»Fühlen Sie nicht, wo Sie sind? Ich schon. Schauen Sie, die Tür ist da drüben. Achtung, der Schreibtisch, ach, ist das lustig!«

»Die Sicherungen«, begann Nora, »sind die nicht in der Küchenschublade, Joyce? Du liebe Zeit, ich weiß nie, wie man sie einschraubt …« Doch Tracy fiel ihr ins Wort und sagte verachtungsvoll: »Es ist doch nicht die Sicherung! Der Strom ist abgeschaltet, in den Nachrichten haben sie's gebracht: West Midlands und teilweise im Südosten, wegen dem Streik. Bis zu drei Stunden. Wir müssen mit Kerzen ins Bett gehen. Wo haben Sie Ihre Kerzen, Miss Knight?«

»Streik?« fragte Joyce. »Abgeschaltet? Aber das ist ja ungeheuerlich, die haben doch nicht das Recht …«

»Es ist wegen dem Geld, das sie verdienen, sie wollen irgendwelche Prozent mehr, und die Regierung sagt, die kriegen sie nicht. Oooh, da ist Bennie! Bin ich auf dich getreten, Bennie?«

»Drei Stunden! Wie sollen wir denn da …«, und dabei schlug sich Joyce schmerzhaft das Schienbein am Kamingitter an.

»Oh«, rief Nora, »hast du dir was getan, Liebes?«

In der Finsternis flogen ihre Ärger- und Schmerzensrufe hin und her. Das Haus und was es enthielt hockte um sie her, tückisch geworden, lauerte darauf, sie zu Fall zu bringen und ihnen den Weg zu verlegen.

In der Diele klingelte das Telefon. Joyce, die irgendwo westlich des Sofas gestrandet war, sagte: »Verflixt, ausgerechnet jetzt«, doch schon rief Tracys Stimme von jenseits der Tür: »Ich geh schon, Miss Knight, lassen Sie nur, ich weiß, wo's ist.«

»Hallo?« hörten sie sie sagen und dann: »Ach du bist's, Tante Beryl, stell dir vor, wir haben Stromsperre, mitten in ›Das schöne Leben‹. Was? Ach du meine Güte, im Ernst? Ja. Ja, ich sag's ihnen. Nein, alles in Ordnung, ja. Mach dir keine Sorgen, Tante Beryl – mach ich. Bis später.«

Und schon kam sie zurück, huschte zielsicher durchs Zimmer und erzählte mit wichtiger Stimme. Eine Wagenpanne. Der Vergaser. Keine Tankstelle wollte etwas damit zu tun haben. Übernachtung bei Mandy in Solihull, morgen einen frühen Bus. Schrecklich leid. Geh jetzt ins Bett und fall nicht lästig. Kerzen im Schrank auf dem Treppenabsatz. So ein Pech.

Mittlerweile war auch Nora aufgestanden. »Nein, ich komme schon zurecht, Liebes. Also wirklich, das ist doch wohl die Höhe! Erst das Licht und jetzt das! Sie hätten doch sicher … Na ja, wir müssen das Beste daraus machen. Ich finde die Kerzen schon.« Und energisch zu Tracy: »Nein,

Tracy, vielen Dank, es sind allerlei recht zerbrechliche Sachen im Schrank auf dem Treppenabsatz, und ich weiß, wo ich die Kerzen finde.«

Damit begann sie sich durch die Tür und durch die Diele zu tasten: Ein Bumms, ein Ausruf, ein Aufjaulen. »O, Ben, geh doch aus dem Weg ...« – »Sei vorsichtig, Nora.« – »Ist schon gut, ich hab jetzt das Treppengeländer gefunden.«

Tapp-tapp, schuffel-schuffel, die Treppe hinauf, knarrende Dielen, wieder ein Ausruf, jetzt weiter entfernt.

»So, jetzt hab ich sie, Joyce.« Wieder Schritte auf der Treppe, jetzt weniger behutsam, dann ein schrecklicher, rutschender Sturz. Stille.

»Oh, Miss Knight, ich glaube, sie ist die Treppe hinuntergefallen.«

Es schienen Stunden. Das Gefummel nach Streichhölzern, das Tasten nach den verstreuten Kerzen. Warum sagt sie nichts? Tracy verschwand und erschien plötzlich wieder mit einem segensreichen, beruhigenden Lichtstrahl. Die Taschenlampe, wie sie die nur gefunden hat? Na, egal. Gott sei Dank, jetzt versucht Nora sich aufzurichten, stöhnt aber etwas über ihren Rücken, sagt, daß ihr ein bißchen schwach ist, mach dir keine Sorgen, Liebes, es geht gleich wieder.

Und bricht erneut zusammen.

Schließlich war es Tracy, die die Notrufnummer wählte. »Entschuldigung, Miss Knight, aber Sie stecken den Finger ins falsche Loch. Ich kann's sehen, soll ich mal ...« Und tauchte atemlos wichtig aus der Küche mit Teetassen auf. »Meine Mama hat eine Freundin, die ist Krankenschwester, und die sagt, bei Schock ist das das beste, es beruhigt die Leute. Ich hab zwei Stück Zucker reingetan, ist das okay?«

Und ließ die Krankenträger ein und hopste in der jetzt

von Kerzen erhellten Diele teilnahmsvoll und aufgeregt von einem Bein aufs andere.

Der beruhigende Anblick Uniformierter (die auf ihrer Seite waren, wie Polizisten und Portiers, die da waren, um zu dienen) oder auch möglicherweise der Tee gaben Joyce ihren Mut zurück. Sie vermochte ihre Stimme zu beherrschen, die fürchterlichen, entnervenden Augenblicke hinter sich zu lassen, in denen selbst Tracy eine Stütze schien, und sich normal zu benehmen. Sie wies Tracy an, Ben in die Garderobe zu sperren, mahnte die Krankenträger zur Vorsicht, wobei sie etwas zu laut sprach, als beeinträchtige die Stromsperre auch das Gehör und nicht nur das Sehvermögen. »Okay, Schätzchen, nur die Ruhe«, sagten die und richteten den starken Lichtbalken ihrer Taschenlampen ins Dunkel. »Sie ist ja bei Bewußtsein, nicht? Nun machen Sie sich mal keine Sorgen, sieht nicht schlimm aus. Jetzt setzen Sie sich ruhig hin und überlassen Sie alles uns.«

Joyce erklärte, sie mache sich keine Sorgen, keine unnötigen jedenfalls, und sah sich an den Rand des Geschehens geschoben, von Nora durch breite, kompetente Rücken abgeschirmt. Sie nahm das Gesagte gar nicht recht zur Kenntnis.

Sie glaubten nicht, daß etwas gebrochen sei. Vermutlich eine Gehirnerschütterung. Röntgen, Beobachten. Und nun wurde Nora weggetragen, die Frisur zerzaust, sehr bleich, aber gefaßt, in eine gräßliche rote Decke geschnürt, die irgendwie alles Individuelle unterdrückte; sie hätte jemand Beliebiges sein können. »Alsdann«, sagte der Krankenträger, »dann ziehen wir mal los. So ist's recht, Sie kommen auch mit, das ist das beste«, als Joyce nach Hut und Mantel tastete.

Wieder vergaß sie Tracy. Erst als sie in den Krankenwagen kletterte, entdeckte sie das Kind neben sich, das sich mit leuchtenden Augen in eine leere Ecke drückte. »Ach«, begann Joyce, »ich glaube nicht, daß …« Aber da fuhren sie schon, bogen um die Ecke in die High Street, und die Männer lachten über eine Bemerkung von Tracy, die Joyce nicht mitbekommen hatte. »Das ist vielleicht 'ne Nummer, Ihre Enkelin«, sagte einer.

Joyce öffnete den Mund, um die Verwandtschaft zu dementieren, aber Tracy war bereits in voller Fahrt mit einer langatmigen Erklärung. Nora wandte den Kopf zur Seite und schloß die Augen.

Joyce und Nora waren ihr Leben lang bei guter Gesundheit gewesen. Gelegentliche Unpäßlichkeiten waren vom Hausarzt behandelt worden – als Privatpatienten selbstverständlich. Joyce hatte selten ein Krankenhaus betreten, bis auf das eine Mal, als sie sich ein böses Furunkel hatte aufschneiden lassen, sonst nur, um weniger glückliche Freunde zu besuchen (und auch das mit einigem Widerstreben, wer dachte schon gern »Das könnte auch mir passieren«?). Jetzt verstörte sie die distanzierte Geschicklichkeit der Schwestern, die ihr Nora über lange, glänzende Korridore entführten. Niemand zog sie zu Rate, niemand fragte sie, was sie gern getan sähe. Sie saß verzweifelt in einem Warteraum. Tracy neben ihr las versunken in einer billigen Frauenzeitschrift voller Reklame für Damenbinden und Deodorants. Es warteten auch andere Leute: ein älterer Mann, der mit den Füßen scharrte und vor sich hin murmelte (möglicherweise betrunken, wie Joyce erschrocken feststellte), eine Schwarze mit einem Kleinkind, ein Halbwüchsiger mit einem Radio, aus dem ordinäre Musik drang, leise gedreht, aber doch immer noch störend. Joyce hätte ihn aufgefordert, es ganz abzustellen, hätte sie sich an diesem Ort nicht so unbehaglich gefühlt, daß ihr der schützende Panzer der Persönlichkeit gänzlich fehlte. Sie kam sich vor wie ein Fisch auf dem Trockenen, als sei sie im Ausland (sie und Nora waren nie gern im Ausland gewesen) oder aus der Zeit gefallen. Und doch war hier und jetzt und sie keine halbe Meile von St. Joseph's Place entfernt. Als schließlich ein junger Arzt erschien und fragte: »Miss Knight?«, riß sie sich angestrengt zusammen und begann: »Ah, jetzt sind Sie vielleicht so gut und führen mich zu meiner Schwester. Wir müssen Verschiedenes besprechen und …«

Doch der Mann erklärte ihr bereits, daß die Röntgenaufnahmen nur eine angeknackste Rippe, nichts Schlimmeres ergeben hatten, Nora habe eine leichte Gehirnerschütterung und sei jetzt schläfrig und im Saal C im Hauptgebäude gut untergebracht und würde am besten heute abend ganz in Ruhe gelassen. Besuchszeit sei morgen von …

»Ach!« rief Joyce aus. »O nein, wir wollen ein Einzelzimmer, ich fürchte, da ist ein Irrtum passiert, meine Schwester und ich haben immer …«

Die Privatstation, erklärte ihr der Arzt höflich, aber bestimmt, sei voll belegt und heute nacht stünden keine Einzelzimmer zur Verfügung.

»Nein, also wirklich!« rief Joyce. »So geht es nicht. Es gibt doch sicher eine Möglichkeit, etwas zu arrangieren, Doktor äh …«

»Tomkins«, zwitscherte Tracy. »Dr. Kevin Tomkins. Ist doch lustig, mein Papa heißt auch Kevin.«

Jetzt erst sah Joyce den kleinen, weißbeschrifteten Metallstreifen am Kittel des Arztes.

»Dr. Tomkins«, fuhr sie fort, »ich kann meine Schwester wirklich nicht …«

Doch der junge Mann strahlte bereits Tracy an und sagte, ach, na so was, und wie heißt du? Und das Unglückskind schnatterte schon wieder ihr Sprüchlein herunter, meine Mama dies, meine Tante das, eigentlich wohne ich in, unser Haus ist … Und der Mann kam anscheinend auch aus Derbyshire, das erklärte die gespenstische Ähnlichkeit zwischen seiner Sprechweise und Tracys Akzent – eine Sprechweise, die, wie Joyce jetzt klar wurde, ihr schon seit Tagen in den Ohren weh getan hatte. Sie fühlte sich noch weiter entfremdet, gegen ihren Willen in eine mißtönende und unverständliche Welt gestoßen. Es war, als könne man das Fernsehen nicht abstellen oder die Haustür von St. Joseph's Place Nr. 7 lasse sich nicht schließen.

»Keine Angst«, sagte der Arzt freundlich. »Ihre Schwester wird gut versorgt, das verspreche ich Ihnen. Gehen Sie doch jetzt heim, es wird spät.«

Er tätschelte Tracys Kopf.

»Du sorgst dafür, daß dein Tantchen was Heißes trinkt und nachts schön schläft, ja?« Und Tracy lächelte und sagte: »Ja, natürlich, mach ich, eigentlich ist ja Tante Beryl meine Tante und nicht …«, im gleichen Augenblick, in dem Joyce hervorstieß: »Das Kind ist nicht meine Nichte. Vielen Dank, Herr Doktor, ich sehe Sie dann sicher morgen.«

Sie nahmen ein Taxi nach Hause. Die Stromsperre war vorüber, das Haus hell erleuchtet. Joyce, inzwischen etwas erholt, empfand beim Eintreten plötzlich Wut gegen diese unbekannten Leute, deren Umtriebe die ganze Sache ausgelöst hatten. Was hatten sie mit ihr zu tun, welches Recht hatten sie, in ihr Leben einzubrechen? Sie hängte ihren Mantel mit unbeholfenen, ruckartigen Bewegungen auf, während Tracy und Ben fröhlich wiedervereint um sie herumtobten.

»Hoppla«, sagte Tracy, »Sie haben Miss Knights Hut runtergeschmissen, Miss Knight, hier, hab ihn schon. Man kommt ganz durcheinander, weil Sie beide Miss Knight heißen. Wenn ich lang hierbleiben würde, müßte ich Sie Tante Joyce nennen, nicht wahr?«

Sie folgte Joyce bis ins Wohnzimmer und sang dabei vor sich hin. Ein fröhliches kleines Ding, hatte Beryl gesagt, sehr still, ich versichere Ihnen, sie wird nicht stören, Sie werden kaum merken, daß sie da ist.

Es war halb zwölf. »Zeit, ins Bett zu gehen«, sagte Joyce energisch. Sie fühlte sich jetzt wieder mehr als Herrin der Lage, gestützt durch die Sicherheit des Hauses, die geordnete und bestimmte Atmosphäre, nichts Zufälliges, nichts Deplaciertes. »Ins Bett, Tracy. Ich geh noch mit dir hinüber, ob auch alles in Ordnung ist.«

Sie kam nicht oft in den Personaltrakt hinter der Küche. Auch das Personal, hatten sie und Nora immer gefunden, hatte ein Recht auf Privatleben. Daß sie jetzt das andere Wohnzimmer betrat, ohne anzuklopfen, bereitete ihr leichtes Unbehagen. Tracy hopste vor ihr her durch die Tür des kleinen Vorraums, den man in ein Schlafzimmer verwandelt hatte, und wieder zurück. »Ich hab mein Nachthemd in ihrem Schlafzimmer vergessen, ich hol's mal eben.«

Sie öffnete die Tür des anderen Schlafzimmers, und Joyce sah zu ihrem Erstaunen ein Doppelbett. Sie blieb stehen und machte große Augen. Auf dem Nachttisch stand ein Foto von Beryl und Sylvia Arm in Arm im Badeanzug. Joyce sagte: »Ach herrje, Beryl hat dir ihr Schlafzimmer überlassen müssen.«

Tracy kramte unter dem Bett. Sie kroch wieder hervor, ein Wäschestück in der Hand. »Nein, nein, Tante Beryl und Tante Sylvia schlafen immer hier, in dem großen Bett; wie sie hergekommen sind, haben sie's extra aufgestellt, wußten Sie das nicht?«

»Als sie …«, sagte Joyce schwach und sah sich erneut im Zimmer um: unordentlich, der Frisiertisch ein Durcheinander von Töpfchen und Flaschen, es roch nach Puder und Parfum.

»Haben Sie das nicht gewußt? Weil sie doch verheiratet sind, so wie Frauen und Männer. Meine Mama hat's mir erzählt, sie hat gesagt, ich bin alt genug, um so was zu wissen und es ist nichts, worüber man sich aufzuregen braucht, viele Leute sind so, und es gibt auch Männer, die sich heiraten.« Sie kicherte. »Das mach ich aber mal bestimmt nicht, ein Mädel heiraten, wenn ich groß bin, meine Mama sagt, für sie wär das auch nichts, aber es geht sie nichts an, und die Menschen sind nun mal verschieden. Ich hab Tante Sylvia gern, sie ist furchtbar nett, gestern hat sie Kekse mit mir gebacken. Ich geh nur eben Zähneputzen.«

Joyce stand in der Tür und blickte auf das Bett. Aus dem Badezimmer kam munteres Schrubben und Gurgeln. Ihr war physisch schwach. Es war, als sei das Haus um sie herum geschüttelt worden, wie das Glas in einem Kaleidoskop, und zu einem unkenntlichen Muster wieder zusammengefallen. Dem Haus war Gewalt angetan worden – durch unbekannte Männer in einem Elektrizitätswerk, durch die Verbindung dieser Frauen. Man hatte immer gewußt, daß die Welt nicht ganz nach dem eigenen Geschmack war, und hatte sich entsprechend eingerichtet. Was das Auge nicht sieht, tut dem Herzen nicht weh. Sie hatte gedacht, daß es möglich wäre, sich abzugrenzen, wählerisch zu sein, in der Welt zu leben, aber nicht dazuzugehören. Heute abend hatte eine gehässige Welt das in Frage gestellt. Sie war achtundsechzig, nicht mehr so fit wie früher; wenn es in der Art weiterging, wußte sie nicht, wie lange sie durchhalten würde.

Tracy kam aus dem Bad, in einem geblümten Nachthemd, mager, unkindlich und so kraftvoll wie eine zusammengerollte Stahlfeder. Sie sagte »Nacht!« und dann neckisch: »Tante Joyce.«

Joyce ging ins Haupthaus hinüber. In der Halle saß Ben und wedelte. Als er sie zur Begrüßung ansprang, sah sie, daß es bei ihm weiter unten wieder herausragte. Hündinnen hatten sie gewöhnlich sterilisieren lassen. Sie und Nora

waren sich schon vor langer Zeit einig gewesen, daß Ben
kein voller Erfolg gewesen war, aber wenn man ein Tier einmal hat, ist man ihm verpflichtet, da ist nichts zu machen.
Sie sperrte ihn in die Garderobe und ging hinauf ins Bett,
ganz langsam. Der Verkehrslärm von der High Street war
hinter dem Fenster auf dem Treppenabsatz plötzlich ganz
laut.

Kundschaft

Major Anglesey und Mrs. Yardley-Peters wanderten langsam durch die Abteilungen des Warenhauses. Sie nahmen Kleidungsstücke in die Hand und hielten sie sich probeweise gegenseitig an. Mrs. Yardley-Peters knöpfte ihren Mantel auf, und Major Anglesey hielt Blusen vor die breite Schräge ihres Busens, maß sorgsam von Achsel zu Achsel. Mrs. Yardley-Peters betrachtete prüfend einen roten Morgenrock mit indischem Muster, Größe 50, und blickte zwischen ihm und des Majors rosigem Gesicht mit dem gelblich-struppigen Schnurrbart hin und her.

Blusen und Morgenrock ließen sie dann liegen und blieben an der Strumpftheke stehen, wo sich Mrs. Yardley-Peters drei Paar Strumpfhosen aussuchte (taupe, mitteldicht, large) und sie an der nächstgelegenen Kasse bezahlte. Bei den Damenpullovern (Lambswool mit V-Ausschnitt) blieben sie lange und entschieden sich schließlich für einen hellgrauen, Größe 46, den Mrs. Yardley-Peters in ihrer Einkaufstasche verschwinden ließ.

Bei »Accessoires, Herren« hielt sich Major Anglesey verschiedene Krawatten unters Kinn und wählte dann eine rot-blau gestreifte, die er sorgsam zusammengefaltet in die Tasche steckte. Von dort schlenderten sie in die Schuhabteilung.

Major Anglesey probierte ein Paar braune Sportschuhe an, machte darin ein paar Schritte und stellte sie dann kopfschüttelnd wieder ins Regal.

Mrs. Yardley-Peters hatte ein paar schwarze Pumps anprobiert, Größe 36, denn obwohl sie eine korpulente Frau und nicht gerade klein war, hatte sie überraschend zierliche Füße.

Der Major nickte beifällig, und Mrs. Yardley-Peters steckte ihre eigenen Schuhe in die Einkaufstasche und behielt die Pumps an. In diesem Moment warf Major Anglesey einen Blick auf die Uhr, sagte etwas, und die beiden gingen ein wenig rascher in die Lebensmittelabteilung, wo sie einen Drahteinkaufskorb mit einer Pappschachtel Krautsalat, zwei Portionen gebratenem Huhn, einer Packung Marmeladetörtchen und einem Glas Pulverkaffee füllten und sich mit den anderen Leuten an der Kasse anstellten.

Die Warenhausdetektivin, die ihnen seit der rot-blau gestreiften Krawatte folgte, trat diskret zur Seite. Sie war eine unauffällige Person in einem knitterfreien braunen Kleid mit rehfarbenem Anorak darüber und einem Einkaufskorb über dem Arm. Der Korb enthielt heute ein Büschel Bananen und eine Packung Kleenex. Sie variierte gern den Inhalt: Fleisch kam natürlich nicht in Frage, weil es im Lauf eines langen Tages in der Hitze des Warenhauses verderben würde.

Major Anglesey und Mrs. Yardley-Peters passierten die Kasse und gelangten zurück in die Haupthalle des Warenhauses. Am Eingang blieben sie einen Moment stehen, weil Mrs. Yardley-Peters glaubte, ihre Handschuhe verloren zu haben, doch ein Durchwühlen der Tasche brachte offenbar alles wieder in Ordnung, und sie traten unter einer Woge Tropenwind von irgendwo an der Decke auf die Straße hinaus.

Die Warenhausdetektivin holte sie am Zebrastreifen ein, wo sie auf eine Lücke im Verkehr warteten. Sie bat sie, doch bitte mit ins Büro des Geschäftsführers zu kommen. Der Major und Mrs. Yardley-Peters nahmen dieses Ansinnen zwar überrascht entgegen, erhoben aber keine Einwände, außer daß der Major wieder auf die Uhr sah und sagte, er hoffe, es würde nicht zu lange dauern, da es allmählich Zeit fürs Mittagessen sei.

Verschiedene Verkäuferinnen, die die Detektivin einige Schritte hinter Major Anglesey und Mrs. Yardley-Peters durch das Warenhaus gehen sahen, tauschten Blicke und grinsten. Ein Mädchen streckte die Brust heraus und imitierte den etwas militärischen Gang der Detektivin. Es war ein allseits bekannter Witz, daß Madge, wenn sie jemanden erwischt hatte, ganz und gar dienstlich wurde. In solchen Augenblicken verwandelten sich das knitterfreie Kleid und der Anorak – sofern man wußte, was man da sah – in eine amtliche Uniform, die ihr ohnehin lieber gewesen wäre und der sie sehr nachgetrauert hatte, als sie damals ihren Job als Politesse aufgab. Andererseits war ihr jetziger Posten natürlich weit angenehmer. Ihre Bekannten sagten manchmal, sie könnten sich einen solchen Job nicht vorstellen, und fuhren dann etwas unsicher fort, daß irgendwer es natürlich machen müsse.

Sie selbst hatte darin nie ein Problem gesehen. Die Leute konnten weit unangenehmer werden, wenn man ihnen einen Strafzettel fürs Falschparken verpaßte. Aggressiv. Der durchschnittliche Ladendieb aber war meist ganz zerknirscht. Sie hatte – bis auf ein einziges Mal mit einer Horde französischer Schulkinder – nie Schwierigkeiten gehabt. Und an einem Winternachmittag war es angenehmer, wenn man nicht die windige High Street entlang patrouillieren mußte.

Der Manager saß hinter seinem Schreibtisch und hörte sich den Bericht der Hausdetektivin über die Vorkommnisse der letzten halben Stunde schweigend an. Das taten anfangs auch Mrs. Yardley-Peters und Major Anglesey, bis der Major anfing, den Kopf zu schütteln, eher kummervoll als betreten, und Mrs. Yardley-Peters ausrief: »Ach du meine Güte« und fortfuhr: »Nein, nein, so war es überhaupt nicht, verstehen Sie, wir …«

Die Hausdetektivin fuhr in ihrem Bericht fort, als zitiere sie etwas Auswendiggelerntes.

Der Manager sagte zu Mrs. Yardley-Peters: »Würden Sie bitte Ihre Einkaufstasche öffnen.«

Anfangs schien Mrs. Yardley-Peters dies nicht zu begreifen. Wieder kramte sie in ihrer Handtasche. Einen Moment später sagte sie: »Ach, da ist es ja.« Und dann: »Nein, lieber nicht. Wissen Sie, ich habe alles ganz sorgfältig hineingepackt, alles Empfindliche obendrauf.«

Der Manager wandte sich an Major Anglesey: »Es wäre wirklich besser, wenn Ihre Frau …«

Der Major machte eine kleine Bewegung. »Die Dame«, sagte er würdevoll, »ist meine Geliebte.«

Mrs. Yardley-Peters drückte an ihrer Frisur herum, die bereits ergraute und in korrekte Wellen gelegt war, eine Haartracht, die den Manager irgendwie irritierte, weil sie ihn an etwas erinnerte, er wußte nur nicht, woran.

»Das stimmt, bis meine Scheidung durch ist, verstehen Sie. Das sollte, wenn alles gutgeht, noch vor Weihnachten sein, aber Sie wissen ja, wie Anwälte sind. Die trödeln immer so. Hatten Sie je mit Anwälten zu tun, Mister – äh …«

Der Manager schluckte trocken. Die Hausdetektivin, die sich neben dem Schreibtisch aufgebaut hatte, als habe jemand »Stillgestanden!« kommandiert, rührte sich und tat einen leise zischelnden Atemzug.

Mrs. Yardley-Peters sah sich im Raum um und erblickte einen Stuhl. »Ich muß mich einen Moment setzen. Ich habe das Problem, daß meine Füße so schnell anschwellen und insbesondere –« Sie sah hinunter auf die schwarzen Pumps und runzelte die Stirn. »Wissen Sie, ich habe das gräßliche Gefühl, ich hätte sie eine halbe Nummer größer nehmen sollen. Sie drücken.«

Der Manager sagte: »Können Sie mir bitte die Quittung für diese Schuhe zeigen, Madam.«

Mrs. Yardley-Peters schien verwirrt. »Quittung? Ach, von dort, wo man bezahlt. Nein, das heißt, ich weiß es nicht mehr. Ich glaube, der Major hat gezahlt. Nicht wahr, mein Lieber? Aber weißt du, ich glaube, ich werde sie umtauschen.«

Sie wandte sich an die Hausdetektivin: »Führen Sie auch Zwischengrößen? Ich habe nicht darauf geachtet. Es müßte 36 ½ sein.«

Dem Manager fiel plötzlich ein, daß Mrs. Yardley-Peters' Frisur ihn an eine Schauspielerin erinnerte, die in einer Fernsehserie die Herzogin von Windsor gespielt hatte, obwohl sie natürlich dunkelhaarig und viel jünger war. Diese kleine Befriedigung tat einiges, um seine steigende Verwirrung einzudämmen. Er wiederholte: »Ich muß Sie nochmals bitten, Ihre Einkaufstasche zu öffnen, Madam.«

»Ich muß schon sagen …« bemerkte Major Anglesey.

Mrs. Yardley-Peters sah den Manager bestürzt an.

»Ich glaube wirklich …« begann sie und fuhr dann fort: »Also gut, ich muß nur sehr vorsichtig sein.« Sie hob die Packung Marmeladetörtchen und das Huhn heraus. Die Detektivin neigte sich vor und spähte in die Tasche.

»Da ist der Pulli, und da sind ihre eigenen Schuhe!«

»Genau!« sagte Mrs. Yardley-Peters. »Wissen Sie was, ich glaube, ich zieh sie wieder an.«

Sie fing an, Gegenstände auf dem Schreibtisch des Managers auszubreiten. Die Detektivin richtete sich auf. Sie war feuerrot geworden, und in ihrem Magen rumpelte es.

Der Manager wandte sich an Major Anglesey. »Und kann ich bitte die Krawatte sehen, die Sie in die Tasche gesteckt haben.«

Der Major blinzelte. »Krawatte? O ja, gewiß.« Er holte die Krawatte heraus und legte sie auf den Schreibtisch.

»Ich weiß nicht so recht, ob mir das Rot gefällt«, sagte Mrs. Yardley-Peters. Wieder rumpelte es im Bauch der

Detektivin. Mrs. Yardley-Peters öffnete ihre Handtasche. »Ich muß irgendwo noch Magnesiumtabletten haben. Ja, hier.«

Die Hausdetektivin tat einen Schritt rückwärts und prallte heftig gegen die Bürowand, wie in die Enge getrieben.

»Nicht?« fragte Mrs. Yardley-Peters. »Ich finde immer, daß sie sehr gut wirken. Wahrscheinlich ist auch allmählich Ihre Essenszeit, könnte ich mir denken.« Mit einer Grimasse schlüpfte sie aus den schwarzen Pumps.

Der Manager merkte, daß er nicht mehr Herr der Lage war. Mit Tränen konnte er umgehen, mit Unschuldsbeteuerungen, mit Aufsässigkeit. Er sagte: »Sie werden verstehen: Wenn Sie keine Beweise dafür erbringen können, daß Sie für diese Waren bezahlt haben, muß ich die Polizei rufen.«

»Oh, ich muß schon sagen«, wiederholte Major Anglesey. Mrs. Yardley-Peters, jetzt in Strümpfen, wackelte mit den Zehen.

»Du meine Güte, das täte ich nicht. Besonders weil alles nur ein dummes Mißverständnis ist. Mit der Polizei hat man immer endlose Scherereien. Mein Mann und ich – das heißt, mein Ex-Mann und ich – hatten schon einmal eine fürchterliche Geschichte am Hals, weil wir die einzigen waren, die einen Verkehrsunfall gesehen hatten. Als Zeugen, verstehen Sie. O nein, die Polizei sollten Sie meiner Meinung nach nicht zuziehen, obwohl die zugegebenermaßen manchmal sehr tüchtig ist.«

Der Manager legte die Papiere auf seinem Schreibtisch in eine ordentliche Reihe, um seine Hände zu beschäftigen. Er behielt Major Anglesey fest im Auge. Es war besser, fand er – obwohl »besser« nach Lage der Dinge nicht ganz das richtige Wort war –, so zu tun, als sei die Frau gar nicht da.

Die Hausdetektivin gab einen unterdrückten Laut von

sich. Der Manager sagte in ziemlich barschem Ton: »Ja, schon gut, Mrs. Hebden. Nun denn, Sir. Haben Sie diese Krawatte bezahlt, und hat Ihre … hat die Dame für den Pullover und die Schuhe bezahlt?«

»Ich glaube nicht«, sagte Major Anglesey. »Nein, das hat sie wohl nicht. Verstehen Sie, es ging darum, ob sie ihr Scheckbuch im Wagen gelassen hatte oder ob sie …«

»Ich hab es, Rupert«, sagte Mrs. Yardley-Peters. »Alles in Ordnung. Es war die ganze Zeit in meiner Handtasche. So etwas Dummes!«

Der Major tätschelte ihr die Schulter. »Aber wir haben doch die ganze Zeit nicht gewußt, ob es verloren war oder nicht. Also wenn jemand bezahlt hätte, wäre doch ich es gewesen. Da gibt es keinen Zweifel.«

»Hat er nicht«, sagte die Detektivin.

»Tatsächlich?« sagte der Major. »Das ist sonderbar.«

Er betrachtete die Krawatte. »Für so was hätte ich natürlich nicht erst einen Scheck ausgestellt. Die kann ja nicht mehr als ein, zwei Pfund gekostet haben.«

»Du hättest die blaue nehmen sollen«, sagte Mrs. Yardley-Peters. »Die hier paßt überhaupt nicht zu deinem dunklen Anzug, weißt du.«

Der Manager machte eine krampfhafte Bewegung und stieß dabei einen schwarzen Plastikbecher voller Kugelschreiber von der Schreibtischplatte. Major Anglesey ließ sich mit einem besorgten Ausruf auf den Boden nieder und sammelte die Kugelschreiber ein.

»Hier, ich glaube, sie sind alle heil.«

»Zu dumm«, sagte Mrs. Yardley-Peters, »das mit dem Scheckbuch. Soll ich dir das Geld wiedergeben, solange ich noch dran denke, Rupert? Ich kann ja einen Scheck auf dich ausstellen.«

»Hören Sie«, sagte der Manager beinahe keuchend, »ich will ja nur …«

»Betrachte es als Geschenk, meine Liebe«, sagte der Major galant.

»Sie haben es nicht bezahlt«, sagte die Hausdetektivin. Ihre Worte kamen wie ein heiserer Schrei, und sowohl der Major wie auch Mrs. Yardley-Peters drehten sich überrascht nach ihr um.

Mrs. Yardley-Peters schüttelte stirnrunzelnd den Kopf, sichtlich verstimmt. »Nein, nein, das ist Unsinn. Sie haben ja eben gehört, daß der Major sie als Geschenk betrachtet, und das ist goldig von dir, Rupert, obwohl ich der Ansicht bin, wir sollten derzeit unsere Finanzen noch getrennt halten. Weißt du, ich überlege gerade, ob die Schuhe sich nicht doch ein wenig eintragen lassen. Wie ist es, rechnen Sie damit, daß sie nach einer Weile weiter werden?« wandte sie sich an die Detektivin.

»Mrs. Hebden gehört nicht zum Verkaufspersonal«, sagte der Manager. »Und ohnehin geht es hier nicht ...«

Der Major fiel ihm ins Wort. »Jetzt erinnere ich mich, alles fällt mir wieder ein. Dieser Schlips kostete ein Pfund fünfundneunzig. Und ich dachte noch, du meine Zeit, das sind ja fast zwei Pfund, und ich habe Schlipse im Schrank, für die ich seinerzeit vier Shilling Sixpence bezahlt habe. Zwei Pfund für einen Schlips, also ich bitte Sie! Nicht,« fuhr er hastig fort, »daß es für heutzutage nicht ein reeller Preis wäre.«

Der Manager erhob sich.

Der Kragen klebte ihm am Hals, und unter seinem Hemd tröpfelte Schweiß. Er trat ans Fenster und öffnete es.

»Ja, ich fand es auch ein bißchen stickig hier drin«, sagte Mrs. Yardley-Peters. »Die könnten Ihnen ruhig ein größeres Büro geben, hab ich recht? Aber ich nehme an, Sie sind viel unterwegs und sehen im Geschäft nach dem Rechten. Ich sage immer, das Tolle an diesen Kaufhäusern ist, daß man sofort genau sieht, was man kriegt, und es gibt nicht den kleinsten Streit, wenn man etwas umtauschen will.«

Der Manager hatte einmal mit einer arabischen Dame und ihren drei Töchtern zu tun gehabt, von denen keine einzige ein Wort Englisch sprach, und alle weinten sie und hatten achtundzwanzig Bikinis in den Mänteln versteckt. An diese Begebenheit erinnerte er sich jetzt fast mit Wehmut.

Er setzte sich wieder und wandte sich an den Major. »Also dann, Sir: wenn Sie irgendeine Erklärung abzugeben wünschen, werde ich selbstverständlich …«

Der hysterische Unterton in seiner Stimme entging Mrs. Yardley-Peters nicht. Sie sagte freundlich: »Wissen Sie, ich habe den Eindruck, Ihnen ist nicht besonders gut. Könnte es sein, daß Sie eine Krankheit ausbrüten? Ich an Ihrer Stelle würde …«

Der Major gab ihr einen vorwurfsvollen Klaps.

»Mona, ich bin sicher, unser Freund hier kann durchaus selbst auf sich aufpassen. Er möchte nur diese kleine Unstimmigkeit vom Tisch haben, damit wir alle zu unserem Essen kommen.«

Madge Hebden hatte ihr Leben lang ein stark entwickeltes Gefühl für Gesetzestreue gehabt. Nie, nicht ein einziges Mal war sie vom rechten Pfad abgewichen. Außerdem glaubte sie an eine ungeschminkte Sprache. Jetzt explodierte sie.

»Es ist Ladendiebstahl, das ist es. Regelrechter Ladendiebstahl. Diebe sind das! ›Kleine Unstimmigkeit‹, also wirklich! Ich hab sie mit eigenen Augen gesehen, und in den zehn Monaten, die ich im Warenhaus bin, hab ich noch nie …«

Der Manager sprang mit einer heftigen Bewegung auf. Seine Hände irrten, wie unabhängig von ihm, zuckend über den Schreibtisch, als suchten sie irgendwo Halt.

»Vielen Dank, Mrs. Hebden. Sie haben Ihre Sache großartig gemacht. In diesem Fall jedoch scheint mir, daß man möglicherweise mildernde Umstände wird in Betracht ziehen müssen …«

Jetzt brabbelte er und sah den Major und Mrs. Yardley-Peters nicht an, sondern durch sie hindurch in die Ferne. »Und natürlich möchte man da eine mögliche Ungerechtigkeit vermeiden, wie sie hier vorliegen könnte, so wie es ja stets unser Grundsatz gewesen ist, in solchen Ermessensfragen eine gewisse Verfügungsfreiheit …«

»Ach herrje«, sagte Mrs. Yardley-Peters. »Ich fürchte, ich habe nicht ganz folgen können. Würden Sie das noch mal wiederholen?«

Der Manager wischte sich die Stirn. Er sagte: »Gehen Sie!«

»Eh?« fragte der Major.

»Bitte gehen Sie. Gehen Sie einfach.«

Mrs. Yardley-Peters starrte ihn an. »Also, ich muß schon sagen, ich finde das etwas plötzlich. Schließlich haben Sie uns hier hereingebeten. Wir waren es nicht, die kommen wollten. Also gut.«

Sie bückte sich und zog ihre Schuhe an. Der Manager beugte sich über den Schreibtisch und schob ihr den Inhalt ihrer Einkaufstasche zu. Mrs. Yardley-Peters verstaute ihn sorgfältig, langsam, nahm ein paarmal etwas wieder heraus und verstaute es neu. Als sie die Schuhe, den Lambswool-Pullover und die Krawatte einpackte, gab die Detektivin einen krächzenden Laut von sich. Der Manager schwieg, in seiner einen Gesichtshälfte zuckte ein Nerv.

»So«, sagte Mrs. Yardley-Peters und stand auf. »Hast du die Autoschlüssel, Rupert, oder habe ich sie?«

In der Tür blieb sie stehen und drehte sich noch einmal um. »Wissen Sie, ich mische mich ja nur ungern ein, aber ich habe deutlich den Eindruck, daß die Geschäftsleitung Sie mit zuviel Arbeit überhäuft. Sie sehen beide völlig erschöpft aus.«

Major Anglesey und Mrs. Yardley-Peters wanderten langsam durch das Kaufhaus. Mittendrin hielten sie einmal inne, und Major Anglesey übernahm die Einkaufstasche. Einmal blieben sie auch stehen und warfen einen Blick auf den Hemdentisch, entschieden sich aber offenbar gegen weitere Neuerwerbungen.

Im Eingang hielt der Major einer Frau im Rollstuhl die Tür auf und war auf Grund seiner Rücksichtnahme ein paar Minuten lang gefangen, weil eine Prozession von Käufern hinter ihr hereindrängte. Endlich konnte er draußen wieder zu Mrs. Yardley-Peters stoßen, und die beiden machten sich auf den Weg in das mehrstöckige Parkhaus.

Major Anglesey fuhr. Mrs. Yardley-Peters bemerkte, daß der arme Mann doch sehr neurotisch gewirkt habe und seine Mitarbeiterin ziemlich übellaunig. »Detektivin, Mona«, verbesserte der Major, »Detektivin nennt man so was.«

»Wie auch immer man das nennt«, sagte Mrs. Yardley-Peters, »den Job möchte ich nicht.«

Der Major pflichtete ihr bei. Sie erinnerten sich gemeinsam an einige frühere Erlebnisse.

Beim Bungalow angekommen, fuhr der Major den Wagen in die Garage und trug die Einkaufstasche ins Haus. Mrs. Yardley-Peters nahm, leise vor sich hin summend, die Lebensmittel heraus, und der Major trug die Tasche ins Gästezimmer.

Er legte den Lambswool-Pullover, noch immer in seiner Plastikhülle, in einen großen Schrank, dessen Fächer voll waren von weiteren Pullovern, Strickjacken, Hemden und Pyjamas, ebenfalls noch immer in Plastikhüllen. Die Krawatte hängte er auf eine bereits von anderen Krawatten dicht besetzte Schiene in einem überfüllten Schrank voller Anzüge, Mäntel und Damenkleider, von denen Preisschildchen und Waschanleitungen baumelten.

Mrs. Yardley-Peters kam herein und sagte scherzend: »Na, war ich raffiniert?«

Der Major tätschelte ihr wortlos den Hintern.

»Essen, Schatz«, sagte Mrs. Yardley-Peters, und der Major folgte ihr ins Wohnzimmer, wo das Huhn und der Krautsalat auf Tellern mit Beatrix-Potter-Motiven angerichtet waren.

»Ich kriege heute Jemima Puddleduck«, sagte Mrs. Yardley-Peters.

Der Major goß helles Bier in Gläser mit Mickymausfiguren. »Alsdann: Cheers!«

Mrs. Yardley-Peters sah ihn über den Glasrand spitzbübisch an. »Cheers, Rupie. Wir waren mal wieder schlimm, was?«

Als Antwort wackelte der Major mit dem Schnurrbart, eine Kunstfertigkeit, die von Anfang an zu seinen Reizen gehört hatte.

Claras großer Tag

Als Clara Tilling fünfzehneinhalb war, zog sie eines Morgens bei der Schulversammlung alle Kleider aus. Sie ging nackt durch die Reihen der Mädchen, vorbei an der Frau Direktor auf ihrem Vortragspult und den anderen hinter ihr aufgereihten Lehrkräften, hinaus in die Eingangshalle. Büstenhalter und Höschen hatte sie ohnehin schon weggelassen, so brauchte sie nur die Bluse aufzuknöpfen, sie abzustreifen und zu Boden fallen zu lassen, dann den Reißverschluß ihrer Shorts aufzuziehen und aus ihnen herauszutreten. Gleichzeitig schlüpfte sie aus ihren Schuhen und ging nackt sowie barfuß. Alles das geschah sehr rasch. Ein, zwei Leute kicherten, und durch die Aula lief eine Art Rascheln wie ein plötzlicher Windstoß in den Bäumen. Die Frau Direktor zögerte sekundenlang – sie verlas gerade die Namen für das Tennisteam – und fuhr dann mit fester Stimme fort. Clara öffnete die großen Glastüren und ging hinaus.

Die Eingangshalle war leer. Der Boden war auf Hochglanz poliert, und sie konnte ihr Spiegelbild sehen, einen verkürzten rosa Fleck. An der einen Wand gab es ein leuchtendes, modernes Gemälde und für wartende Eltern mehrere bequeme Stühle im Kreis um einen riesigen Gummibaum, dazwischen auf Chromständer montierte Aschenbecher. Clara hatte selbst einmal mit ihrer Mutter dort gesessen und auf eine Unterredung mit der Direx gewartet.

Sie ging den Korridor entlang in ihre Klasse, die ebenfalls gänzlich leer war, mit dicken goldenen Sonnenbalken über den Bänken und einer so friedlichen Atmosphäre, als sei schon lange niemand mehr hier gewesen und als würde auch niemals mehr jemand kommen. Clara öffnete den Schrank in der Ecke, holte einen Kittel für den Naturkundeunterricht heraus, zog ihn über und setzte sich auf ihren Platz. Ungefähr eine Minute später kam Mrs. Mayhew mit ihren Kleidern und ihren Schuhen.

»Ich würde die jetzt anziehen, Clara«, sagte sie und blieb neben ihr stehen, solange sie das tat. »Möchtest du gern heimgehen?« fragte sie, und Clara sagte nein danke. Mrs. Mayhew fuhr munter fort: »Also gut, Clara. Dann machst du jetzt am besten noch ein paar Hausaufgaben bis zur ersten Pause.«

Den ganzen Vormittag über kamen Leute zu ihr und sagten: »Bravo!« oder klopften ihr auf die Schulter. Sie war ein Star bis zum Mittagessen, aber dann ließ das Interesse etwas nach. Am frühen Nachmittag kam eine der Klassensprecherinnen und sagte, sie solle gleich nach dem Unterricht zur Direx kommen.

Das Zimmer der Direx glich bis auf den riesigen Schreibtisch voller Papier, hinter dem sie saß, eher einem Wohnzimmer. Es gab weiche Sessel und schöne Bilder an den Wänden und auf dem Kaminsims Fotos vom Mann und den Kindern von der Direx und eine Einkaufstüte von *Marks & Spencer* in der einen Ecke. Das Fenster ging auf die Spielplätze hinaus, und von dort war ein fröhliches Stimmengewirr, ähnlich Vogelgesang, zu vernehmen. Bis auf das ferne Rumpeln des Verkehrs hätte man nicht geglaubt, in London zu sein.

Die Direx schrieb gerade, als Clara hereinkam, sie sah nur kurz auf, um zu sagen: »Hallo, Clara. Setz dich doch. Entschuldige, ich mach bloß diese Berichte fertig, es dauert keine Minute.« Sie schrieb weiter, und Clara setzte sich und schaute auf das Foto von ihrem Mann, der eine eckige, nüchtern aussehende Brille aufhatte, und die Fotos ihrer drei

Jungen, die sich alle glichen, nur verschieden groß waren. Dann klatschte die Direx den Stapel Berichte aufeinander und schob ihren Stuhl zurück. »So … das wär's. Also … Um was ging es denn heute morgen?«

»Ich weiß es nicht«, sagte Clara.

Die Direx sah sie nachdenklich an, und Clara erwiderte den Blick. Kurz bevor das Schweigen wirklich peinlich wurde, fuhr sich die Direx durch ihr verstrubbeltes kurzes blondes Haar, verstrubbelte es dadurch noch mehr und sagte: »Nein, das weißt du sicher nicht. Hast du auf dich aufmerksam machen wollen?«

Clara überlegte. »Das wollte ich wohl, oder? Sicher doch, wenn man so was macht …«

Die Direx nickte. »Richtig. Dumme Frage.«

»O nein«, sagte Clara hastig. »Ich hab gemeint, damit fällt man doch auf. Nicht damit, daß man es versucht.«

Die Direx, sehr hellhörig für Sprache, überlegte nun auch. »Gut ausgedrückt, finde ich. Und wie denkst du jetzt darüber?«

Clara bemühte sich, ihre Gefühle zu erforschen, die ihr wegrutschten wie Fische. Schließlich sagte sie: »Eigentlich denke ich gar nichts«, und das war in gewisser Hinsicht völlig aufrichtig.

Die Direx nickte wieder. Sie blickte zu ihrem Mann auf dem Kaminsims hinüber, fast als fragte sie ihn um Rat. »Ist zu Hause alles in Ordnung?«

»Oh, super«, versicherte ihr Clara. »Echt super.«

»Gut«, sagte die Direx. »Natürlich. Ich hab nur gerade gedacht, daß in der 4 B eine Menge Schülerinnen sind, deren Eltern sich getrennt haben, nicht wahr? Bryony und Susie Tallance und Rachel.«

»Und Midge«, sagte Clara. »Und Lucy Potter.«

»Ja, fünf. Mit dir sechs.«

»Fünfundzwanzig Prozent«, sagte Clara. »So ungefähr.«

»Genau. Übrigens ist das der nationale Durchschnitt, wußtest du das? Eine Ehe von vieren.«

»Nein, wußte ich eigentlich nicht«, sagte Clara.

»Ja, so ist es leider. Na jedenfalls …« Sie blickte wieder zu ihrem Ehemann hinüber. »Du machst dir doch keine Sorgen wegen der Noten, oder?«

»Nicht sehr«, sagte Clara. »Ich meine, ich habe die Prüfungen nicht gern, aber sie machen mir nicht so viel aus wie anderen.«

»Deine Noten waren gut«, sagte die Direx. »In Physik und Chemie hätten sie ein bißchen besser sein können, aber das wäre kein großes Problem. Also … Gehst du noch immer mit Liz Raymond?«

»Meistens«, sagte Clara. »Und mit Stephanie.«

»Ich hätte gern, daß man zu mir kommt und es mit mir bespricht, wenn man sich irgendwelche Sorgen macht«, sagte die Direx. »Auch bei Sachen, die einem ganz blöd vorkommen. Du weißt schon. Es brauchen keine großartigen, augenfälligen Dinge zu sein, Prüfungen und so was. Nein, *alles*.«

»Ja«, sagte Clara.

Das Telefon klingelte. Die Direx nahm den Hörer ab und sagte nein, hätte sie nicht, und ja, sie käme, sobald sie könnte, und sie sollten bitte warten. Sie hängte ein und sagte: »Es sah dir so gar nicht ähnlich, Clara, nicht wahr? Ich meine, es gibt einige, bei denen wäre man überhaupt nicht erstaunt, wenn sie plötzlich etwas Idiotisches oder Unerwartetes täten. Aber so bist du doch nicht, oder?«

Clara bestätigte, daß sie eigentlich nicht so sei.

»Ich schreibe deiner Mutter. Und wenn es dich wieder überkommt, so etwas zu tun, komm erst zu mir, und wir reden darüber, ja?« Die Direx lächelte, und Clara erwiderte das Lächeln. Das war offensichtlich alles. Clara stand auf und ging. Als sie die Tür schloß, sah sie, daß die Direx ihr nachblickte. Jetzt lächelte sie nicht, und ihre Miene war ziemlich düster.

Die meisten Schülerinnen waren heimgegangen, aber alle in Claras Klasse, die Boyfriends in St. Benets hatten, und das waren praktisch alle, lungerten noch an der Bushaltestelle herum und verpaßten absichtlich Busse, weil St. Benets erst eine halbe Stunde später aus hatte. Clara leistete ihnen eine Zeitlang Gesellschaft und bestieg dann ihren Bus. Sie setzte sich ganz allein aufs Oberdeck und schaute auf die Gehsteige hinunter. Es war sehr heiß: Wer jung war, hatte nackte Beine, die Straßenarbeiter waren bis zur Taille nackt, überall war Fleisch: braune Rücken und weiße Knie und flüchtige Einblicke in behaarte Achselhöhlen und Spalten zwischen Brüsten und Gesäßbacken. Im Park war der Rasen voll von Sonnenbadenden. Es gab Mädchen im Bikini, die wie Seesterne gespreizt mit dem Gesicht nach unten dalagen, einen Lappen Stoff zwischen den Beinen und die Träger des Oberteils halb heruntergestreift. Clara, die weder Büstenhalter noch Höschen trug, fühlte die warme Luft zwischen Haut und Kleidern zirkulieren. Als sie bei Annäherung an die Bushaltestelle die Treppe herunterkam, mußte sie ihren Rock festhalten, damit er nicht hochgeblasen würde.

Ihre Mutter war schon zu Hause. Sie arbeitete halbtags als Sprechstundenhilfe eines Zahnarztes und hatte eine sogenannte gleitende Arbeitszeit, was bedeutete, daß sie mehr oder weniger arbeitete, wann es ihr paßte. Nachmittags paßte es ihr neuerdings oft nicht, weil Stan, ihr Freund, der Schauspieler war, nur nachmittags frei war.

Stan war jedoch nicht da. Clara kam in die Küche, wo ihre Mutter Tee trank und eine Zeitschrift las. »Hei!« sagte sie. »Was Neues?« Das sagte sie meistens. Clara sagte, es gäbe nichts Neues, und ihre Mutter las weiter den Artikel in der Zeitschrift, der – wie Clara über den Tisch hinweg verkehrt herum entziffern konnte – ›Orgasmus. Wunsch und Wirklichkeit‹ hieß. Schließlich gähnte sie, schob die Zeitschrift zu Clara hinüber und ging nach oben, um ein Bad zu nehmen. Clara goß sich noch eine Tasse Tee ein und blätterte in der Zeitschrift, die hauptsächlich aus Reklamen für Tampons und Deodorants bestand, und fing dann mit ihren Hausaufgaben an.

Der Brief von der Direx kam ein paar Tage später. Clara hörte die Post auf den Fußabstreifer klatschen, und als sie übers Geländer schaute, wußte sie sofort, was in dem getippten Umschlag sein mußte. Im selben Augenblick kam Stan, der über Nacht geblieben war, aus dem Zimmer ihrer Mutter auf dem Weg ins Bad. Er trug Unterhosen und ein Handtuch um den Hals geschlungen wie einen Fußballschal und summte vor sich hin. Als er sie sah, sagte er: »Hallöchen, wie läuft's denn so?« Und Clara zog ihren Bademantel enger um sich und sagte: »Gut, danke.«

»Das ist recht«, sagte Stan unbestimmt. »Du, ich hab dir ein paar Billetts für die Show gebracht. Nimm eine Freundin mit, okay?« Er war untersetzt, ein muskulöser Mann mit einer Menge schwarzer Haare auf der Brust. Sein Geruch drang mächtig über den ganzen Treppenabsatz, eine gewaltsame, unentrinnbare Woge männlichen Geruchs: Schweiß und Rasierwasser und noch etwas, was man nicht deuten konnte. Clara wußte immer, wann er im Hause war, noch ehe sie die Tür zum Wohnzimmer öffnete, weil Duftwolken von ihm im ganzen Haus herumzogen. Sie sagte: »Vielen Dank, das wäre fabelhaft« und drückte sich in ihr Zimmer.

Als sie herunterkam, waren beide beim Frühstück. Ihre Mutter öffnete eben die Post. Sie sagte: »Kaffee steht auf dem Herd, Schätzchen. Uh, prima, meine Steuerrückzahlung ist gekommen.« Sie öffnete den Brief von der Direx und fing an zu lesen. Erst starrte sie verwirrt darauf, dann fing sie an zu lachen. Sie hielt sich die Hand vor den Mund und prustete. »Ich glaub's nicht!« schrie sie. »Clara, ich glaub's einfach nicht. Stan, hör dir das an … Ist das Mädel nicht unglaublich! Rat mal, was sie gemacht hat! Hat bei der Schulversammlung sämtliche Kleider ausgezogen und ist splitterfasernackt weggegangen.« Sie reichte Stan den Brief und lachte weiter.

Stan las den Brief, grinste breit und blickte zu Clara auf. »Wetten, daß man sie dazu provoziert hat? Gut gemacht, Clara. Phantastisch. Mein Gott, ich wollt', ich wäre dabeigewesen.« Er tätschelte Claras Arm, und Clara erstarrte. Sie wurde vollkommen steif, als sei sie in Zement verwandelt, und als sie schließlich ein Bein bewegte, schien es, als müsse das ein knackendes Geräusch geben.

Ihre Mutter hatte aufgehört zu lachen und redete wieder. »… das letzte, was man von dir erwartet hätte, Schätzchen. Du warst immer so prüde. Schon als du ganz klein warst. Schamhaft ist gar kein Ausdruck. Ehrlich, Stan, sie war zum Piepen als kleiner Stöpsel, ich seh sie noch, wie sie in Camber am Strand sitzt und ein Handtuch an sich preßt, damit niemand ihren Po sieht, während sie sich umzieht. Zehn war sie damals. Und als ihr ein Busen wuchs, saß sie immer vornübergebeugt wie ein Löffel, damit es ja keiner merkt, und wenn sie sich beim Arzt ausziehen sollte, hätte man meinen können, er wär drauf und dran, sie zu vergewaltigen, so ein Gesicht machte sie. Selbst heute noch krieg ich sie nicht aus dem einteiligen viktorianischen Badeanzug, den die Schule vorschreibt … und es ist ja nicht so, als ob sie keine gute Figur hätte …« – »Toll«, sagte Stan und schlürfte Kaffee. »… ein bißchen Babyspeck noch, aber das vergeht, gute Hüften und meine Beine, wenn ich so sagen darf. Deswegen ist das ja so ein irrer Witz. Ehrlich, Schätzchen, ich hätt' nicht gedacht, daß du so was fertigbringst. Ich meine, ich habe sie, seit sie zwölf ist, nicht mehr im Evaskostüm sehen dürfen. Ehrlich, manchmal habe ich schon gedacht, mit dem Mädel stimmt was nicht.« Ihre Mutter strahlte sie über den Frühstückstisch an. »Na, jedenfalls macht die alte Mrs. Soundso scheinbar keine große Sache draus. Sie meint nur, ich sollte es wissen. Noch jemand Kaffee? Mein Gott, schau nur, wie spät es ist. Und ich hab noch gesagt, ich käme heute früher … Ich bin schon weg. Laß das Frühstücksgeschirr stehen, Liebchen, wir machen es später zusammen. Kommst du, Stan?«

Clara blieb am Tisch sitzen. Sie aß einen Toast und trank ihren Kaffee. Ihre Mutter und Stan rannten geschäftig herum, suchten ihre Handtasche und sein Jackett, riefen auf Wiedersehen und verließen lärmend das Haus. Die Haustür schlug zu, die Wagentür schlug zu, und dann begann Clara zu weinen. Die Tränen tropften von ihrem Kinn auf ihre verschränkten Arme, und ihr Gesicht verzog sich wie bei einem kleinen Kind.

Der Austauschschüler

Es würden kommen: die Kramers, Tony und Sue in ihrem
Volvo, die Brands, Kevin und Lisa in Lisas neuem *Sprite*.
Und Dad hatte beschlossen, den *Renault* zu nehmen, nicht
den *Cortina*, weil die Heckklappe praktischer war für die
Picknicksachen. Und der Wetterbericht war gut. Sie würden
zu dieser prähistorischen Festung oder was es war fahren.
Jedenfalls einem Hügel mit Aussicht, Tony Kramer sagte,
dort sei es fabelhaft. Sue brachte eine neue Quiche oder so
was mit, auf die sie wahnsinnig stolz war, und Lisa hatte
natürlich haufenweise von ihren kostbaren, selbstgebrau-
ten Sorbets dabei. Und Kevin wollte irgendeine Weinschorle
beisteuern.

Und übrigens, fuhr ihre Mutter fort, mit noch höherer
Stimme, ja sie rief es sogar die Treppe hinauf, ist doch zu
schade, daß Nick Kramer nun doch nicht mitkommt. Er ist
in Frankreich. Als Austauschschüler. Die Kramers haben
den französischen Austauschschüler, und den bringen sie
mit. Er ist in deinem und Nicks Alter, und er heißt Jean
sonstwas. Na, wir werden eben nett zu ihm sein müssen.

Sie stand vor dem Spiegel. Sie hörte ihre Mutter zurück
in die Küche poltern. Das mit Nick Kramer machte nichts,
der war sowieso blöd. Schlimm war etwas ganz anderes: Die
neuen Jeans machten sie entschieden dick. Sie zog sie aus
und statt dessen den blauen Rock an, aber zu dem paßte das
gestreifte T-Shirt nicht, daher tauschte sie es gegen das rosa
bestickte Oberteil mit dem tiefen Ausschnitt, und plötzlich
sahen ihre Schlüsselbeine riesenhaft aus. Verunstaltet. Sie
hatte ja immer gewußt, daß mit ihren Schlüsselbeinen

etwas nicht stimmte, ganz egal wie viele Leute, die sie im Vertrauen danach fragte, schworen, daß alles in Ordnung sei. Das rosa Oberteil war also hoffnungslos. Da blieb nur das gelbe Hemd, in dem sah sie teigig aus, und es war ganz entschieden *out*, also blieb nichts anderes, als ganz von vorne anzufangen mit den Jeans und dem losen cremefarbenen Top, das zwar ihre Fettpölsterchen versteckte, aber ihren Busen auf null reduzierte. Und dann rief ihre Mutter, sie seien da, daher mußte sie zu ihrer Verzweiflung bleiben, wie sie war, und so hinuntergehen, mit Bauch und ohne Busen und unzufrieden, und alle begrüßen, Sue Kramer mit engen weißen Hosen und einem dieser großen ausgebeulten Hemden und Lisa Brand in einer kurzen rosa Leinenjacke und so was wie einem Rock und einer Frisur mit Silbersträhnchen.

Hallo, hallo, sagten alle, und ihre Mutter überlegte, ob das ganze Barbecue-Zeug besser in den *Volvo* hineinging statt in den *Renault*, und ihr Vater zeigte Kevin Brand den neuen Eiskübel. Hallo, Anna, rief Sue Kramer, Jean-Paul, das ist Mary und Clive Becket, und Anna und die Brands, die du ja schon kennst, hör mal, Kevin, wir waren die ganze Zeit auf der Zweispurigen hinter dir …

Er war nicht sehr groß und hatte eine Brille und Pickel. Eine Menge Pickel. Er sah nicht im entferntesten gut aus. Na ja. Er neigte sehr ordentlich fünfmal den Kopf und sagte »*Bonjour*«. »Englisch, Jean-Paul«, schalt Sue. »Du mußt üben.« Und Jean-Paul sagte »Guten Tag« und verbeugte sich wieder. Aber inzwischen diskutierten schon alle, wer in welchem Wagen fuhr, und ihr Vater schaute in Kevins allerneueste Autokarte, in der eine Umgehungsstraße eingezeichnet war.

Schließlich war alles geregelt. Jean-Paul sollte mit ihnen in den *Renault*, und die Kramers sollten das Zeug für den Barbecue einladen und ihnen folgen, und Kevin und Lisa sollten vorausfahren, weil Lisa, wenn erst das Tempolimit vorbei war, fahren würde wie eine Irre.

Er sagte nicht viel. Er stieg neben ihr in den Fond und sagte »*Pardon*«, als sie mit den Knien zusammenstießen, und als ihre Mutter fragte, wo in Frankreich er lebe, sagte er es ihr, und als ihr Vater fragte, ob er einen Sport treibe, sagte er nein, und das ganz und gar höflich. Sie warf ihm einen Seitenblick zu, ohne den Kopf zu wenden. Armer Kerl, es war bestimmt furchtbar, so verpickelt zu sein. Sie konnte im Rückspiegel ihr eigenes Gesicht sehen, der neue Lidschatten war gut, war wirklich gut. Ihre Mutter sprach gerade über Lisa und daß sie zugenommen hätte, hast du's gemerkt, Anna? Dann erinnerte sie sich an Jean-Paul und fragte, ob er Geschwister habe, und Jean-Paul sagte ja, er habe eine jüngere Schwester und einen älteren Bruder, Solange und Stéphan, und das war es dann auch schon wieder, deshalb kehrte ihre Mutter zurück zum Thema Lisa und überlegte laut, ob sie ihr das Heft mit dem neuen Diät-Plan geben sollte.

Südlondon lichtete sich, und es ging über in die zusammenhängenden Städte von Surrey, und schließlich erschienen kleine Stücke freier Landschaft und Dörfer. Jean-Paul sah aus dem Fenster. Einmal kamen sie an einer Kirche vorbei, und er drehte sich um und beobachtete, wie sie zurückblieb. Er sagte: »*C'est beau, ça*. Von wann ist es?« – »Das ist eine Kirche«, sagte Annas Mutter. »Ja«, sagte Jean-Paul, »ich frage, aus welche Zeit?« – »Du meine Güte«, sagte Annas Mutter. »Bei so was bin ich nicht gut.« – »*Pardon*«, sagte Jean-Paul. Er muß katholisch sein, dachte Anna. Sie blickte hinunter und sah, daß er gräßliche Schuhe anhatte, etwas, was kein Mensch anziehen würde, aber das war vermutlich französisch. Er tat ihr ein bißchen leid. Als er das nächste Mal zu ihr hinübersah, lächelte sie strahlend, um die Pickel und die gräßlichen Schuhe vergessen zu machen, oder auch die komische Art, wie sein Haar hinten wuchs. Na ja.

Noch ein Dorf. Wieder eine Strecke offenes Land. Jean-Paul lehnte sich vor und sagte: »Entschuldigen, ich wünsche bitte Toilette gehen.«

Anna wurde dunkelrot. Wie gräßlich. Armer Kerl. So was fragen zu müssen. Sie an seiner Stelle wäre lieber gestorben – in einem fremden Wagen, laut, vor Leuten, die man nicht kannte. Dabei wäre eigentlich Jean-Paul am liebsten selber gestorben. Wellen von Verlegenheit und Gereiztheit drangen von den Hinterköpfen der Eltern herüber. Ihr Vater sagte: »Ah, ja … Aber natürlich. Sobald eine passende Stelle kommt, ja?« Und nach einer weiteren Minute hielt er in einer Parkbucht neben einem Wald, und der *Volvo* der Kramers hielt hinter ihnen, und Jean-Paul stieg aus und tauchte ins Gebüsch.

Annas Mutter seufzte: »Na, wißt ihr! Ich meine, man kann doch einem Sechzehnjährigen nicht sagen, er hätte vor der Fahrt gehen sollen.«

Sue Kramer tauchte am Fenster auf. »Tut mir leid. Aber es ist ganz einfach so – wenn Nick heuer keinen Einser in Französisch schreibt, muß er es nächstes Jahr noch mal nehmen. Im Grunde hat Jean-Paul bisher schrecklich wenig Mühe gemacht.« Und dann fing sie an, mit Annas Mutter über den Urlaub zu reden, den die Kramers in Portugal machen wollten, und schließlich kam Jean-Paul aus dem Wald zurück und stieg in den Wagen, und Sue ging zum *Volvo*, und alle fuhren wieder los.

Annas Wangen brannten noch immer. Sie warf einen flüchtigen Blick auf Jean-Paul. Er schien überhaupt nicht verlegen, schaute aus dem Fenster, und als sie durch einen Ort mit Marktplatz und alt aussehenden Häusern kamen, machte er den Mund auf, als wolle er etwas sagen, dann schloß er ihn wieder und lächelte verstohlen. Annas Wangen wurden wieder normal, und sie dachte an ihren eigenen Urlaub, der in Griechenland geplant war, und das schwerwiegende Problem, ob sie bis dahin fünf Pfund würde abnehmen können oder nicht, um sich in einem Bikini wohl zu fühlen, oder ob sie jeden Tag am Strand den Bauch würde einziehen müssen. Nichts vom Grill heute, eisern gar nichts, und nur ein einziges Stück von Sue Kramers Quiche.

Jean-Paul sagte etwas. Sie ließ den Gedanken an den Bikini fallen. »Wie bitte?«

»Ich sage, du solltest einen Pelzhut tragen. Hübsch mit schwarzes Haar.« Er gestikulierte, umkreiste mit beiden Händen in einer sonderbar eleganten Bewegung ihren Kopf.

»Einen Hut?« Sie starrte ihn entgeistert an. Eigentlich war ihr Haar dunkelbraun, nicht schwarz.

»Karenina. Anna. Für deinen Namen.«

»Oh.« Sie verstand jetzt, es gab da einen russischen Roman, der Film war mal im Fernsehen gelaufen. »Aber …« Sie lachte verlegen. »Wäre aber bißchen heiß bei solchem Wetter.«

Jean-Paul sah sie aufmerksam an, zuckte dann die Achseln. »Tant pis.« Dann sah er wieder aus dem Fenster.

Sie bogen jetzt auf die Landstraße ein, die sie zu dem Hügel führen sollte, und ihre Mutter sagte, wir wollen beten, daß die Holzkohle richtig zündet, beim letzten Mal mit den Kramers bin ich mir so idiotisch vorgekommen und – um Gottes willen, hab ich den Dip für die Avocados eingepackt? Es ging bergab und durch ein Dorf und um eine Kurve, und da parkte auch schon der rote *Sprite* am Straßenrand, und die Brands saßen daneben in Faltstühlen, wie die Filmregisseure sie benutzen, mit LISA und KEVIN in großen schwarzen Buchstaben auf den Lehnen.

Die Wagen wurden hin- und hermanövriert, um sie vom Weg wegzukriegen, und dann wurde viel ausgepackt und arrangiert, wer was tragen sollte, und mittendrin schrie Annas Mutter plötzlich auf und zeigte vorne auf den Kramerschen Wagen.

»Tony! Du hast es gekriegt! Und wir haben es noch gar nicht bemerkt.«

Da schauten sie alle, und jetzt sah auch Anna das Nummernschild: AJK 45.

»Mensch, prima«, sagte Lisa. »Und auch noch mit deinem Alter. Ich bin gelb vor Neid.«

»Was hast du dafür blechen müssen?« fragte Annas Vater, und Tony Kramer grinste und sagte, das sag ich nicht. Jean-Paul schaute Tony sehr sonderbar an, er lächelte nicht, aber man spürte, daß er irgendwie lachte. Alle fingen wieder an, mit dem Picknickzubehör und den Faltstühlen und dem Grill herumzuwirtschaften, und Jean-Paul sagte zu Anna: »Warum?«

»Warum was?«

Er zeigte auf das Nummernschild.

Anscheinend ist er ein bißchen schwer von Begriff, dachte sie. »Das sind seine Anfangsbuchstaben. Und sein Alter.«

»Ich weiß«, sagte Jean-Paul. »Aber warum?«

Genaugenommen wußte sie es auch nicht. »So was macht man eben. Über Zeitungsanzeigen, und die Nummern sind manchmal schrecklich teuer.« Ihre Eltern hatten tatsächlich eine Ewigkeit nach MRB oder CTB gesucht, aber aus irgendeinem Grunde beschloß sie, das nicht zu erzählen. Jean-Paul blickte nachdenklich auf Tony Kramer und sagte: »*Curieux.*«

»Du sollst englisch reden«, sagte Anna streng. Er war vier Monate jünger als sie, hatte sich herausgestellt.

»*D'accord!*« sagte Jean-Paul und grinste. Wirklich, seine Pickel waren die ärgsten, die sie je gesehen hatte.

Jetzt war wieder ein Riesenaufstand, weil Lisa entdeckte,

daß sie ihr Sonnenöl vergessen hatte, und obwohl Sue und Annas Mutter welches dabeihatten, war es anscheinend die falsche Sorte. Lisa mußte gerade speziell dieses haben, beschloß aber schließlich, sie könnte es vielleicht mit einem Hut versuchen, und sie zogen los, durch ein Gatter und auf einem steinigen Feldweg den Hügel hinauf.

Jeder trug etwas: Die Männer waren beladen mit Stühlen und Liegen und Grillzubehör, die Frauen mit etwas Leichterem wie Picknickkörben und Kühltaschen und Eiskübeln. Anna und Jean-Paul bildeten den Schluß der Prozession. Anna hatte den Korb ihrer Mutter mit den Papierservietten und dem Plastikbesteck und dem Knoblauchbrot in Folie. Jean-Paul trug eine Tüte Grillkohle und Kevin Brands geflochtenen Flaschenbehälter mit vier in Seidenpapier gewickelten Weinflaschen. Er trottete ein paar Schritte hinter ihr her, die übrigen schlängelten sich vorneweg, riefen einander zu. Lisa rutschte und stolperte auf ihren hochhackigen Sandalen.

Jean-Paul sagte: »Ganz ernst, *le pique-nique*.«

Sie drehte sich nach ihm um. Lachte er etwa? Nein, seine Miene war völlig ernst. Aber seine Stimme … Anna starrte auf ihre vor ihr gehenden schwerbeladenen Eltern, auf deren beladene Freunde, auf das glitzernde Chrom und das bunte Leuchten des Plastiks. Sie sagte angriffslustig und verteidigend zugleich: »Machen denn deine Eltern nie so was?«

»O doch, doch. Auch sehr ernst.«

Jetzt fühlte sie sich ein bißchen unbehaglich. Es war, als spiele man ein Spiel mit jemand, der darin weit schlechter war als man selber, und der finge plötzlich an, alles mögliche zu können, was er nicht können sollte.

»Amüsierst du dich?« erkundigte sich Jean-Paul.

»Natürlich«, sagte Anna energisch. Und ergänzte einen Augenblick später: »Du nicht?«

»*Bien sûr*«, sagte Jean-Paul. Sie sah, daß er ganz breit grinste. Er wies mit der Hand über die Landschaft hin. »Ein schönes Wetter. Die Sonne scheint. Alles ist angenehm.«

Der Feldweg ging zu Ende. Jetzt wanderten sie auf dem kurzen Gras den Hang hinauf, der eine Reihe unebener Terrassen bildete, auf denen Schafe grasten und bunte Blumen wuchsen. Die Vorhut – Kevin, Lisa und Annas Vater – war stehengeblieben, und als die anderen sie eingeholt hatten, entstand eine Diskussion über die passende Stelle, an der man sich niederlassen sollte. Annas Mutter wollte noch weiter dorthin, wo es flacher wurde; Lisa wollte in die Nähe eines Baumes, für den Fall, daß sie Schatten brauchte. Jeder wollte etwas anderes. Man zankte sich. Lisa sagte: »Auf mich braucht ihr keine Rücksicht zu nehmen, ich komme schon zurecht, notfalls kann ich immer noch zum Wagen zurück«, und Tony Kramer sagte: »Nicht doch, Liebes, kommt nicht in Frage. Also los, dann eben zum Baum.« Kevin warf ihm einen Blick zu, der nicht ganz so freundlich war, wie er hätte sein können, und Annas Eltern ermahnten sich gegenseitig in jenem Scherzton, der nach Annas Erfahrung in etwas gar nicht Scherzhaftes umschlagen konnte, nicht so herumzukommandieren. Einzig Sue Kramer beteiligte sich nicht, blickte in die Ferne und tippte mit einem Fuß im Gras.

Jean-Paul sagte zu Anna: »Amüsieren die sich auch, glaubst du?« Anna tat verärgert, als müsse sie etwas an ihrer Sandale richten. Sie schwitzte nach dem Aufstieg und hatte plötzlich den schauderhaften Verdacht, kein Deo benutzt zu haben.

Endlich kam man zu einem Beschluß. Stühle, Liegen und Grill wurden im Gras aufgestellt. An Lisas Schuh hatte sich der Absatz gelockert, und Tony Kramer versuchte ihn wieder zu befestigen, mit der schmucken kleinen Zange, die an seiner Schlüsselkette hing, und Sue Kramer verlangte sehr vernehmlich, er solle sich mit der Weinschorle beeilen, sicher wären alle am Verdursten. Kevin stellte den Grill auf, schweigend, Annas Mutter sprach zu Annas Vater in dem bewußten hellen Ton, der nichts Gutes verhieß.

Der Grill wurde angezündet. Die Weinschorle wurde gemischt, Kebabs brutzelten. Sue Kramer lagerte sich auf einer Liege, blickte in den Himmel und sagte: »Wonnig.« Gläser wurden gefüllt. Vögel sangen. Spareribs und Hähnchen gesellten sich zu den Kebabs. Es wurde erneut eingegossen. Annas Mutter stieß einen entsetzten Schrei aus: »Mein Gott, ich hab die andere Barbecue-Sauce im Kühlschrank vergessen.«

»Himmel noch mal …«, sagte Annas Vater.

Es entstand eine Stille. »Aber hier drüben ist doch eine, die köstlich aussieht«, sagte Sue Kramer.

»Aber nur die eine!« jammerte Annas Mutter. »Es sollten doch zwei sein wegen der Abwechslung.«

»Wird auch so gehen«, sagte Kevin Brand. »Vergiß es.«

»*Quelle horreur* …«, sagte Jean-Paul ins Gras und schüttelte den Kopf.

Nun wurden die Spießchen auf lustigen Papptellern herumgereicht, und die Spareribs und die Hähnchen und die eine Sauce und farbenfrohe Servietten, zwei für jeden, eine für den Mund und eine auf den Schoß. Und jeder sagte, wie fabelhaft von Tony, diesen himmlischen Ort zu kennen.

»Und wir sind hier in der Mitte von … was ist es … ein Schlachtfeld?« fragte Jean-Paul.

Alle starrten ihn an. »Eine Art Lager, glaube ich«, sagte Tony. »Prähistorisch.«

»So ungefähr«, sagte Lisa. Alles lachte. »Na, na«, sagte Tony. »Es ist nicht nett, sich über die Unwissenheit anderer lustig zu machen.« Lisa zog eine Grimasse, und er zielte mit einer Sparerib nach ihr. »Untersteh dich!« schrie Lisa.

»Diese Hosen sind wahnsinnig schwer zu waschen, daß du's nur weißt.«

Jean-Paul sah ausdruckslos zu. Er wandte sich an Anna und bemerkte ruhig: »Ist also Tradition, hier zu picknicken.«

»Ich glaube schon«, murmelte Anna. Sie hatte das Gefühl, als gerate alles außer Kontrolle, nicht zuletzt, auf sonderbare Weise, Jean-Paul. Da war er nun, mit seinen Pickeln und seinen gräßlichen Schuhen und vier Monate jünger als sie, und doch hatte man den seltsamen Eindruck, als sei er viel älter und schwebe über und jenseits seiner Pickel und Schuhe. Heimlich befühlte sie ihre Achselhöhlen: Sie war sicher, man sähe Schweißflecken auf dem cremefarbenen Top.

Nun wurde die Quiche herumgereicht und der Salat und das Knoblauchbrot und noch mehr Schorle. Alle redeten durcheinander, und Lisa Brand sprach viel zu laut, und Kevin stritt sich mit Tony Kramer über etwas, was mit der Innenausstattung von Autos zu tun hatte und ob Tonys *Volvo* dies oder jenes hätte. Jean-Paul sagte zu Anna: »Interessierst du für Wagen?«

»Eigentlich nicht«, sagte Anna nach kurzem Zögern.

»*Moi non plus*«, sagte Jean-Paul.

Nun ging man zum Nachtisch über, der Mousse und dem Sorbet und den kleinen Keksen, die Sue Kramer mitgebracht hatte. Es gab noch mehr lustige Pappteller und noch mehr bunte Plastikbestecke. Ringsherum war jetzt alles voller Abfälle, Haufen von Plastik und Papier und Essensreste und Flaschen und Gläser. Ein Stückchen weiter stand eine Gruppe Schafe, sah zu und kaute. »Schau nicht hin«, sagte Lisa. »Wir werden beobachtet.« Tony Kramer lachte schallend.

Anna warf einen Seitenblick auf Jean-Paul, aber so, daß er es nicht merkte. Er betrachtete kleine orangefarbene

Schmetterlinge, die über dem Gras tanzten, dann wandte er seine Aufmerksamkeit einem Vogel zu, der genau über der Hügelkuppe am Himmel flatterte. Und dann, als Kevin wieder mit der Weinschorle herumging und ein paar Tropfen auf Lisas weiße Hose verschüttete und dadurch große Aufregung auslöste, beobachtete er auch das mit der gleichen ernsthaften Aufmerksamkeit, wie er die Schmetterlinge und den Vogel beobachtet hatte.

Langsam verstummte das Geplauder. Lisa tupfte immer noch mit finsterem Gesicht an ihrer Hose herum. Kevin war ein Stück weitergewandert und lag auf dem Rücken im Gras. Annas Mutter sagte, es sei natürlich himmlisch hier, aber jetzt wäre es schön, wenn man schwimmen gehen könnte.

Jean-Paul stand auf, verstaute seinen benutzten Teller, sein Besteck und seine Serviette sauber im Korb von Annas Mutter und schlenderte über das Gras davon. Neben einem Büschel Blumen ging er in die Hocke.

Sue Kramer sagte zu Anna: »Du bist wirklich riesig nett zu ihm. Leider ist er ein ziemlicher Langweiler, da kann man nichts machen. Jedenfalls bist du sehr lieb.«

Anna lächelte verlegen.

Eigentlich hatte sie Sue Kramer nie besonders leiden können. Nick Kramer kannte sie seit seinem dritten Lebensjahr, der war sowieso hoffnungslos.

»Und dann diese Akne …«, sagte Lisa. »Jungen in dem Alter möchte man einfach in ein Riesenfaß Desinfektionslösung tauchen.«

Anna schaute zu Jean-Paul hinüber, der sie im gleichen Moment bemerkte und ihr zuwinkte. »Schau hier …«, rief er.

»Sei nett, Liebling«, sagte Annas Mutter.

Auf einer Pflanze saß ein kupferfarben schimmernder Schmetterling, öffnete und schloß seine Flügel. Jean-Paul zeigte wortlos darauf. Anna fand es gelinde gesagt komisch, daß ein Junge einen Schmetterling so wichtig nahm.

»Ein Schmetterling«, sagte sie etwas ratlos.

»Ja«, sagte Jean-Paul. »Aber wie heißt er?«

»Keine Ahnung.«

»Du interessierst auch nicht für Natur?«

»Eigentlich nicht«, sagte Anna und wurde auch noch rot dabei, so ein Mist.

»Ich interessiere sehr«, sagte Jean-Paul, »für Astronomie, Philosophie und die Musik von Mozart.«

Anna erstarrte. Gott sei Dank, daß wenigstens die anderen ihn nicht gehört hatten, sie wären vor Lachen gestorben. Das Schlimme war, er meinte es ganz ernst. Was um Gottes willen sollte man sagen? Er sah sie nachdenklich an.

»Sage mir«, fuhr er fort, »warum deine Eltern genieren, wegen ich müssen zur Toilette aus dem Wagen?«

Sie wußte nicht, wohin sie schauen sollte. »Weiß nicht …«, murmelte sie.

Jean-Paul lachte. »Vielleicht sie sind Leute, die brauchen nie zur Toilette. *Formidable*.«

Sie sah sich nach der Picknickgruppe um. Kevin Brand lag noch immer im Gras. Ihre Eltern räumten auf. Sue Kramer saß etwas abseits und las in einer Zeitschrift. Lisa Brand und Tony Kramer gingen zusammen den Hügel hinauf, man hörte sie lachen.

»Entschuldigung«, sagte Jean-Paul. »Jetzt mache ich dich auch genieren. Ich bin nicht nett. Sollen wir spazierengehen?«

»Gut«, sagte Anna. Im Wagen, fiel ihr ein, hatte sie ihn strahlend angelächelt, um seine Pickel und seine Schuhe vergessen zu machen.

Sie gingen um den Hügel herum, am Rand eines der scharfen Kämme, die ihn überragten. Und Jean-Paul, es war unglaublich, fing an zu singen. Sie fürchtete, die anderen könnten es hören. Er sang ein munteres Liedchen, dessen Worte sie nicht ganz verstand, und an der Stelle, von der aus man die weiten blauen Fernen der Landschaft ringsum sehen konnte, blieb er stehen, deutete hinaus und sagte: »*Pas mal, alors?*« Sie sah, daß er vollkommen glücklich war.

Sie musterte ihn verblüfft. Da stand er nun, dieser überhaupt nicht hübsche Junge, der zu klein geraten war, verbrachte den Tag mit lauter Leuten, die er nicht kannte, von denen die meisten nie ein Wort an ihn gerichtet hatten, und war glücklich. Es war wirklich lächerlich.

Sie sagte: »Bist du gern bei den Kramers?«

Jean-Paul zuckte die Achseln. »*Ça va.* Sie sind sehr freundlich. Ich muß Englisch lernen für meine Prüfung.«

»Und Nick braucht einen Einser in Französisch.«

Er grinste. »Und jeder macht sich ein bißchen Unbequemheiten.«

Sie waren am Rand des Hügels angekommen. Unter ihnen lag auf der einen Seite der Picknickplatz mit Annas Eltern und Kevin und Sue Kramer, genau wie vorhin, und auf der anderen saßen Tony Kramer und Lisa im Gras. Lisas Lachen drang zu ihnen herauf. Und dann schlug sie plötzlich mit beiden Händen um sich, man hörte einen Schrei, und Tony schlug ebenfalls mit den Händen und beugte sich über sie.

»*La pauvre dame*«, sagte Jean-Paul. »Sie ist gestochen, glaube ich. Ein – wie sagt man bei euch? – *une guêpe.*«

»Wespe«, sagte Anna. Lisa Brand tat ihr nicht die Spur leid. Überhaupt fand sie, Lisa hätte sich ziemlich gehabt mit ihren kostbaren weißen Hosen und ihren Witzen. Lisa und Tony kamen jetzt wieder herauf, Lisa preßte die Hand gegen die Schulter.

»Glaubst du an Gott?« fragte Jean-Paul.

Sie starrte ihn entgeistert an. »Ich weiß es nicht.«

»*Moi – non*. Nicht mehr seit ich zwölf Jahre. Weil er macht alles so schön und tut mitten ein Wespe. Alles ist nett und dann – pouff! – kommt ein Bus und überfährt die Mutter.«

»Im Ernst?« sagte Anna tief betroffen.

»*Pas actuellement*. Aber es ist, was passiert. *La souffrance*. Daher ich glaube nicht, daß jemand die Welt geschafft haben kann. Oder sonst ist er schlecht und ist nicht Gott, weil Gott ist gut. *Pas vrai?*«

Offen gestanden hatte sie noch nie im Leben jemanden so reden hören. Man wußte nicht, ob man lachen sollte oder sonstwas. Ich meine, auf einem Hügel zu sitzen und über Gott zu sprechen! Aber da saß er und tat es, als sei es das Normalste auf der Welt.

Lisa und Tony kamen an ihnen vorbei. Lisa stützte sich auf Tonys Arm und umklammerte noch immer ihre Schulter. Tony winkte, und Lisa lächelte tapfer. Jean-Paul sagte: »Vielleicht die Dame leidet gar nicht so schrecklich. Zu Mittelalter man röstet Leute auf Feuer oder steckt in heißes Öl.«

»Hör bloß auf«, sagte Anna. In Geschichte war sie sowieso hoffnungslos, es war ihr schlechtestes Fach außer Mathe. Und diese Unterhaltung war ihr zu hoch, war außer Kontrolle wie alles auf diesem blödsinnigen Picknick. Um ein Haar wäre sie zu den anderen zurückgegangen, nur daß jetzt sonderbarerweise Jean-Paul die Entscheidungen traf und nicht sie. Wie es auch unheimlich war, daß gerade Jean-Paul sich an diesem Ort wohl fühlte, an diesem Hang in einem fremden Land, mehr eigentlich als alle anderen.

Er sagte: »Wenn ich Präsident der Republik bin – nein, wenn ich König bin – König ist amüsanter, *tant pis pour la Révolution* – wenn ich König bin, gibt es keine Erdbeben und kein schlechtes Wetter, und ich schenke an jeden Platten mit Mozarts Musik.« Er sah Anna an. »Und was wirst du machen, wenn du bist Königin?«

Es war zu blöd, wirklich, schließlich, wenn eine ihrer Freundinnen sie hören könnte … »Keine Mathematik mehr.«

»Aber das wird schwierig für die Banken und die Geschäften und die Geschäftsmänner. Na ja, egal, wir werden arrangieren.«

Sie wußte nicht, ob er ihr gefiel oder nicht. Aber noch beunruhigender war, daß ihm das sichtlich egal war. Es kümmerte ihn so oder so nicht. Und es konnte einen verrückt machen: Mit einemmal wurde wichtig, was er von ihr hielt. So was war doch absurd … ein Junge wie der. Sie überlegte, ob sie etwas Witziges oder Kluges äußern könnte, doch es fiel ihr nichts ein.

»So, da seid ihr ja.« Plötzlich stand ihre Mutter hinter ihnen. »Lisa ist von einer Wespe gestochen worden. Offen gestanden eine ganz überflüssige Aufregung. Tony ist hinunter ins Dorf, durch das wir gekommen sind, und versucht Antihistamin zu kriegen. Und jemand hat den Deckel nicht wieder auf den Eiskübel getan – mal wieder typisch –, jetzt kann ich keinen Eistee machen.« Sie sah sich gereizt um. »Ich hab ja von Anfang an gesagt, wir hätten lieber an den Strand fahren sollen.«

»Wo ist denn Dad?«

»Der hat wieder sein Kopfweh, das war ja vorauszusehen. Sue und ich haben alles ganz allein aufgeräumt. Kevin ist eingeschnappt und auf und davon.« Dann fiel ihr Jean-Paul ein, und sie sagte munter: »Ich freue mich, daß Anna sich um Sie gekümmert hat.« Sie warf Anna einen mitfühlend-verschwörerischen Blick zu. »Jedenfalls glaube ich, ich muß allmählich anfangen, die Leutchen zusammenzutreiben.«

Sie gingen den Hang hinunter. Annas Mutter erzählte Jean-Paul, daß dies ein besonders hübscher Teil des Landes sei, und Jean-Paul nickte höflich, und Annas Mutter warf einen Blick auf seine Schuhe und seine Frisur, und Anna wußte, was sie dachte. Sie wünschte, sie wäre anderswo. Sie wünschte insbesondere, Jean-Paul wäre anderswo, aber mehr um ihretwillen als um seinetwillen.

Sie kamen zum Picknickplatz, wo Annas Vater, Lisa Brand, Kevin Brand und Sue Kramer etwas getrennt voneinander saßen und keiner ein Wort sprach. Lisa drückte ihr Taschentuch an den Hals, und Annas Vater hatte die Augen geschlossen. Und dann kam Tony Kramer keuchend den Hügel herauf und winkte mit einem Röhrchen, und Lisa rief: »O Tony, du Guter, du bist wirklich ein Engel.« Kevin Brand nahm eine Zeitung und fing an zu lesen, und Sue Kramer sagte: »Sir Lancelot, der edle Ritter« und lachte, aber nicht besonders amüsiert.

Annas Mutter hatte soeben entdeckt, daß sie in einen Haufen Schafmist getreten war, hopste auf einer ihrer neuen *Russell & Bromley*-Sandalen herum und versuchte die andere zu reinigen.

Jean-Paul sah sie der Reihe nach an. Er lächelte freundlich und sagte: »Ich möchte Ihnen danken, daß Sie mich bringen zu ein so charmanter Platz.« Alle sahen ihn erstaunt an, und er lächelte weiter gutmütig und setzte sich ins Gras. »Ich amüsiere mich sehr«, sagte er.

Einen Augenblick lang herrschte Stille. Dann rief Tony Kramer jovial: »Ach, darin sind wir, glaube ich, alle einig. Ein prächtiger Ausflug. Ein Tag, der ewig so weitergehen sollte.«

»Unbedingt«, murmelte Lisa.

»So ist es«, sagte Annas Vater. »Und trotzdem müssen wir leider bald fahren.« Er warf Annas Mutter einen jener Blicke zu, die weniger ein Blick als vielmehr eine Anweisung waren, und sie erwiderte ihn finster und packte weiter Picknickkörbe und Grillgeräte zusammen.

Im Gänsemarsch wanderten sie den Hügel hinunter. Diesmal ging Jean-Paul voraus und war am schwersten beladen, weil er darauf bestanden hatte, sich die beiden Liegen aufzupacken. Trotzdem ging er schneller als die anderen und sang dabei – Anna hörte es – wieder dieses Liedchen. Niemand sonst sprach viel außer Lisa, die Tony Kramer mitteilte, ihr Hals sei dank ihm schon viel, viel besser.

Die jeweiligen Besitztümer wurden in die jeweiligen Wagen verstaut. Man versicherte einander, was für ein wundervoller Tag es gewesen sei. Annas Mutter küßte jeden, und Sue Kramer küßte jeden außer Lisa Brand, und Jean-Paul ging herum und drückte jedem die Hand. Als er zu Anna kam, sagte er: »Wenn ich König bin, mach ich dich zum Finanzminister. O. K.?«, und Anna wurde flammend rot. Jean-Paul stieg zu den Kramers ein, und Kevin und Lisa stiegen in ihren *Sprite* und Anna mit ihren Eltern in den *Renault*. Motore wurden angelassen. Alles winkte.

Annas Mutter fragte: »Was in aller Welt hat der Junge gesagt?«

»Ach, nichts.«

»Ist dir was eingefallen, worüber du mit ihm reden konntest?«

»Schon irgendwie«, sagte Anna abwesend.

Ihre neuen Jeans hatten einen Grasfleck, und sie hatte nicht nur ein winziges Stück von der Quiche gegessen, sondern zweimal von allem genommen und mindestens circa drei Pfund zugenommen. Aber all das war das wenigste.

Sie fuhren über die gleichen Straßen zurück, aber sie fühlte sich ganz anders als vorher. Vor ihnen fuhr der Wagen der Kramers, und durch das Heckfenster konnte sie Jean-Pauls Kopf sehen, und auch der war anders, beunruhigend anders. Er war jetzt nicht gleichbedeutend mit Pickeln und einer gräßlichen Frisur, sondern mit kleinen kupferfarbenen Schmetterlingen und mit Gesprächen, die einem peinlich waren, die einen unsicher machten, als habe man durch fremde Fenster geschaut. Jean-Paul drehte sich nicht um, und schließlich geriet der *Volvo* im Verkehr außer Sicht.

Die Entmannung des Ted Roper

Jeanie Banks ging die Dorfstraße hinunter, starr vor Erregung, die Strickjacke verkehrt herum an, Worte vor sich hin murmelnd und wie taub und blind für den strahlenden Morgen. An der Post vorüber, an ein, zwei, drei, vier Cottages, an der Kneipe vorbei, an Mrs. Hallidays Haus, an der Tankstelle, an den ein, zwei, drei neuen Bungalows, bei Lathams und Cardwells vorbei. Vor Ropers Haus blieb sie stehen, kochend vor Zorn, wollte schon nach dem Gartentor greifen, verlor den Mut, stürmte weiter bis zu dem Laternenpfahl, mit dem das Dorf endete, faßte erneut einen Entschluß, drehte um, kam zurück und fummelte wütend am Riegel von Ropers Gartentor.

Der Vorgarten war schandbar wie immer, voll leerer Ölfässer, Plastiktüten, rostender Eisenteile, Abfällen von Ropers Existenz, der von der Hand in den Mund lebte und nur gelegentliche Jobs verrichtete. Ein Heimlichtuer, unzuverlässig, in schmutzige Geschäfte verwickelt, der sicherlich auch Steuern hinterzog und allabendlich in die Kneipe ging. Ein Dreckskerl, frech wie ein Spatz und dabei mindestens sechzig.

Ihr Zorn schwoll an und mit ihm ihr Mut, sie hämmerte an die Tür. Dann noch einmal. Und noch einmal. Keine Antwort. Er war bestimmt da. Um halb zehn Uhr morgens war der da, denn seit wann ging Roper aus, um irgendwo anständig zu arbeiten? Sie stieß die seitliche Gartentür auf.

Er war hinter dem Haus, machte sich zu schaffen an einem großen Stapel Holz, gutem Holz, Brettern in allen Größen und Formaten, und wie war er überhaupt an das

Zeug gekommen, das wüßte man gern. In einer Ecke war ein Haufen Autoreifen aufgestapelt, und aus dem Schuppen quoll auch so allerlei – und überall Dreck.

»Hallo, Jeanie.«

Jetzt blieb sie atemlos stehen. Manchmal fehlen einem die Worte, wirklich. Da steht man dann, prustend und keuchend, man ist im Nachteil, sieht plötzlich die Laufmasche in der eigenen Strumpfhose, sieht sich in den Augen des anderen gespiegelt, eine verärgerte, plumpe Witwe mittleren Alters, schlicht Jeanie Banks. Und die lüsternen Knopfaugen von Ted Roper, der inmitten seines Sperrmülls stand wie ein Hahn im Hühnerhof. Ein geiler, großspuriger Kampfhahn.

»Was kann ich für dich tun, Jeanie?«

Sie sagte: »Es geht nur darum, was passiert ist, und nicht, was du tun kannst.«

»Ärger?« Er holte Tabak heraus, eine schmuddelige Rolle Zigarettenpapier. »Ärger?« Seine schmutzigen Finger rollten, stupsten, und seine Zunge fuhr über das Papier.

»Meine Elsa ist in Umständen.«

»In Umständen?« sagte er. »Ach so, in Umständen.« Ein dünnes Lächeln jetzt, ein dünnes, selbstbewußtes Lächeln. Grinste auch noch, der alte Schweinehund, freute sich auch noch wie ein Schneekönig. Als könne man auf so etwas stolz sein, als mache es ihm sogar Ehre, stand da, die Daumen in den Hosentaschen, wie die Jungens in den Westernfilmen. Der und ein Junge, mindestens sechzig war er.

»Ja, ich sagte ›in Umständen‹.«

Er steckte die Zigarette in den Mund, dünner Rauch stieg in den dörflichen Sonnenschein. Keine normalen Hosen, wie sie jetzt bemerkte. Jeans, wie die jungen Leute sie tragen, die ihm um die Hüften schlotterten. Der Reißverschluß nicht ganz heraufgezogen, unterhalb davon eine gewisse unübersehbare Fülle, die er auch noch vordrängte, weil er so dastand, die Beine gespreizt und die Daumen in den Hosentaschen.

»Na ja«, sagte er, »ist ja nur natürlich. Sie wird jetzt schon ein großes Mädel.«

Und grinste auch noch, drahtig, naßforsch und so aufdringlich wie nur was. Sie spürte neue Empörung in sich aufwallen.

»Vergewaltigt«, sagte sie. »Genau das. Verdammt noch mal. Ein Geschöpfchen wie sie, ein junges, dummes Ding. Einfach vergewaltigt!« Ihre Wangen röteten sich. Sie hatte geflucht, das tat sie sonst nicht, sie doch nicht, nie.

»Na, na, Jeanie. Wer weiß, wer da zu wem zuerst Komm-Komm gesagt hat.«

Jetzt explodierte sie. Sie schrie: »Bring gefälligst deinen verfluchten Kater zum Tierarzt, Ted Roper, und laß ihn kastrieren. Wir haben jetzt allmählich alle genug: von einem Ende des Dorfs zum anderen überall junge Kätzchen, und meine Elsa war doch selber noch eines.« Sie drehte sich auf dem Absatz um und stürmte zur Gartentür. Als sie sich umblickte, stand er immer noch da, die Zigarette klebte ihm an der Unterlippe, die Jeans waren im Schritt ausgefranst, und er grinste immer noch. »Sonst nimmt's dir eines Tages jemand anders ab.«

Auf dem Heimweg ins Cottage hatte sie noch immer Herzklopfen. Es bekam einem nicht, sich derart aufzuregen, es machte einen richtig fertig. Jetzt würde sie für den Rest des Tages nervös sein. In ihrer Küche angekommen, machte sie sich eine Tasse Tee. Die alte Katze, die Mutter, rekelte sich in einem Sonnenfleck auf dem Fußabstreifer, und Elsa lag im Sessel. Bei Jeanies Eintritt sprang sie herunter und tänzelte über den Fußboden: niedlich, graziös, verspielt und deutlich schwerfälliger geworden, daran bestand kein Zweifel: Schon begann ihre rückwärtige Partie die unverwechselbare Birnenform aufzuweisen. Und Jeanie, die sich in einen Sessel sinken ließ und ihren Tee trank, betrachtete sie, betrachtete die alte Katze – übrigens gar nicht so alt, fünf Jahre, oder waren es sechs –, und dabei kam ihr plötzlich ein anderer Gedanke. Warum hatte sie nicht schon früher daran gedacht, wie widerlich, wären es Menschen, man hätte sie dafür ins Gefängnis werfen können.

»Eines ist sicher«, sagte ihre Schwester Pauline am gleichen Tag, »es gibt vermutlich im ganzen Dorf keins, das nicht von ihm ist. Er ist der einzige Kater weit und breit, sperr ihn auf Lays Farm ein, und die Sache hat sich, wenn du mich fragst. Du hast es also Ted Roper richtig gegeben. Das war gut, Jeanie.«

Jeanie, nunmehr gelassener, ruhiger, rechtschaffen und ein ganz klein wenig heldenhaft, wiederholte Wort für Wort alles noch einmal.

Und da sagte ich, da sagte er, und darauf ich … und er so rotzfrech.

»Er ist ein unverschämtes kleines Aas«, sagte Pauline. »War er immer schon. Ich wette, er hat trotzdem Bammel gekriegt, wie du ihn so angeschnauzt hast, du bist größer als er.« Sie kicherte. »He, weißt du noch, wie wir ihn auf dem Spielplatz für Mädchen zu fassen kriegten, und Marge hat ihm den Gürtel weggerissen, und er mußte den ganzen Nachmittag seine Hose mit beiden Händen festhalten? Gott, haben wir gelacht. Es ist eine Ewigkeit her.«

»Komisch, nicht«, fuhr Pauline fort. »Wir sind noch vier im Dorf, die mit Ted zusammen zur Schule gegangen sind. Du, ich, Nellie Baker und Marge. Geil war er auch. Weißt du noch?«

»Ulkig, daß er nie geheiratet hat«, sagte Jeanie.

Pauline schnaubte. »Der nimmt's, wo er's kriegt, der. Nicht, daß er's so oft kriegt, würde ich meinen.«

»Ich hab den Kerl nie ausstehen können. Noch eine Tasse? Ich finde jedenfalls, man müßte ihn zwingen, daß was mit seinem Kater geschieht. Es ist empörend, einfach empörend.«

Die alte Katze schnurrte heiser. Elsa lag in ihrem Sonnenfleck und flirtete mit einem Stück Schnur.

»Ich habe es satt, immer wieder Kätzchen zu ersäufen. Ich werde sie auch behandeln lassen müssen, wie die Alte. Schade.«

»Schade.«

Die beiden Frauen betrachteten die Katzen.

»Wenn es dich oder mich träfe, wir hätten es auch nicht gern.«

»Da hast du recht.«

»Nicht in dem Alter. Das Tierchen ist jung, das ist es, es hat ein Recht auf … na ja, ein Recht auf alles.«

»Wenn es ein Mensch wäre, käme wohl Hysterektomie als Nächstliegendes in Frage.«

»Stimmt, Jeanie. Wäre es ein Mädchen, könnte keine Rede davon sein. In mittleren Jahren, das wäre dann was anderes.«

»Dieser Kater von Roper«, sagte Jeanie, »muß inzwischen zwölf oder dreizehn sein.«

Als sie später zum Laden ging, kam Ropers Lieferwagen vorbei, beladen mit Brettern. Er kam zu schnell die Dorfstraße herunter, Roper am Steuer, einen Arm im Fenster, neben ihm ein Bürschchen, einer von denen, die immer bei ihm herumlungerten. Sie sah, daß Roper sie erkannte, sich zu dem Jungen wandte, etwas sagte, und sie beide grinsend über die Kreuzung brausten. Sie blieb stehen, kochend vor Zorn.

»War das nicht der Junge von Cardwell?« fragte Marge Tranter, die auch stehengeblieben war. »Der neben Roper?«

»Allerdings. Was sie nur alle an dem alten Satan finden …«

»Männergeschwätz. Schmutzige Geschichten, etwas in

der Art. Norman ist für so was nicht zu haben. Er sagt, Roper sitzt manchmal stundenlang in einer Ecke mit seinen Kumpels. Und gibt an, verstehst du.«

»Womit eigentlich«, sagte Jeanie. »Der Kümmerling, der er ist. War er immer. Und ich sage noch zu Pauline, weißt du noch, wie du …«

»Ihm die Hosen runtergezogen hast, was? Erinner mich bloß daran nicht, Jeanie, ich lach mich tot …«

»Nein, runtergezogen nicht. Nur den Gürtel weggenommen. Jedenfalls, Marge, hat er heut früh was von mir zu hören gekriegt, kann ich dir sagen. Sein Kater hat sich an meine Elsa herangemacht. Ich bin schnurstracks zu ihm hin und hab gesagt, jetzt hör mal, Ted Roper …«

In einiger Entfernung sauste Ted Ropers Lieferwagen mit der hüpfenden Ladung Latten durch den Verkehr auf der A 34, überholte mit 90, schnitt andere Wagen, zeigte es allen. Der Junge von Cardwell und Roper rasten mit ausdruckslosen Gesichtern, in Jeans, als Cowboys der Gegend, durch die Landschaft von Oxfordshire.

Innerhalb und außerhalb des Dorfs ging Ropers Kater, mager und räudig, einäugig und mit ausgefranstem Ohr, seinen Geschäften nach.

Und wie es so geht: Die reifen Äpfel fielen von den Bäumen, die *jeunesse dorée* des Bezirks wurde dem »Einhorn« untreu und wechselte ins »Hand and Shears«, womit sich auch der Lärm ungedämpfter Auspuffanlagen und der Benzingestank verlagerten; die Straße bei der Eisenbahnbrücke wurde überschwemmt, und Jeanies Elsa schwoll an, weich und durchhängend wie der Beutel eines Staubsaugers.

»Sind bestimmt mehrere«, sagte Jeanie. »Ein halbes Dutzend, wenn du mich fragst. Armes kleines Ding. Es ist teuflisch.«

»Die Männer«, sagte Pauline, »sind in manchem irgendwie anders, man kann's nur so ausdrücken. Ich meine gar nicht Sex, daran ist nichts verkehrt, wenn Zeit und Ort stimmen. Ich meine aber ...«

»Eine gewisse Sorte Männer, würde ich sagen. Harry ist nicht so, und mein Jim war's auch nicht. Ich meine, es gibt Männer, die sind so normal, wie's sich gehört, aber die geben nicht damit an.«

»In Italien«, sagte Pauline, »sind die Männer von der anderen Sorte. Alle. Nach dem, was man so hört. Auch die ganz jungen. Sie tragen Badehosen, die sind so geschnitten, daß nur jeder sieht, was sie haben.«

»Das ist bei einem normalen Mann sowieso klar. Damit braucht man kein großes Tamtam zu machen.«

»Genau. An deiner Stelle, Jeanie, würde ich deiner Katze einen Tropfen Lebertran in die Milch tun. Die wird all ihre Kräfte brauchen.«

Doch wie das Leben so spielt: Eine Weile später stieß Ted Ropers Lieferwagen unter nie geklärten Umständen mit Nellie Bakers *Escort* an der Dorfstraßenkreuzung zusammen. Es floß kein Blut, und der Lieferwagen, schon derart zerbeult und vernarbt, daß er unempfindlich geworden war, lebte kampfesmutig weiter, der *Escort* aber wurde zum Krüppel, und Nellie Baker war zu erschüttert und zu durcheinander, um genau angeben zu können, was passiert war, bis auf ihre feste Überzeugung, es handelte sich dabei um einen aggressiven Akt. Bei der Versammlung des Frauenvereins verbreitete sie sich darüber.

»Er kam von irgendwo angeschossen und knallte in mich rein, eh ich wußte, was geschah. Ich hab gestanden oder doch fast, das könnt' ich beschwören.«

»Was sagt denn er?«

»Was er auch sagt, er sagt es der Polizei. Er ist fast ohne ein Wort wieder losgefahren. Mr. Latham hat mich heimgefahren und die Reparaturwerkstatt für mich angerufen. Ich habe denen auf dem Revier meine Seite der Sache erzählt, jetzt liegt's bei ihnen.«

»Die Polizei«, sagte Jeanie Banks, »war schon mehr als einmal bei Ted Roper unten. Hat dies und jenes gefragt. Die sollten ihn mal einiges fragen wegen all dem Zeug dort, von dem man nicht weiß, wo er's her hat.«

»Polizisten«, sagte Pauline, »sind Männer. Erinnerst du dich noch an Ted Roper in der Schule, damals, Nellie? Jeanie und ich haben erst neulich davon gesprochen – wie wir dem mal einen Dämpfer verpaßt haben.«

Doch das Leben spielt, wie es will: Gegen Ted Roper wurde keine Anklage erhoben, auch nicht wegen rücksichtsloser Fahrweise oder gefährlicher Aggression. Wer nicht begriff, wie der Lieferwagen überhaupt durch den TÜV gekommen war, stellte weitere Vermutungen an. Ted Ropers Versicherung ignorierte die Briefe von Nellie Bakers Versicherung.

Jeanies Elsa bekam fünf Junge, zwei davon Totgeburten.

Ted Roper, drahtig und selbstsicher wie sein Kater, befuhr weiter die Dorfstraßen und machte seine Ecke in der Kneipe zum Zentrum männlicher Anmaßung, so unzugänglich und so arrogant wie das Athenäum. Von dort kamen Ausbrüche rauhen Gelächters und Anekdoten, die man bis auf gewisse Stichworte kaum verstand.

Es mag an den totgeborenen Kätzchen gelegen haben, genausogut aber an etwas anderem als diesen feuchten, schlaffen Fleischklümpchen. Oder am Blick der entleerten Elsa, die zwar ihre frühere Geschmeidigkeit wiedererlangte, aber doch auf subtile Weise verändert war, ihren Jahren – oder Monaten – voraus. Jedenfalls kam Jeanie mit verkniffenem Mund zu Besuch zu Marge, um sich deren Katzenkorb zu borgen.

»Du bringst sie also zur Behandlung?«

»Muß wohl, oder? Sonst fängt alles wieder von vorne an.«

»Eine Schande so was.«

»Eben das hat Pauline auch gesagt.«

Marge, die den Katzenkorb mit einem Stück alter Decke auspolsterte, hielt inne. »Genau wie bei den Menschen. Immer heißt es, das ist selbstverständlich Sache der Frau. Pillen, an den Eingeweiden rumdoktern lassen …« Sie schlug die Klappe des Katzenkorbes zu und probierte den Verschluß. »Es gäbe noch eine andere Möglichkeit, Jeanie. Hast du schon mal dran gedacht?«

»Weswegen, glaubst du, war ich damals bei Ted Roper?«

»Viel davon gehabt hast du nicht. Nein, ich überlege mir, ob wir die Sache nicht selber erledigen.«

Die beiden Frauen sahen sich über den Katzenkorb hinweg an. Ein langsames, ziemlich fürchterliches Lächeln breitete sich über Marges Gesicht aus. »Ich hätte nichts dagegen, überhaupt nichts, Ted Roper seine wohlverdiente Strafe zu verpassen.«

In einem Dorf kommen und gehen den ganzen Tag Leute, insbesondere Frauen. Hin und her, von der Schule, dem Laden, der Autobushaltestelle, aus ihren Häusern. Die kleine Gruppe, bestehend aus Jeanie, Pauline, Marge und Nellie Baker, die gemächlich, aber irgendwie entschlossen am Nachmittag herumspazierten, über Gartenmauern lugten, hinter Nebengebäude der Cottages, war in keiner Weise ungewöhnlich. Und selbst einem besonders scharfsichtigen Beobachter wäre nicht die Tatsache aufgefallen, daß sie einen Katzenkorb, ein Paar dicke, lederne Gartenhandschuhe und ein halbes Pfund in Zeitungspapier eingewickelten Fisch bei sich hatten.

In diesem Augenblick kamen sie ziemlich atemlos von der Wiese hinter der Kneipe zum Vorschein, mit sichtlich schwererem Katzenkorb, der jetzt ruckartig nach rechts und links schaukelte, und gingen ziemlich eilig zur Garage bei Nellie Bakers Haus, in der übrigens ein alter *Morris* den verblichenen *Escort* ersetzte. Der *Morris* fuhr in Richtung Chipping Norton auf und davon und kam dabei zufällig an eben dem Spielplatz vorüber, auf dem vor langer, langer Zeit vier empörte und geringschätzige Schulmädchen versucht hatten, die Arroganz männlichen Eliteanspruchs zu brechen.

Auf einem Dorf machen sich Veränderungen rascher bemerkbar, als man annehmen möchte. Selbst Veränderungen, die so bedeutungslos sind wie etwa der Umfang einer Katze. Im vorliegenden Fall war es nicht nur der Umfang, sondern auch die Lebensweise. Eine Katze, die vorher gestreunt und die Nächte hindurch gejault hat und die sich nun angewöhnt hat, mit geschlossenen Augen und untergeschlagenen Pfoten auf Mauern in der Sonne zu liegen und die Zeit zu vertrödeln, fällt auf.

Und das um so mehr, wenn diese Verwandlung sich auf gespenstische Weise auf den Besitzer des Tieres überträgt.

Anfangs war es nur der unterhalb des Gürtels von Ted Ropers Jeans hervorquellende Wanst. Dann fand der Wanst seine Entsprechung in einer Rundung des Gesichts, einem Vollerwerden der stoppeligen Wangen, einem deutlichen Doppelkinn. »Na, Ted, du hast ein bißchen zugelegt, was?« sagten die Leute. »Mußt dich beim Bier bißchen mehr zurückhalten.« Und Ted pflegte nur schief zu grinsen, statt wie erwartet etwas Bissiges zurückzugeben. Mit der körperlichen Ausdehnung ging auch ein seltsamer Verfall gewisser charismatischer Eigenschaften einher: Sein Gefolge an jungen Burschen fiel von ihm ab. An manchen Abenden saß Ted allein in der Kneipe und glotzte in sein Glas mit dem grüblerischen und behaglich erschöpften Ausdruck seiner älterer Mitbürger. Seinem Lieferwagen stieß eine Reihe von Unfällen zu: Reifenpannen, infolge derer er auf fernen Feldwegen liegenblieb, ein katastrophales Loch im Benzintank, eine zerschmetterte Windschutzscheibe. Dabei fuhr er jetzt sehr gesetzt, er brauste nicht mehr daher, er ratterte und zuckelte durch die Gegend.

Es war, als würde der einst selbstbewußte, drahtige, großspurige Ted Woche für Woche eingesogen und umschlossen von diesem schwammig-freundlichen, trägen Neuling. Die Jeans wurden ersetzt durch ausgebeulte braune Cordhosen. Er fing an, seine Ecke in der Kneipe zu verlassen und sich zum Stammtisch an den Kamin zu begeben. Dort sprach man von Zwiebeln, den Mißständen in der Politik, dem Wetter und den Benzinpreisen.

Traf er jetzt zufällig im Dorf oder vor seinem Gartentor Nellie Baker oder Marge oder Pauline oder Jeanie Banks, so wünschte er ihnen einen guten Tag, begann ein Schwätzchen und bot ihnen kleine Geschenke an, etwa übriges Feuerholz, nützliche Linoleumreste und manchmal einen noch brauchbaren Autoreifen.

»Armer alter Kerl«, sagte Pauline. »Es geht so rasch abwärts bei denen, nicht wahr? Das kommt davon, wenn man sich nur auf das eine verläßt. Sie können einem beinahe leid tun.«

Bushaltestelle

Der Bus Nr. 73, der von Islington über die Pentonville Road nach King's Cross herabtaucht, legte zwischen den Ampeln ein höheres Tempo vor. Der Schaffner, der eben bei den stehenden Passagieren das Fahrgeld kassierte, lächelte nachsichtig ein heimliches Lächeln, unter dem buschigen gelb-weißen Schnurrbart fast nicht bemerkbar. Er war ein hochgewachsener Mann, leicht gebückt und mit wiegendem Gang. Die Uniformjacke saß bei ihm noch schlechter als bei den meisten, sie schlotterte um ihn herum, die Hose rutschte, gehalten von einem kaputten Gürtel.

»Noch jemand ohne Fahrschein? Nächster Halt King's Cross.«

Die Aussprache war deutlich Oberschicht. An ihm war etwas von einem seit langem pensionierten Politiker. Der Kopf hätte, wenn man sich die graue Uniformjacke und das Fahrscheinkästchen wegdachte, einem Großindustriellen gehören können, er hatte die Art Gesicht, die man in der ›Times‹ über einer Notiz findet: Ernennung zum Vorstand einer Bank oder Versicherung. Doch solche Ungereimtheiten erregten bei niemand Interesse. Viele der Fahrgäste waren Ausländer, denen solche Details möglicherweise auch gar nicht auffielen. Ein skandinavisches Ehepaar wollte nach South Kensington und wurde zu einem Dreißigerbus geschickt. Das untere Deck leerte sich in King's Cross weitgehend, und der Schaffner lehnte sich einen Augenblick lang an die Trennscheibe zum Fahrersitz, die großen Füße auf den Boden gestemmt, etwas gebückt, um aus dem Fenster zu schauen, und summte vor sich hin. Seine Miene drückte wohlwollende Distanziertheit aus, und doch war irgend etwas an ihm *louche*, etwas Verkehrtes, das an nachmittägliche Trinkclubs und gelegentliche Pferdewetten denken ließ.

In Euston kam er federnden Schritts durch den Mittelgang, um einer Frau mit Kinderwagen zu helfen. Als der Bus bei den Ampeln am Park Crescent halten mußte, hinderte er einen älteren Herrn am Aussteigen. »Noch keine Haltestelle! Vorsicht! Erst hinter der Kreuzung.« In der Gower Street schimpfte er mit einem Rudel Teenager, das sich gegen den Strom der Aussteigenden hereindrängte. Man sah deutlich: er hielt auf Ordnung in seinem Bus. An der Great Russell Street wartete er ungefähr eine Minute, ehe er klingelte, um erst noch eine Gruppe Japaner zum Britischen Museum zu dirigieren, und eine ungeduldige Faust schlug an die Trennscheibe zum Fahrer. »Schon gut, schon gut«, murmelte er freundlich und griff nach der Klingelschnur. Der Bus schwang sich um die Kurve in die schäbigere Gegend der New Oxford Street, ließ das graziöse Bloomsbury hinter sich. Seine Fracht veränderte sich ständig: Touristen in Regenmänteln, den Stadtplan in der Hand, vergnügte Einkaufsbummler, Mädchen mit Haaren in allen Regenbogenfarben, eine Westinderin mit einem puppenhaften, großäugigen Baby über der Schulter.

Am Ende der Tottenham Court Road drang eine ganze Warteschlange von Menschen herein, der Schaffner jagte die Treppe hinauf und sah nach, ob oben noch etwas frei war. Die untere Plattform wurde ganz voll. Eine pummelige Endsechzigerin in Pelzjacke bahnte sich schnaufend den Weg bis zu einem der vordersten Sitze. Der Bus ruckelte stoßweise die Oxford Street entlang, der Schaffner kam durch den Mittelgang und kassierte.

Als er bei der Dame in der Pelzjacke ankam, sagte sie: »Barkers, bitte«, und wühlte in ihrer Handtasche. Dann blickte sie auf, dem Schaffner voll ins Gesicht, und stieß einen Schreckenslaut aus, auf den hin alles die Köpfe wandte.

»Hallo, Milly«, sagte der Schaffner, »so trifft man sich wieder. Barkers, macht vierzig.«

Endlich fand die Frau die Sprache wieder. »George!« Sie umkrampfte eine Pfundnote mit einer behandschuhten Hand und starrte ihn an wie versteinert.

Der Schaffner warf einen Blick auf die Plattform und zog an der Klingelschnur für die nächste Bedarfshaltestelle. »Wie geht's Philip denn so?«

»George«, flüsterte die Frau, »ich glaub's einfach nicht. Großer Gott, wie konntest du …«

»Nun komm schon, Milly«, sagte der Schaffner mit einer Spur von Ungeduld. »Wie konnte ich *was*? Vierzig bitte.«

Die Frau schloß einen Moment die Augen und zog ihr Pelzjäckchen enger um sich. Sie sagte in erschrockenem Komplizenflüstern: »Mein Gott, George, was würde Shirley sagen …«

»Nun laß schon, Milly, bitte.« Der Bus schlingerte und hielt. »Oxford Circus. Noch jemand Oxford Circus?« Fahrgäste drängten sich hinaus und herein. »Ich komm gleich wieder, Milly. Vierzig bis Barkers.«

Er eilte auf die Plattform, reichte einer Frau mit Stock den Arm, verstaute für eine Mutter einen Kinderwagen und schwang sich die Treppe hinauf.

Als er auf dem Oberdeck war und zwei des Englischen nicht mächtigen Spaniern den Weg zu Harrods erklärte, klingelte es von unten heftig. Jemand rief herauf: »He, hier ist 'ner Dame schlecht geworden.«

Der Schaffner seufzte und begab sich rasch, aber nicht hektisch nach unten. Der Bus war vor einem Jeansladen stehengeblieben, aus dem sich Musik auf die Straße ergoß. Im Unterdeck des Busses herrschte Unruhe. Die Leute reckten die Hälse und glotzten, vorne waren zwei Frauen aufgestanden. Der Schaffner drängte sich nach vorne durch.

»Was ist denn, Milly?«

Sie hatte sich vornüber gelehnt, den Kopf in den Händen. Ihre Stimme drang schwach unter ihrem Hut und aus ihrem Pelzwerk hervor. »Es ist nur der Schock, George ...«

»Nun hör schon auf, Milly«, sagte der Schaffner energisch. »Es ist ein Job wie jeder andere. Was hast du denn erwartet? Mit einundsechzig kann man nicht wählerisch sein. Mir geht's prima.«

»Ich hab nicht an dich gedacht«, jammerte sie, »du warst schon immer schwierig, George. Die arme Shirley ...«

Die Fahrgäste wurden unruhig, rutschten und spähten. Aus dem Jeansladen kreischte eine Singstimme.

»Hör mal«, sagte der Schaffner, »du steigst jetzt besser aus, Milly, wenn du unter dem Wetter leidest. Ich besorg dir ein Taxi.«

Sie hob den Kopf. »Sie würde sich im Grabe umdrehen, soviel kann ich dir sagen.«

Jetzt schob sich ein Mädchen den Mittelgang entlang, ein Mädchen Mitte Zwanzig mit gepflegtem, schulterlangem blondem Haar, ebenfalls in der grauen Uniform der *London Transport*. »Was ist denn los, George?«

»Nichts. Nur ein kleines Problem. Überlaß das mir, sei so gut.«

Millys Aufmerksamkeit wandte sich ihr zu. Sie schaute mißtrauisch. »Was will die denn. Sie ist doch nicht ...«

»Sie ist die Fahrerin. Also willst du jetzt aussteigen oder nicht, Milly? Wir können hier nicht stehenbleiben.«

Wieder schloß sie die Augen. »Ich kann es einfach nicht glauben. Die *Fahrerin!* Ein Mädchen in dem Alter ...«

»Was ist daran verkehrt?« sagte das Mädchen ärgerlich. »Ich hab die Eignungsprüfung. Wer ist das überhaupt?«

»Meine Schwägerin. Kümmer dich nicht um sie.« Der

Schaffner klopfte ihr auf die Schulter und schob sie den Mittelgang entlang. »Los, los, wir fahren. Ich bring das schon in Ordnung.« Jetzt ertönten Stimmen, die wissen wollten, was vor sich ging. Weitere Leute drängten sich in den stehenden Bus. Der Schaffner kämpfte sich zurück zur hinteren Plattform.

»Besetzt! Tut mir leid, wir sind voll besetzt. Der nächste kommt gleich.« Der Bus tat einen Satz vorwärts, brachte ein paar stehende Fahrgäste aus dem Gleichgewicht. »Vorsicht! Festhalten! *Selfridges* jemand? Nächster Halt *Selfridges*.«

Marble Arch und Park Lane zogen mindestens die Hälfte der Fahrgäste ab. Der Schaffner klappte für die Westinderin einen Kinderwagen auseinander und kitzelte das Baby unterm Kinn. Er erklärte zwei Arabern den Weg zum Grosvenor Square. Er gönnte sich, als der Bus die lange Strecke die Park Lane hinunterglitt, einen kurzen Blick in den Park hinüber. Dann verschwand er auf dem oberen Deck. »Hier noch jemand ohne Fahrschein?«

Als er wieder nach unten kam, hielt der Bus an der Ampel. Schließlich erreichte er Milly. »Also gut, Milly, vierzig bitte.«

Sie hielt ihm zwischen Daumen und Zeigefinger eine Pfundnote hin. »Was Philip sagen wird, wage ich mir nicht vorzustellen, ich wage es einfach nicht!«

»Dann erzähl es ihm doch nicht«, sagte der Schaffner freundlich. »Aber du wirst wohl nicht widerstehen können, was, Milly.« Er riß das Billett ab, hielt es ihr hin. Die Ampel sprang um. Der Bus, der eine breite freie Strecke vor sich hatte, schoß vorwärts.

Milly umklammerte das Geländer vor sich mit beiden Händen und holte scharf Luft: »Das Mädel will uns wohl alle umbringen!«

»Laß gut sein«, sagte der Schaffner, »das Mädel ist durchaus qualifiziert.«

»Wieso ein Mädchen sich so einen Job sucht, möcht ich wissen.«

»Blödsinn, Milly. Im Krieg haben viele Frauen Busse gefahren.«

»Das war was anderes.«

Er zuckte die Achseln.

Sie holte tapfer ihre Puderdose hervor. »Ich zittere am ganzen Leibe, George. Als ich dich sah, dachte ich, ich träume. Ich sagte mir, das ist unmöglich, das kann nicht sein.«

»Nun hör schon auf damit.« Er wandte sich wieder dem Mittelgang zu. »Hyde Park Corner. Nächster Halt Hyde Park Corner.«

Das Publikum im Bus hatte sich, nun man Knightsbridge schon beinahe wittern konnte, stark gewandelt, in eine höhere Klasse verlagert, erblühte in Leder und Pelz.

»Knightsbridge für Harrods!« rief der Schaffner. »Festhalten bitte!« Er stützte sich ab, während der Bus sich durch das Verkehrsgewühl in den Grosvenor Place schwang, fuhr sich mit einer großen Hand kurz unter den Hemdkragen, hielt eine Frau davor zurück, an der Ampel abzuspringen. Er betrachtete nachdenklich die Grünfläche des Parks, als der Bus vibrierend an der Ecke hielt; er leitete bei der nächsten Haltestelle die Fahrgäste herein und hinaus. Der Bus war jetzt vielsprachig, es wurde auf französisch, italienisch, arabisch und in nicht definierbaren Zungen geschwatzt.

Als er das nächste Mal in Millys Nähe kam, wartete sie schon auf ihn. Eine lange Transaktion mit einer Fünfpfundnote, für die er Wechselgeld heraussuchen mußte, verschaffte ihr ihre große Chance.

»Man stelle sich vor, da will man eine ganz gewöhnliche Einkaufsfahrt zum Ausverkauf von Barkers für Laken und Kopfkissen machen – ich wohne ein paar Tage bei Mary Hamilton, nicht daß du je ein gutes Wort für sie hattest, wenn ich mich recht erinnere – einfach eine ganz gewöhnliche Einkaufsfahrt, und dann verkauft einem der eigene Schwager den Busfahrschein, das ist doch nicht zu glauben, einfach nicht zu glauben. Und dieser Bus wird auch noch gefahren von einem jungen Ding von der Art, wie es irgendwo einen anständigen Job hinter einem Ladentisch haben sollte, statt unser aller Leben aufs Spiel zu setzen …«

»Laß das Mädel in Ruhe, Milly«, sagte der Schaffner. Er häufte Münzen in eine ausgestreckte Hand. »Fünfzig, sechzig, achtzig, ein Pfund. Danke, meine Dame.«

»Und diese entsetzlichen grauen Jacken … Auch noch mit einer Nummer drauf! Shirley würde *weinen*.«

»Oh, bitte, laß auch Shirley aus dem Spiel, wenn's recht ist, Milly. Noch jemand ohne Fahrschein? Nächster Halt Albert Hall.«

»Und wenn ich an das schöne Häuschen in Sunningdale denke, und an Shirleys reizendes Wohnzimmer mit der Chintzgarnitur …«

»Tu's einfach nicht«, riet er.

»Na, wenigstens *ihr* bleibt das erspart.«

»Da hast du recht, Milly.«

»Darüber komm ich nie weg. Nie. Heute nacht tu ich kein Auge zu, das kann ich dir jetzt schon sagen.«

»Bring den guten Philip dazu, dir einen tüchtigen Whisky zu geben. So was wirkt Wunder.«

Im Bus, der am Park entlangfuhr, war es jetzt entspannt, behaglich, er hatte nur mehr ein Dutzend Fahrgäste. Albert grübelte in seinem Denkmal vor sich hin, der Broad Walk schwang sich hügelan, die Tulpen standen in Reih und Glied. Eine Frau, die zur Oxford Street wollte, merkte plötzlich, daß sie in die falsche Richtung fuhr.

»So ein Pech«, sagte der Schaffner und zog an der Klingelschnur. Er stand auf der Plattform und zupfte an seinem Schnurrbart und beobachtete eine Hetzjagd kreischender französischer Schulkinder auf dem Gehsteig. Er wandte sich ins Innere des Busses.

»High Street, Ken. Nächster Halt Barkers. Achtung, das ist erst die Ampel, bitte noch nicht aussteigen.«

Der Park blieb zurück, der Verkehr umringte den Bus. Auf den Gehsteigen erblühten Kleiderständer, bunt wie ein mittelalterliches Schlachtfeld aus Purpur, Braunrot, Lila und blauem Denim. Der Schaffner stapfte hinauf, um die tobenden Schulkinder zur Ordnung zu rufen.

Als er wieder herunterkam, hatte sich das untere Deck gefüllt. Er erreichte Milly.

»*Wie* alt ist das Mädel?«

»Milly, du hast deine Station verpaßt.«

»Ein halbes Gör noch. Man sollte wirklich an die Zeitungen schreiben.«

»Ich dachte, du wolltest zu Barkers, Milly.«

Sie starrte geradeaus, außer sich vor Empörung.

»Also gut«, sagte er. »Das macht dann noch mal zwanzig Pence, wenn du sitzenbleibst. Und in Earls Court noch mal zwanzig.«

Sie kam zu sich, schaute wütend, zog den Pelz um sich und stand auf. »Ich steige aus. Und du brauchst nicht so zu lächeln, George. Ich finde daran nichts komisch, überhaupt nichts.«

Er pflichtete ihr bei. Es sei nicht komisch. Er begleitete sie den Gang entlang, half ihr auf die Straße hinunter. Sie blieb einen Augenblick stehen, plump, gerade aufgerichtet, bepelzt, beleidigt.

»Ich bin erschüttert, George. Ich weiß einfach nicht, was ich sagen soll.«

Er senkte den Kopf. »Tut mir leid, Milly. Du hast dein Bestes getan, würde ich meinen.«

»Nichts wird mich je dazu bringen, diese Linie noch einmal zu benutzen.«

»Ach komm, so weit brauchst du doch nicht gleich zu gehen.«

Ein blonder Kopf erschien im Fenster der Fahrerkabine. »Was ist denn, George?«

»Nichts«, rief er. »Abfahren.« Der blonde Kopf verschwand, der Bus erzitterte und fuhr an.

»Alsdann, mach's gut, Milly. Und grüß Philip schön.«

Eine Hand, eine kleine Hand streckte sich aus dem Fahrerfenster, den Daumen steil nach oben. Milly, auf dem Bürgersteig, warf einen harten, abweisenden Blick darauf und wandte sich den tröstlichen Gewißheiten des Ausverkaufs bei Barkers zu.

Der Schaffner stand auf seiner Plattform, hielt sich gut fest, und der Bus schoß vorwärts in Richtung Hammersmith und Endstation.

Der Traumhändler

Es war einmal ein Kaufmann, der handelte mit Träumen. Tagtäglich bis auf Sonntag verkaufte er Träume an jung und alt. Billige Träume und kostbare Träume, kurze Träume und Träume, die tagelang und wochenlang weitergingen. Im Schaufenster seines Geschäfts prangte der Stoff, aus dem die Träume waren. Er bot Liebesnächte bei Mondschein, Schätze des Orients, Reichtümer der Könige und versprach Glück, Geheimnis und Romantik. Seine Kunden sahen sich verklärt, sahen sich, wie sie wirklich waren – heiter und gesund und schön, immer lächelnd, Granatäpfel und Ambrosia verzehrend, sie waren nackt und wohlproportioniert und hatten fünfzehnmal die Woche Geschlechtsverkehr. Diejenigen der Kunden des Traumhändlers, die zu einer anderen geistigen Kategorie gehörten, sahen sich ebenfalls so, wie sie wirklich waren – sie wanderten hocherhobenen Hauptes in einem antiken Land, pflegten Umgang mit den Göttern, waren im Besitz alles Wissens, allen überlegen, insbesondere ihren Nachbarn, was man denen zu gegebener Zeit zu verstehen geben würde. Es gab Träume für jedermann, wundervoll in ihrer Vielfalt und genial in der Ausführung, eine Welt für sich, zu Preisen für jeden Geldbeutel.

Manchmal kamen auch Leute wieder und beklagten sich über die Träume. Sie sagten: »Das war kein guter Traum. Es war in keiner Weise der Traum, den Sie mir versprochen haben. Die Reise war kein Flug ins Paradies, und unser Schlafzimmer im Hotel war bereits besetzt, und das Meer war auch nicht da, wo es dem Traum nach liegen sollte, und der Swimmingpool war erst im Bau, und es gab weder Granatäpfel noch Ambrosia.«

Der Traumhändler bedauerte das dann sehr und erklärte, er stelle die Träume nicht selbst her, er kaufe sie nur und mache sie zugänglich für andere, manchmal zu herabgesetzten Preisen und mit verblüffendem Rabatt, könne aber nicht für die Traumqualität verantwortlich gemacht werden. Sein Bedauern war echt, denn er war ein guter Traumhändler und wünschte ehrlich, daß seine Kunden Freude an ihrem Kauf hätten. Er leitete ihre Klagen an die Traumhersteller weiter, und manchmal mahnte er einen von ihnen streng, er werde dessen Produkt nicht länger beziehen, vielmehr seine Träume anderswo kaufen, und zwar bewährte, befriedigende Träume, auf die man sich verlassen könne. Denn oft taten seine Kunden ihm leid, die Mädchen mit den strahlenden Augen, die sich mit ihren Ersparnissen einen schönen jungen Prinzen kaufen wollten, die Erschöpften, die Betrübten, die Alten, die Seelenfrieden und Abenteuer und ein ewiges Leben verlangten. Manchmal suchte er sie behutsam darauf hinzuweisen, daß er nur bis zu einem gewissen Grade für seine Träume garantieren könne, doch wenige Kunden hörten ihm dabei zu. Wo sonst konnten sie schließlich Träume kaufen?

Der Traumhändler, der in South Harrow wohnte, zwischen der Amoco-Garage und der Co-op, hatte sich noch nie selber einen Traum gekauft. Seine Frau (eine ganz und gar ungewöhnliche Person) sagte, sie sei vollkommen zufrieden so, wie es sei, und brauche keine Träume. Auch den Traumhändler gelüstete es nicht nach den eigenen Waren. Er hegte Achtung und Interesse für sie, er entrollte die Ballen Samt und Seide, strich mit der Hand über den Stoff und prüfte die wunderbaren Muster, aber er sehnte sich nicht danach, sich darin zu kleiden. Er wußte alles, was man wissen mußte, über Gold und Silber und Lapislazuli und Türkise und Jade und konnte echte von nachgemachten Perlen unterscheiden, wußte auch, wo man den Heiligen Gral fand und El Dorado und die Nordwestpassage und Shangri-La, wollte aber nichts davon für sich. Er war Vizepräsident der Rotarier und Mitglied des Automobilclubs und der Konservativen Partei von South Harrow, und was er sich am meisten im Leben wünschte, war, bei der Jahresschau der Horticultural Society den ersten Preis für Kaktusdahlien zu gewinnen.

Aber er war auch ein gewissenhafter Mensch, und im Lauf der Jahre hatte er zunehmend das Gefühl, daß er einmal einen seiner Träume selbst ausprobieren sollte. Seine Mitarbeiterin im Traumladen, ein Mädchen namens Sandra, hatte schon viele Träume durchprobiert, der eigentliche Grund, warum sie im Traumladen arbeitete, war ja der Rabatt auf Träume – sie hätte sich fast als Berufsträumerin bezeichnen können, so stark war ihr Bedürfnis zu träumen. Aber gerade diese Besessenheit ließ den Traumhändler an der Exaktheit ihrer Berichte zweifeln, er hegte den Verdacht, daß sie zwischen Traum und Wirklichkeit nicht mehr ganz unterscheiden konnte. Sie war sehr gut im Tippen und Registrieren, wußte stets den Preis eines Rückreisebilletts nach Samarkand in der Hochsaison und die Namen von Fünf-Sterne-Schlössern in Spanien, aber wenn sie ihre eigenen Träume beschreiben sollte, wich sie aus, murmelte, es sei phantastisch gewesen, danke, und das hielt der Traumhändler für keine sachliche Beurteilung. Und in seinem fünfzigsten Lebensjahr teilte er – ohne Begeisterung, aber mit dem Gefühl, eine Pflicht zu erfüllen – seiner Frau mit, er werde für sie beide einen Traum aussuchen.

Er traf seine Wahl sehr sorgfältig. Er wußte, daß weder er noch seine Frau in Granatäpfeln, Ambrosia oder mehr Sex als gewöhnlich schwelgen wollten. Goldbrokat und Perlmutt und Nirwana und die Hängenden Gärten von Babylon lehnte er ab. Er vertiefte sich in die Angebote derjenigen Traumhersteller, die er für ehrlich hielt, und entschied sich schließlich für einen Traum, gegen den seine Frau nicht allzuviel haben würde: in einem Land mit ewiger Sonne, aber vernünftigem Klima, einen Traum, dessen Versprechungen bezüglich Luftschlössern, Wundern, Verwandlungen und Nektar sich in akzeptablen Grenzen hielten. Er wollte nicht verwandelt werden, und trinken tat er ohnehin nicht. Er schloß eine Versicherung ab, die ihm im Fall seines Todes (oder dem seiner Frau) die Rückführung seines Leichnams per Luftfracht nach South Harrow garantierte, ließ sich (und seine Frau) gegen Typhus, Beriberi, die grüne Affenkrankheit und Lassafieber impfen und fand sich am verabredeten Tage (mit seiner Frau) am Check-in Schalter der British Airways in Heathrow ein.

Im Flugzeug las der Traumhändler die Zeitung, und seine Frau strickte. Von Zeit zu Zeit schauten sie aus dem Fenster, und der Traumhändler zeigte auf die rosigen, schneebedeckten Gipfel der Mondgebirge unter ihnen oder auf das silberne Glitzern eines Flusses, vielleicht des weit entfernten Oxus, oder sogar des Abana oder Parphar, den Flüssen von Damaskus. Man servierte ihnen einen Imbiß in reizenden Puppenhausportionen, und tatsächlich schmeckte das Ganze wie bemalter Gips. Das Mädchen, das sie bediente und dessen Gesicht genauso verlockend und bezaubernd war wie das Gesicht auf dem Plakat im Traumladen, das so viele Genüsse verhieß, bot dem Traumhändler wahlweise Kaffee oder Tee an. Wenn sie Intimeres zu bieten hatte, so blieb es unerwähnt, auch hätte offen gestanden der Traumhändler (ein glücklich verheirateter Mann) keinen besonderen Wert darauf gelegt. Es ist jedoch zu bedenken, daß er nicht zum Vergnügen, sondern aus Gründen sachlicher Überprüfung träumte. Er notierte es in sein neues Riesennotizbuch.

Als sie an ihrem Bestimmungsort eintrafen, in dem Land, das fern, aber nicht übertrieben fern, dessen Klima vernünftig war und dessen Bewohner weder zu Aufständen noch zu unvorhergesehenen kriegerischen Taten neigten, sammelten der Traumhändler und seine Frau ihr Gepäck ein und wurden per Hotelbus zum Hotel ihrer Wahl gefahren. Sie kamen an funkelnden Seen und schroffen Gebirgen vorüber, sie sahen brausende Flüsse und glänzende, begraste Lichtungen, und die Frau des Traumhändlers, die viel für Landschaft übrig hatte, sagte, bis jetzt sei es wirklich kein schlechter Traum. Der Traumhändler sah sie argwöhnisch an.

Denn es war die Absicht des Traumhändlers, nicht so sehr den Inhalt des Traums als vielmehr seine Wirkung auf die Träumenden zu untersuchen. Es war ihm lange so vorgekommen, als läge der Erfolg der Traumhersteller – und damit natürlich auch der der Traumhändler – in der Reaktion der Kunden ebenso wie in der Qualität der Waren. Und so hatte er beschlossen, die Wirkung des Träumens auf seine Frau zu studieren, die er ja im Normalzustand in- und auswendig kannte, sowie die auf sich selbst. Bis jetzt konnte er bei sich keine Wirkung feststellen, bis auf eine gewisse Ermüdung.

Das Hotel hatte keine seidenen Bettlaken, auch boten keine rehäugigen tscherkessischen Sklavinnen dem Traumhändler und seiner Frau Süßigkeiten auf Silbertabletts dar, aber das Badezimmer war parfümiert und das Badewasser heiß. Die Frau des Traumhändlers benahm sich völlig normal. Sie riß sich nicht die Kleider vom Leib und warf sich in krampfhafter Liebesgier auf den Traumhändler, sondern sie las die Regeln für den Brandfall (in vier Sprachen), packte aus und schlug vor, vor dem Dinner noch einen Spaziergang zu machen.

Der Traumhändler beobachtete die anderen Hotelgäste, die in mancherlei Zungen redeten. Sie waren alt und jung und fett und mager. Er beobachtete, wie sie aßen und tranken und in Hotelbussen ins Land Nirgendwo hinter dem Gebirge aufbrachen und abends ziemlich unverändert aussehend zurückkehrten. Er sah ihnen zu, wie sie im hoteleigenen Swimmingpool schwammen und ihre Haut sich auf vielerlei Art verfärbte, als seien sie Chamäleons. Die Frau des Traumhändlers zog zum ersten Mal seit vielen Jahren einen Badeanzug an und wurde zart krabbenrosa, was der Traumhändler recht attraktiv fand. Er schlief schon vor dem Abendessen mit ihr, was sie erschreckte, ja auch den Traumhändler irgendwie erschreckte, denn das war bei ihnen nicht üblich. Der Vollständigkeit halber notierte er es in sein großes Notizbuch.

Der Traumhändler betrachtete die Umgebung, den glitzernden See, die schroffen Gebirge und den milden, blauen Himmel, und mußte zugeben, daß es hübscher war als das Stück South Harrow zwischen der Amoco-Garage und der Co-op. Er fragte seine Frau, ob sie in dieser Landschaft gern für immer bliebe. Sie verneinte höflich, aber entschieden. An und für sich sehr schön, sagte sie, aber genug ist genug. Der Traumhändler fragte mehrere Hotelgäste das gleiche, sie sahen ihn verlegen an und wechselten das Thema. Wohl aber waren sie bereit, ihre Meinung über den Traum zu äußern, verglichen ihn nur zu gern mit anderen, kritisierten ihn, besprachen andere Träume. Träumen, notierte er, ist fast eher eine Sache der Erinnerung und Vorfreude als eine des Erlebens. Manchmal fragte er sich, ob der Traum wirklich stattfand, ob er wirklich in diesen Gebirgen herumspazierte, in den Marmorhallen aß, allnächtlich in seinem Bett schlief, das nicht sein Bett war, neben einer krabbenrosa Ehefrau, die jetzt einen hier gekauften Morgenmantel in vielerlei Farbtönen aus sonderbarem Stoff trug. Dem Traumhändler gefiel er nicht sehr, doch er war zu taktvoll, es zu sagen.

In seinen Ermittlungen war der Traumhändler sehr fleißig. Er machte Ausflüge mit, ließ *son et lumière* sowie diverse Volkstanzveranstaltungen über sich ergehen und aß alles, was man ihm vorsetzte. Er hatte schließlich gutes Geld für seinen Traum bezahlt, genau wie seine Kunden (allerdings etwas weniger infolge einer Sonderregelung für Traumhändler). Er notierte sorgfältig seine Gefühle und stellte fest, daß sie mit den Gefühlen, die er in South Harrow oder im Traumladen selbst empfand, identisch waren: Ärger, Langeweile, Ungeduld und Bedenken, unterbrochen von Gewissensbissen, Befriedigung, Heiterkeit und Trübsinn. Er beobachtete weiterhin seine Frau: abgesehen von der neuen Tönung ihrer Haut und dem vielfarbigen Morgenmantel (der sich, wie sie inzwischen glaubte, vermutlich schlecht waschen ließ) war sie wie immer. Sie war nicht jünger geworden oder schlanker oder gebildeter oder witziger oder ausgelassener. Der Traumhändler war von ihr und sich enttäuscht. Da er fairerweise nicht den Traum kritisieren konnte, kritisierte er sich (und seine Frau). Er kam zu dem Schluß, daß sie beide schlechte Träumer seien, außergewöhnlich schlechte Träumer. Er fragte seine Frau, ob sie nächstes Jahr wieder einen Traum wolle, und nach reiflicher Überlegung antwortete sie, daß sie im Grunde lieber ein Gewächshaus hätte, oder möglicherweise auch einen nagelneuen Herd, für den sie sich seit längerem interessierte.

Der Traumhändler und seine Frau fuhren heim nach South Harrow. Die Frau des Traumhändlers verstaute ihren Badeanzug im Schrank und bekam wieder ihre normale Hautfarbe. Der vielfarbige Morgenmantel ging in der Wäsche tatsächlich ein und wurde in eine Kleidersammlung gegeben. Nachts lag der Traumverkäufer im Bett und zwang sich, an den glitzernden See und die Felsengebirge zu denken, an den milden Himmel und die Liebkosungen der

Sonne. Es stiegen weder Nostalgie noch Sehnsucht in ihm auf. Um genau zu sein: er empfand gar nichts. Las er gelegentlich in der Zeitung etwas über das ferne Land, zweifelte er an dessen Existenz. Möglicherweise wurden solche Orte von Kameraleuten des Fernsehens und Reportern erfunden. »Da waren wir«, sagte seine Frau dann zweifelnd, »nicht wahr, Schatz?« Und der Traumhändler brummelte dann, er glaube es auch.

Der Traumhändler verkaufte weiter Träume, tagtäglich von neun bis siebzehn Uhr dreißig bis auf Sonntag. Er beriet weiter seine Kunden über die Verfügbarkeit von Huris im fernen Cathay und die Durchschnittstemperatur im Garten Eden im August. Er wußte jetzt, daß seine Waren noch wundersamer waren, als er vermutet hatte, daß sie aus Quecksilber bestanden, das sich mit den Sehnsüchten seiner Kunden vermischte. Ja, er beneidete die Käufer. Er wurde ungeduldig gegenüber jenen Kunden, die kamen und sich über die Träume beklagten, und hatte den Verdacht, daß sie schlechte Träumer seien wie er selbst.

Sein Geschäft erweiterte sich, er zog in größere Räumlichkeiten und erhöhte seinen Umsatz um dreißig Prozent. Die Üppigkeit dessen, was in seinen Schaufenstern versprochen wurde, zog wahre Menschenmengen an, er galt als der beste Traumverkäufer der Stadt. Er hielt eine Rede bei der Konferenz des Landesverbandes der Traumhändler, jüngere Kollegen bewunderten ihn wegen seiner Kompetenz und seiner Erfahrung. Niemand erfuhr je, daß der Traumhändler nur ein einziges Mal selbst geträumt hatte und unfähig gewesen war, seinen Traum zu glauben. Und vielleicht war das, wenn man es recht bedenkt, das Geheimnis seines Erfolges.

Ein Spiel Karten

Sie bereitete ihm schlaflose Nächte. Er lag wach und begehrte sie, brannte nach ihr, das dunkle Zimmer war erfüllt von ihrer Stimme und ihrem Gesicht und ihrem wohlgerundeten Körper. Manchmal stand er auf und öffnete das Fenster in der Hoffnung, die kühle Nachtluft würde ihm guttun; er knipste das Licht an, er griff nach einem Buch. Bücher waren entschieden heilsam, bestimmte Bücher, es war ein ganz neuer Einblick in den Sinn der Literatur. Man brauchte etwas Vertrautes, aber von bleibender Macht. Am besten waren die Russen, Turgenjew, Tschechow. Er beruhigte sein Fleisch mit ›Ein Adelsnest‹ und ›Frühlingsfluten‹. Die sie natürlich nicht gelesen hatte, sogar ganz bestimmt nicht gelesen hatte.

Sie arbeitete als Empfangsdame in einer Unternehmensberatung. Sie saß zwischen Gummibäumen und tiefen Ledersesseln, nahm Anrufe mit klarer, selbstbewußter Stimme entgegen, schleuste Besucher von den Ledersesseln in die Büros der Berater, polierte, geschniegelte junge Männer mit der gleichen Art Stimme. Er kannte diese Stimmen, er hatte sie in der Kindheit gehört, in den Läden der Marktstädte von Suffolk, bei vorbeireitenden Jagdgesellschaften und dann natürlich in Oxford. Stimmen, die Kriege und Revolutionen überdauerten, die durch die Jahre fortklangen, einem eine gewisse Bewunderung abnötigten.

Wie es zugegangen war, daß er einer solchen Stimme verfiel, konnte er sich nicht vorstellen, an sich war sie zum Aus-der-Haut-Fahren. Wenn er die Augen schloß, kam ihm der gesunde Menschenverstand wieder – beinahe. Aber wenn er sie dann öffnete, sah er ihr rundes, makelloses Gesicht, ihr aschblondes, seidiges Haar, ihr Fleisch ... ach, ihr Fleisch, in das er sich sehnte, die Zähne zu schlagen wie in einen Pfirsich – nein, eine Nektarine, eine goldene, rosa-gefleckte, saftige Nektarine ... Zum Teufel mit der Stimme. Und mit allem, was sie sagte.

»Ehrlich, ich weiß nicht, was ich eigentlich an dir finde ...«, begleitet von einem auf die Wange gestupsten Kuß, einem Tätscheln, irgendeiner besänftigenden Geste. Im Bett sagte diese Stimme, er sei gräßlich, furchtbar, sie müsse wirklich verrückt sein. Was mache sie denn da eigentlich. Und wenn er es ihr sagte (sie war schließlich fünfundzwanzig, und es wurde Zeit, daß sie lernte, die Dinge beim Namen zu nennen), pflegte sie ihm den Mund zuzuhalten, ihr Gesicht an seinem Hals zu verbergen und zu kichern. »Hör auf!« sagte sie dann. »Also, Nick, ich verbiete dir ... ich hör gar nicht zu, verstanden?«

Immer hatte sie etwas vor, wollte rasch irgendwohin, übers Wochenende oder um eine gute alte Freundin zu treffen oder um sich die Haare machen zu lassen. Und wenn das nicht – sie war viel zu teuer für ihn: Ronnie Scott's, Cocktailbars, Theater. Sie sagte ihm, er müsse sich unbedingt einen Wagen kaufen, und sei es nur ein gebrauchter, ein alberner kleiner Renault oder so, und wenn er dann sagte, das könne er sich nicht leisten, starrte sie ihn an und lachte unsicher. Wenn sie ihn gelegentlich ihren Freunden vorstellte, betonte sie seine Exzentrizität.

»Nick ist so *gescheit*«, sagte sie, »er hat diesen phantastischen Job bei einer Zeitschrift, die nur ungefähr zehn Exemplare verkauft, weil sie zu anspruchsvoll ist, als daß jemand sie versteht.« Und die Freunde rollten die Augen und murmelten etwas. »Er ist der typische Intellektuelle, Äußerlichkeiten sind ihm total egal. Er kann einfach irgendwie leben, ist das nicht fabelhaft?«, und die Freunde lächelten nachsichtig oder auch nicht. Er war ein Schoßtier, merkte er, ein amüsantes, faszinierendes, leicht beunruhigendes *divertissement*. Manchmal deutete sie an, sein Anzug und sein Benehmen seien nicht ganz passend. Sie schenkte ihm einen teuren Pullover, den verlor er. Sie wünschte, er gäbe dieses miese möblierte Zimmer auf und zöge in eine anständige Wohnung – eine Hypothek hätte sich unschwer aufnehmen lassen, ihr Patenonkel war Vorstand bei einer Bausparkasse. Wenn sie seine Bekannten traf, war sie geistreich und liebenswürdig, später sagte sie, sie verstünde nicht ganz, was er an solchen Leuten fände, irgendwie seien sie natürlich schon interessant, aber an und für sich …

In ruhigeren Augenblicken nahm er an, es würde vorübergehen. Bis dahin blieb nichts anderes, als weiter zu brennen.

Sie sagte: »Du mußt Granny kennenlernen. Die wird dir gefallen. Sie ist die Belesene in unserer Familie. Ihre Mutter, verstehst du, also Urgroßmama – ich hab sie nicht gekannt, weil sie vor meiner Geburt gestorben ist –, die gehörte zu einer Clique berühmter Dichter und so was, sie kannte einfach alle. Sie hat Briefe von Galsworthy und Tennyson und so, Granny meine ich.«

»Tennyson?« fragte er.

»Ja, ich glaube. Jedenfalls solche Leute. Granny hat eine phantastische Bibliothek. Echt beeindruckend. Sie ist ein richtiges Original. Also, jedenfalls fahren wir alle am Sonntag zu ihr zum Lunch, einmal im Monat fahren wir immer alle hin, und es ist völlig okay, wenn du mitkommst.«

»Wohin?« fragte er.

»Henley natürlich. Daddy fährt uns.«

Ihr Vater war Direktor einer jener Gesellschaften, deren Obliegenheiten so undurchdringlich sind, daß sie offenbar nur existieren, um Geld zu verwalten, unabhängig von etwas so Prosaischem wie einem bestimmten Produkt, Öl oder Ziegelsteinen oder Schuhen oder Waschpulver. Außerdem würden, erklärte sie ihm, auch noch ihr Onkel Dickie, der Bankmanager, und seine Frau da sein, und natürlich Mami und noch ein weiterer Onkel, der bei Cluttons war, und dessen Frau. Und ein paar Cousins.

»Cluttons? Die Grundstücksmakler?«

»Na ja, Immobilienverwaltung eigentlich. Du kommst jedenfalls mit *uns* mit, die anderen fahren alle einzeln. Ach, und zieh dich nett an. Keinen feierlichen Anzug, meine ich. Sportlich, aber nett, verstehst du.«

Als er zu ihrem Haus kam, sah er ihren Vater dastehen mit tadellosen Bügelfalten und einem tadellosen Hemd mit offenem Kragen, frisch aus dem Schaufenster von Simpsons. Die Mama in etwas schmuckem Seidigem. Sie hatten sich bereits einmal kennengelernt, und sie begrüßten ihn diesmal um eine Nuance zu eifrig. Der Vater hatte die Motorhaube des Wagens geöffnet. »Entschuldigung, Nick, kann Ihnen nicht die Hand geben, alles voll Öl. Schön, Sie zu sehen. Ausgezeichnet. Wie wär's, Sie und Charlotte setzten sich zusammen in den Fond?«

Die Motorhaube klappte mit dem leisen Klick teurer Technik zu. »Schon mal in so was gesessen?«

Nick verneinte.

»Aha. Ich glaube, es wird Ihnen Spaß machen. Das hier ist das neueste Modell: Servolenkung, Einspritzpumpe, Zentralverriegelung, Klimaanlage – einfach alles. Macht wirklich Spaß. Fahren Sie gern?«

Nick verneinte.

»Aha. In Ihrem Alter hatte ich einen alten Lancia. Schluckte ungefähr vier Liter auf zehn Meilen – verrücktes Vehikel für einen mittellosen jungen Mann. Hat aber Riesenspaß gemacht. So, sind wir jetzt alle da, dann mal los – wenn man Mutter warten läßt, gibt's einen Mordskrach.«

Im Wagen tätschelte Charlotte das Knie seiner Hose, mahnend, denn die Hose war nicht sauber. Er hatte noch vorgehabt, sie zu waschen, es aber zu lange aufgeschoben. Sein Hemd war sauber, aber ungebügelt. Er zog das Knie etwas zur Seite und starrte auf den Hinterkopf von Charlottes Mutter, auf dem jedes Haar einzeln gelegt zu sein schien. Charlotte nahm die Hand von seinem Knie, schob sie in die seine und kitzelte ihn in der Handfläche. London glitt lautlos an ihnen vorbei: zuerst weißer Stuck, schwarze Gitter, glänzend polierte Türknäufe, dann Bretterzäune mit Plakaten, Werbung für Whisky und Fluggesellschaften. Von Zeit zu Zeit drückte Charlottes Vater auf irgendeinen Schalter, dann glitten Fenster hinauf und hinunter, Wasser spritzte auf die Windschutzscheibe, oder es entstand diskreter Luftzug.

»Übrigens, Nick, was war doch noch Ihr Fach? Ich kann mich nicht recht erinnern. Journalist, nicht?«

Nick erklärte.

»Muß interessant sein, denk ich mir«, sagte Charlottes Vater nach einem Augenblick. »Und was haben Sie für ein Ziel?«

Nick sagte, darüber hätte er noch nicht recht nachgedacht.

Sie kamen auf die Autobahn. Charlotte beugte sich vor. »Fahr mal zweihundert, Daddy, komm.«

»Sei nicht töricht, Liebling«, sagte ihre Mutter.

»Nein, nicht bei den vielen Idioten hier. Außerdem: zu früh anzukommen wäre auch verkehrt. Du kennst doch deine Großmutter.« Der Vater hob die Stimme, als wäre Nick möglicherweise leicht schwerhörig. »Meine Mutter ist so etwas wie eine große alte Dame. Charlotte wird es Ihnen bestimmt schon erzählt haben. Eine bemerkenswerte Frau. Hält die literarische Tradition ihrer Mutter aufrecht.«

»Sie hat allerlei berühmte Schriftsteller gekannt«, sagte Charlottes Mutter. »Galsworthy. Und Kipling … oder wen? Und …«

»Tennyson?« meinte Nick.

»Genau«, sagte die Mutter.

»Tolle Bibliothek«, sagte Charlottes Vater. »Ich bin sicher, Sie werden sich drin umschauen dürfen.«

»Ah …«

»Wird Sie bestimmt interessieren. Sicher mehr Ihr Fall als einige von Charlottes Freunden.«

»Ach, sei doch still, Daddy«, sagte Charlotte.

»Nicht aufregen, Schätzchen. Keiner will dich kritisieren. Ehrlich gesagt, Nick, ich bin selbst kein großer Leser. Mal einen Len Dighton oder so was. An Mutter komm ich nicht heran. Hat eine wundervolle Büchersammlung. Natürlich sehr wertvoll.«

»Das Haus ist regelrecht vollgestopft«, sagte die Mutter. »Was mal daraus werden soll, daran denkt man ungern.«

»Ich habe einen Wolfshunger«, rief Charlotte. »Hoffentlich gibt es nicht erst noch stundenlang Sherry vor dem Essen.«

Sie rieb ihren Handrücken an Nicks Schenkel. Er fragte sich, wieso er keine Erektion bekam, vielleicht beeinträchtigte das Tempo auf sonderbare Weise die Libido.

Sie bogen scharf von der Straße in einen versteckten Nebenweg, eine Auffahrt entlang zu einem abgezirkelten Kreis aus hellem Kies zwischen geschorenem Rasen und hohen, sauber geschnittenen Hecken. Geranientöpfe standen herum. Stufen führten zur Eingangstür.

Das Haus war groß, architektonisch uninteressant, zwischen den Kriegen gebaut. Sehr saubere Autos in ungewöhnlichen Farben parkten auf dem Kies, als seien sie zu Verkaufszwecken ausgestellt. Charlottes Mutter stieg aus und sagte: »Ach du meine Güte, wir sind die letzten.«

Sie gingen durchs Haus bis zu einem großen Wohnraum mit Blick in den Garten, in dem etwa ein Dutzend Leute standen, ein Glas in der Hand. Es gab Aufschreie und Umar-

mungen. Charlotte führte ihn herum. »Das ist Nick …
Hallo, Tante Frances – oh, phantastisch, Jamie ist auch da.«

Sie waren alle glatt gebürstet und glänzend, wie Tiere auf
einer Schau, die älteren Männer schüttelten ihm die Hand,
die Frauen lächelten, die jungen sagten: »Oh, hallo …«

Auf einem Sofa saß eine alte Frau, klein, mit einem Wit-
wenbuckel. Charlotte sagte: »Granny, das hier ist Nick, von
dem wir dir erzählt haben.«

Er streckte ihr die Hand hin, sie nahm sie und ließ sie
sofort fallen. Sekundenlang sah sie ihn starr an, dann wandte
sie sich an Charlottes Vater: »Ihr seid spät dran, Rupert.«

»Zehn Minuten, Mutter. In London war ein Wahnsinns-
verkehr. Tut mir leid.«

»Dann wollen wir jetzt essen. Sag in der Küche Bescheid.«

Sie begann sich hochzustemmen. Die Söhne wollten
helfen.

»Nein, laßt mich, ich schaff es schon. Dirigier die anderen ins Eßzimmer. Ich will Dickie neben mir haben und Cla-
risse. Setz Charlottes jungen Mann irgendwo in die Nähe,
ich will mit ihm reden. Ist es der, der mit einer Zeitschrift zu
tun hat?«

Ein riesiger Mahagonitisch, von Silber und Kristall fun-
kelnd, dunkle Ölbilder an den Wänden (tote Fasane, Scha-
len mit glänzendem Obst, Tiere à la Stubbs), dicke Teppiche
und ein Duft nach Braten. Eine der Frauen verteilte sie um
den Tisch.

»Du dort, Charlotte, und – äh – Nick neben dir, und ich
sitze hier, und Jamie und Sue vielleicht auf der anderen
Seite?«

Mädchen in Schürzen huschten mit Schüsseln und Platten aus und ein, Charlottes Vater stand an einer Anrichte
und schärfte ein Tranchiermesser.

Die alte Frau saß gekrümmt am Ende der Tafel, entfaltete

eine Serviette und unterhielt sich laut mit einer Schwiegertochter in der Tischmitte. Charlotte rief einer Cousine am anderen Ende etwas über eine Party zu, auf der sie gewesen war. Ein Onkel – der Grundstücksmakler oder der Bankmensch? – sprach von etwas, das er gekauft hatte (ein Haus? eine Fabrik? einen Satz Golfschläger?). Im Kreuzfeuer verschiedener Gespräche gefangen, grübelte Nick über die widerstreitenden Bruchstücke, alle nahmen Bezug auf etwas oder jemand Bekanntes: »Die mich letztes Mal beliefert haben, taugten nichts, die hab ich abbestellt. Die Mädels hier sind von Binneys in Maidenhead. Wie ist das Fleisch, Rupert?« – »Lucy und Camilla waren da, und die beiden Warrington-Jungen, die Band war phantastisch …« – »Ich hab sie von einem total überdrehten Preis runtergehandelt zu etwas, worüber sich reden läßt, und wenn Handley sein Okay gibt, sind wir im Geschäft …«

Eine der Tanten, ein Klon von Charlottes Mutter, wie ihm schien, beugte sich über den Tisch und fragte: »Kennen Sie diesen Teil der Welt überhaupt, Nick?«

Hielt sie ihn für einen Ausländer? Doch nein, es bezog sich auf die nähere Umgebung, sie sprach von Henley.

»Mutter meint natürlich, seit ihrer Zeit wäre es total heruntergekommen, aber in Wirklichkeit ist es noch immer sehr kultiviert.«

Immer wenn die alte Dame eine allgemeine Bemerkung machte, verstummten alle ehrerbietig und lächelten nachsichtig zu ihren Äußerungen.

»Was ist das für ein sonderbares Gewand, das Charlotte da anhat. Die Farben beißen sich entsetzlich!«

»Aber Granny, es war sündteuer!«

»Bestimmt. Das neueste, nehme ich an. In deinem Alter habe ich mich nicht nach der Mode gerichtet. Ich hatte gute Sachen und trug sie jahrelang. Aber Mutter hatte natürlich auch einen fabelhaften Geschmack.«

»In der Bibliothek ist ein Porträt von Urgroßmama«, raunte Charlotte. »Ich zeig dir's nachher. In ihrer Jugend hat sie toll ausgesehen.«

»Was sagst du, Charlotte?«

»Ich habe Nick gesagt, ich zeige ihm nach dem Essen Urgroßmamas Porträt.«

Mrs. Lavington fixierte ihn mit ihren kleinen, schwarzen funkelnden Augen. »Und was machen *Sie* denn so?«

»Ich arbeite als Redakteur bei einer Zeitschrift.«

»Was für einer Zeitschrift?«

»Einer wissenschaftlichen Zeitschrift. Sie heißt ›The English Language Critical Quarterly‹. Der Chefredakteur war mein Tutor in Oxford.«

Die Tischrunde war verstummt.

»An welchem College?« fragte Mrs. Lavington.

»St. Edmund Hall.«

»Mein Mann war in Magdalen. Offenbar ist Oxford derzeit nichts Großartiges mehr.«

»Tatsächlich?« sagte Nick.

»Nein. Ist total heruntergekommen. Meine Söhne waren nicht dort.«

»Keine intellektuellen Typen wie du und Vater«, sagte Rupert Lavington. »Noch jemand eine Scheibe Braten? Darf ich noch mal nachlegen?«

Mrs. Lavington war immer noch auf Nick fixiert. »Was zahlt man Ihnen?«

»Wie bitte?«

»Bei dieser Zeitschrift? Was zahlt man Ihnen da?«

»Aber Granny!« sagte Charlotte.

»Sechstausend im Jahr.«

Eine Welle der Verlegenheit lief um den Tisch. »Ich glaube, ich nehme doch noch etwas«, sagte Charlottes Mutter. »Komm schon, Clarissa, du auch – zur Gesellschaft.«

»Großer Gott«, sagte der jüngste Vetter. »Wie schaffen Sie das? Ich krieg achteinhalb und bin immer pleite.«

Nick betrachtete Mrs. Lavington. Sie erinnerte ihn an eine Schildkröte, die er als Zehnjähriger gehabt hatte: der faltige Hals, der kleine Kopf daran, der sich langsam hierhin und dorthin wendete. Er sah zu, wie sie aß, und dachte wieder an die Schildkröte (sie hatte Fred geheißen) – an die Salatblätter, die sie Zentimeter für Zentimeter mit entschlossenem Malmen der hornigen Kiefer in sich hineinzerrte, gelegentlich sah man flüchtig eine graue Zunge. Fred hatte er gemocht, Mrs. Lavington mochte er überhaupt nicht.

»Nick ist wie du, Granny«, sagte Charlotte. »Liest unheimlich viel, hat Hunderte von Büchern, meist liegen sie auf dem Fußboden in seinem verrückten Zimmer herum. Paperbacks natürlich.«

Die Alte starrte über den Tisch hinweg zu ihm hinunter.

»Paperbacks kann ich nicht leiden. Ich brauche ein anständig gebundenes Buch. Heutzutage ist es mir unerträglich, in eine Buchhandlung zu gehen, wo einem all diese grellen Schutzumschläge entgegenschreien. Ich habe immer alles bei Bumpus bestellt. Ich nehme an, Sie haben nie von Bumpus gehört, was?«

»Nein.«

»Er existiert nicht mehr. Wenn meine Mutter hinging, wurde der rote Teppich ausgerollt. Der alte Mr. Bumpus hat sie immer persönlich bedient.«

»Was Bücher aber auch jetzt kosten!« sagte eine der Schwiegertöchter. »Neulich habe ich David Attenboroughs Wildlife-Buch für Timmie gekauft. Fünfzehn Pfund!«

Mrs. Lavingtons Reptilkopf schwenkte herum. »Ich habe von meiner Mutter gesprochen, Clarissa.«

Die zurechtgewiesene Schwiegertochter tupfte sich den Mund mit der Serviette ab.

»Galsworthy hat meiner Mutter einmal gesagt, ihre Sammlung sei eine der schönsten, die er je gesehen hätte. Es ist ein Nonsuch-Shakespeare darunter. Ich nehme nicht an, daß Sie je einen Nonsuch-Shakespeare gesehen haben?«

»Nein, hab ich nicht«, sagte Nick.

»Und natürlich eine große Zahl von Erstausgaben. Meine Mutter interessierte sich auch für moderne Literatur. Arnold Bennett hat sie immer gebeten, seine Arbeiten vor der Veröffentlichung zu lesen.«

»Und Tennyson?« erkundigte sich Nick.

Mrs. Lavington, die eben eine Gabel voll Essen in den Mund geschoben hatte, kaute, ohne den Blick von ihm zu wenden. Rings um den Tisch wurde geraschelt, sich geräuspert, konzentriert gegessen und neue Gespräche begonnen. Mrs. Lavington sagte, als ihr Mund schließlich leer war: »In einem Haus mit einer solchen Sammlung aufzuwachsen prägt einen Menschen. Bücher sind eine eigene Welt.«

»Ist Ihre Familie auch so büchernärrisch, Nick?« fragte Charlottes Mutter.

Er überlegte. Mrs. Lavingtons kalter Blick ruhte noch immer auf ihm. Er sagte: »So viele Bücher haben sie nicht. Wir haben viel die Leihbibliothek benutzt.«

Mrs. Lavingtons Augen funkelten, fast hätte sie gelächelt. »Ich war noch nie in einer Leihbibliothek.«

Die Teller wurden abgeräumt. Apfelkuchen mit Sahne wurde gereicht. Das Gespräch wandte sich der Wahl der Urlaubsorte zu, der Hochzeit eines Verwandten, den Preisen von Stereoanlagen. Es schien nicht so sehr ein Austausch von Ansichten und Informationen oder ein Prozeß, bei dem man auf die Äußerungen der anderen einging, sondern jeder schien zu sagen, was ihm gerade einfiel. Besonders verwirrend waren die plötzlichen Abschweifungen. Von Zeit zu Zeit fiel Mrs. Lavington jemand mitten im Satz ins Wort, äußerte etwas Irrelevantes. Nick saß schweigend dabei, er sah keinen Sinn, etwas zu alledem beizutragen. Als endlich alle fertig gegessen hatten, befahl Mrs. Lavington: »Sagt den Mädchen, den Kaffee in die Bibliothek!« und begann ihren Stuhl knirschend zurückzuschieben. Wieder sprangen die Söhne zu ihrer Hilfe herbei und wurden abgewiesen.

In der Diele begaben sich dann die Frauen schwatzend nach oben. Die Männer standen herum und zündeten sich Zigarren an. Sie waren sämtlich groß und äußerst gepflegt, Nick hatte während des Essens bemerkt, wie gut manikürt die Hände um ihn her waren, wie gleichmäßig geschnitten und sauber gebürstet die Nägel. Charlotte hatte oft seine Hände hochgehoben und eine Grimasse gezogen.

Jetzt wartete sie am Fuß der Treppe. »Wir gehen nur eben rauf, uns die Nase pudern. Das Männerklo ist die Tür dort. Was hältst du von Granny? Ein Original, was?«

Die anderen waren durch die offene Doppeltür am Ende der Diele verschwunden. Charlotte trat dicht an ihn heran und schmiegte ihre Nase an seinen Hals. »Mmmm. Na, amüsierst du dich?«

»An sich wär's danach, ja.« Sie liebkoste ihn immer noch, und interessanterweise rührte sich bei ihm wieder nichts.

Sie sah ihn prüfend an. »Das ist aber komisch ausgedrückt.«

Er trat zurück. »Ich glaub, ich geh mal pinkeln.«

Er kam aus der Toilette und wusch sich die Hände in einem Waschraum, der reichlich mit flauschigen Handtüchern und neuen Seifenstücken ausgestattet war. Charlottes Vater kam herein. »Ah, Nick … ausgezeichnet, Kaffee steht in der Bibliothek bereit, wenn Sie soweit sind. Da haben Sie Gelegenheit, einen Blick auf die berühmte Sammlung zu werfen.«

Die Bibliothek war so groß wie der Salon, die Wände waren getäfelt und voller Bücherschränke mit Glastüren.

Alle waren schon da, saßen auf Ledersofas oder hockten auf Sessellehnen. Als er hereinkam, sagte Charlottes Mutter gerade zu einer der anderen Damen: »Nein, nein, nichts Ernstes, wie wir hoffen. Ihr kennt ja Charlotte, sie setzt sich ständig etwas Neues in den Kopf.« Sie sah auf, brach ab und lächelte strahlend. »Ah, Nick, Kaffee steht auf dem Seitentisch, jeder bedient sich selbst.«

Er goß sich eine Tasse ein und begann an den Bücherschränken entlangzugehen. Alles Gesamtausgaben, ledergebunden, mit Goldschnitt. Der Nonsuch-Shakespeare. Nichts Antiquarisches. Wie es aussah, alles circa 1910. Er versuchte eine der Glastüren zu öffnen. Sie war verschlossen. Ein Onkel trat näher. »Sie sehen sich die Bücher an? Recht eindrucksvoll, was?«

»Ich wollte den Schrank aufmachen. Scheint abgeschlossen zu sein.«

»Oh, das hätte ich mir denken können. Mutter weiß sicher, wo die Schlüssel sind. Mutter? Nick hätte gern einen Blick auf einige der Bücher geworfen.«

Mrs. Lavington, in den Tiefen eines Sessels versunken, funkelte zu ihm hinüber. »Wozu?«

»Ich wüßte gern, ob der Dickens Phiz oder Cruikshank ist.«

»Ich kann im Moment nicht an die Schüssel. Die Schränke dort drüben sind offen.«

Er durchquerte das Zimmer. Hier waren die Glastüren zum Kippen, man mußte jede hochheben und in die Öffnung über dem Regalbrett zurückschieben, ein mühseliges Verfahren, für müßiges Herumstöbern nicht geeignet. Er stellte seine Kaffeetasse ab und sah sich die Sache näher an. Kipling, in rotes Leder gebunden, Ausgabe 1920. Er zog die ›Schlichten Geschichten‹ heraus, der Rücken hatte die Steife des Ladenneuen, die zarten Dünndruckseiten hingen aneinander. Er stellte es zurück und versuchte es mit ›Kim‹, auch hier der knackende Rücken, die aneinander klebenden Ränder eines nie geöffneten Bandes. Er ging von Fach zu Fach, machte Stichproben bei Trollope, Hardy, Meredith, Tennyson (aha, Tennyson: schweres braunes Leder, goldene Frakturbuchstaben, ein entschieden jungfräulicher Tennyson); eine Rechnung über zehn Shilling Sixpence (Bumpus, Buchhändler, Oxford Street) fiel aus ›Auf der Suche nach Indien‹. Die Bücher in ihren unberührten, luftlosen Reihen waren der Größe nach geordnet, kein Band lehnte sich schräg an einen anderen.

Er hörte Mrs. Lavington sagen: »Und denken Sie daran, alles wieder an den richtigen Platz zu stellen.«

Er nahm die ›Sieben Säulen der Weisheit‹ heraus, setzte sich auf die Armlehne eines Ledersessels und begann zu lesen. Er merkte, daß es rings um ihn her still wurde. Er spürte, daß Charlotte zu ihm getreten war. »Nick, du kannst doch nicht einfach dasitzen und die Bücher *lesen!*«

Er sah auf. »Warum nicht? Es wird allmählich Zeit, daß jemand das tut.«

Sie warf einen Blick auf die alte Frau. »Nick ... also wirklich!«

Mrs. Lavington fragte: »Was hat er gesagt?«

Nick klappte die ›Sieben Säulen‹ zu und stellte das Buch zurück ins Regal. »Ich habe gesagt, es ist höchste Zeit, daß jemand diese Bücher liest. Aber ich glaube nicht, daß ich es sein werde. Danke für das Essen, es war sehr gut. Und so reichlich.«

Er ging aus dem Zimmer. Niemand sagte ein Wort. Sekundenlang fing er den Blick der alten Frau auf, die fassungslos glotzte. Er fühlte aller Augen auf sich ruhen, sah Kaffeetassen auf halber Höhe zu den Lippen innehalten, sah den Zigarrenrauch im Sonnenlicht zittern. Es war, als habe er mit den Fingern geschnippt und sie alle zu einem lebenden Bild erstarren lassen. Er wußte gleich, woran ihn das erinnerte, und als er durch die Haustür trat, sagte er es laut und fing an zu lachen. Es war die Stelle, wo Alice im Wunderland zum Hohen Gericht sagt: »Ihr seid nichts als ein Pack Spielkarten!«

Er überquerte den Kiesweg zur Einfahrt. Er hörte Charlotte etwas rufen. Er sah sich um und winkte. Sie stand auf der obersten Stufe, hell und glänzend wie ein schönes Tier, vielleicht eine Antilope, und löste, wie er mit Befriedigung feststellte, auch ungefähr ebensoviel Begierde in ihm aus wie eine Antilope. Wieder winkte er und ging weiter, die Einfahrt hinunter, immer weiter und weiter – er erinnerte sich gar nicht, daß sie so lang gewesen war –, durch ein weißes Tor mit fünf Querbalken, an dem stand PRIVAT–KEINE EINFAHRT, und hinaus auf die Straße. Er ging einige Meter den Grasstreifen entlang, dann stellte er sich hin und hielt den Daumen hoch in den Frühlingswind.

Ihre eigene Welt

Meine Schwester Lisa ist Künstlerin. Sie ist nicht wie andere Menschen.

Lisa ist zwei Jahre jünger als ich, und wir wußten schon recht früh, daß sie Künstlerin war, teils weil sie immer so hübsch zeichnen konnte, aber auch wegen ihres Verhaltens. Sie lebt eben in ihrer eigenen Welt, pflegte unsere Mutter zu sagen. Sie war immer die Schwierige, hatte Launen, bekam Wutanfälle und regte sich ständig über irgend etwas auf, aber als Mutter erst eingesehen hatte, daß sie Künstlerin war, nahm sie Rücksicht darauf. Das taten wir alle. Sie hat wirklich Talent, sagte der Zeichenlehrer in der Schule. Mrs. Harris, Sie müssen dafür sorgen, daß sie alle Unterstützung bekommt, die sie braucht. Und Mutter freute sich wie ein Schneekönig, sie hatte kreative Menschen immer bewundert, wäre gern selbst fähig gewesen, zu schreiben oder zu malen, aber daß Lisa sich in diese Richtung entwickelte, war fast genausogut oder vielleicht sogar noch besser.

Als Lisa fünfzehn war, begann Mutter bei Luigi's an der Theke zu arbeiten, um ein bißchen zusätzliches Geld zu verdienen, damit Lisa in die Kunstschule gehen konnte. Vater war vor drei Jahren gestorben. Es machte mir Sorgen, daß Mutter arbeiten ging, sie litt seit Jahren hin und wieder an Asthma, und außerdem war es ihr peinlich, in einem Laden zu bedienen. Aber leider eignete sie sich für nichts sonst, und überhaupt, sagte sie, ist ein Delikatessengeschäft etwas anderes als ein gewöhnlicher Kramladen oder ein Supermarkt.

Ich war mittlerweile im College und machte mein Lehrerinnenexamen. Lisa ging in eine der Londoner Kunstschulen und kam nach dem ersten Semester heim, völlig verdreht, man hätte sie fast nicht mehr erkannt: rotgefärbte Haare und schwarze Kleider mit Pop-art-Ansteckern und was weiß ich. Zum Glück hatte Mutter etwas gespart, denn alles erwies sich als viel teurer, als wir gedacht hatten, selbst mit Lisas Ausbildungsstipendium. Sie mußte so vieles, zum Beispiel ins Theater gehen und so, und natürlich brauchte sie schickere Sachen dort unten und immer mehr davon, und im Jahr darauf mußte sie den ganzen Sommer über nach Europa reisen, um berühmte Gemälde und Architektur zu sehen. Sie war monatelang weg, wir sahen sie fast nie, und als sie zurückkam, hatte sie sich wieder total verändert: ihr Haar war blond und kraus, und sie trug viel Leder, sehr teuer, Stiefel bis zu den Oberschenkeln und lange Wildledermäntel. Zu Weihnachten kam sie nach Hause, und manchmal war sie fröhlich und gesprächig und brachte jeden zum Lachen, manchmal war sie auch schlechtgelaunt und trübsinnig, aber Mutter sagte, so sei sie schon als kleines Kind gewesen, und natürlich müsse man damit rechnen, bei ihrem Temperament.

Damals war Mutter schon nicht mehr bei Luigi's, wegen ihres Beines (sie hat diese Venenprobleme und darf nicht lange stehen), aber sie begann mit kleinen Heimarbeiten für wenig Geld. Sie fertigte Kissen und Vorhänge für die Leute, in Handarbeiten war sie immer gut gewesen, manchmal sagt sie, es würde sie nicht wundern, wenn Lisas Kreativität daher käme, und vielleicht läge es ja in der Familie ...

Wenn ja, bin ich dabei zu kurz gekommen. Immerhin habe ich mein Diplom gemacht (recht gut übrigens, als eine der Jahresbesten) und habe angefangen zu unterrichten, und nicht lange danach habe ich Jim geheiratet, den ich schon seit Collegetagen kannte, und wir bekamen die Kinder schon sehr bald, weil ich vorhatte, später, wenn sie zur Schule gingen, wieder zu arbeiten.

Lisa beendete ihre Kunstschule mit wie auch immer der Abschluß dort heißt, aber danach fand sie keine Stellung. Oder wenigstens wollte sie keine der Stellungen, die sie hätte kriegen können, wie Schaufensterdekorateurin oder Jobs bei Zeitschriften oder Verlagen oder etwas in der Art. Das kann man ihr nicht vorwerfen, sagte Mutter, ich meine, das wäre ja eine Verschwendung ihrer Talente, das ist doch lächerlich, wo sie soviel Zeit damit verbracht hat, sich zu entwickeln, da kann niemand von ihr erwarten, daß sie sich an einen 08/15-Job fesseln läßt wie jede andere.

Lisa hatte es dann satt. Sie mußte heimkommen und zu Hause wohnen. Mutter zog aus ihrem Schlafzimmer aus, ließ die Handwerker kommen, ein Oberlicht einbauen und den Raum zu einem Atelier für Lisa umgestalten, wirklich sehr hübsch, mit poliertem Dielenboden und einer großen neuen Staffelei, für die Mutter ein silbernes Teeservice verkaufte, das sie zur Hochzeit geschenkt bekommen hatte (sie sagt, sie hätte es sowieso nie gemocht). Doch dann erwies sich, daß Lisa gar nicht so malte, sondern alle möglichen Materialien übereinanderleimte und buntes Papier ausschnitt und auf Papierbögen aufklebte. Und wenn sie überhaupt malte oder zeichnete, dann hockte sie dabei auf dem Boden oder lag auf dem Bauch auf dem Sofa.

Ich werde nicht schlau aus der Art Kunst, wie Lisa sie fabriziert. Ich meine, ich weiß einfach nicht, ob sie gut ist oder nicht. Aber wie sollte ich auch, nicht wahr? Jim genausowenig, und auch nicht Mutter, keiner von uns. Wir sind in diesen Dingen eben nicht bewandert und haben daher kein Urteil.

Lisa hing monatelang zu Hause herum. Sie sagte, sie hätte nichts gegen einen Job bei einer guten Firma gehabt, in dem sie Stoffe hätte entwerfen können – bei Liberty's oder so –, vorausgesetzt, sie hätte allein arbeiten können, weil sie diesen sehr individuellen Stil hatte, der sich nicht mit dem anderer Leute mischen ließ. Sie könnte aber vielleicht Ausstellungen im Victoria & Albert Museum arrangieren oder der Tate Gallery oder anderswo. Solche Jobs bekam sie jedoch nie, und überhaupt fand Mutter, es wäre unklug, wenn sie sich festlegte, denn in der Hauptsache sollte sie ihre eigene Arbeit tun. Das sollte jeder Künstler. So einfach sei das.

Eigentlich malte Lisa weniger und weniger, und Mutter sagte, es sei doch tragisch, daß sie so desillusioniert und entmutigt würde, es sei so eine Talentvergeudung. Leuten, die fragten, was Lisa derzeit täte, erklärte Mutter, es sei eine Schande, daß die Regierung nicht dafür sorgte, daß Menschen wie sie die Chancen und Unterstützung bekämen, die sie brauchten. Weiß Gott, sagte sie seufzend, schöpferische Kraft ist so selten. Und die Nachbarin, Mrs. Watkins, und der Vikar und sonstwer nickten zweifelnd und sagten, ja, da habe sie wohl recht.

Und dann kam Bella Sims und eröffnete die neue Galerie in der Stadt: das Kunstzentrum. Früher gab es dort nur den Kunstgewerbeladen, der einige sehr sonderbare Bilder hatte, aber auch Glastiere und Maisstrohpüppchen führte. Lisa fand den Kunstgewerbeladen widerlich. Aber bei Bella Sims gab es wirklich Kunst. Das sah man sofort, viel nackter Boden, und die Bilder hingen in sehr großen Abständen voneinander, und es gab Keramikvasen und -schüsseln, die so teuer waren, daß nicht einmal der Preis daran stand. Und eines Tages brachte Lisa einige ihrer Sachen dorthin und, ob man es glaubt oder nicht, Bella Sims meinte, sie gefielen ihr und sie würde sie in ihre nächste Ausstellung übernehmen, die speziell für ortsansässige Künstler sei. Als Lisa es Mutter erzählte, weinte Mutter.

Lisa war in dieser ganzen Sache sehr lässig, sie tat, als

habe sie nichts anderes erwartet. Sie und Bella Sims waren bald dick befreundet.

Bella Sims war um die Fünfzig, einer jener Menschen mit lauter, selbstbewußter Stimme und immer einer Frisur wie frisch vom Friseur und massenhaft teuren Klunkern. Sie jagte mir eine enorme Angst ein, und Mutter eigentlich auch, obwohl Mutter sagte, sie sei fabelhaft und ein Gewinn für die Stadt. Die Vernissage gefiel mir nicht, und auch Jim nicht. Ich war damals schwanger mit Judy, und Clive war achtzehn Monate. Ich war daher ziemlich erschöpft, außerdem sprach niemand viel mit uns. Aber Lisa amüsierte sich gut, das war deutlich zu sehen, sie hatte Kleider in folkloristischem Stil an und trug das Haar offen und glänzend, sie sah wirklich sehr reizvoll aus. Bei dieser Vernissage hat sie Melvyn kennengelernt.

Melvyn war Bellas Sohn. Er unterrichtete Design am Polytechnikum. Das bedeutete, daß er gewissermaßen auch schöpferisch war, obwohl natürlich kein echter Künstler wie Lisa. Er verliebte sich Hals über Kopf in sie, man konnte ihm das ja auch nicht übelnehmen, und von da an gingen sie miteinander, und ziemlich bald sagten sie, sie würden heiraten. Wir freuten uns alle, weil nämlich Melvyn sehr nett ist – man würde nie glauben, daß er Bellas Sohn ist –, und wir merkten erst später, daß sie es nur taten, weil Francesca unterwegs war. Mutter war sehr aufgeregt darüber und meinte, sie sei vielleicht ein bißchen mit schuld, sie hätte mit Lisa mehr über alles reden sollen. Aber offen gestanden glaube ich nicht, daß das viel geändert hätte. Eigentlich sorgte sie sich mehr darum, daß Lisa, wenn das Baby erst da war, nicht mehr würde malen können. Natürlich freute sie sich über Francesca, aber sie fand doch, es sei schade, daß Lisa nun schon so früh angehängt sein würde.

Aber so wurde es eigentlich nicht. Lisa gewöhnte sich sofort an, Francesca entweder bei Mutter oder bei mir zu lassen, wenn sie mal Zeit für sich brauchte – sie mußte mittlerweile sehr oft nach London, um den Kontakt zu ihren Collegefreunden nicht zu verlieren und zu versuchen, Absatzmöglichkeiten für ihre Arbeiten zu finden. Ich hatte ja ohnehin zwei Kinder, da machte ein drittes nicht viel Unterschied, wie sie sagte. Es wurde natürlich ein bißchen mehr Streß, als sie im Jahr darauf Jason bekam und er dann auch noch dazukam. Vier Kinder im Auge zu behalten ist ziemlich viel, aber Mutter half natürlich oft aus, wann immer ihr Bein weniger schlimm war. Bella Sims drängte sich – es ist fast unnötig, das zu erwähnen – nicht sehr danach, die Omarolle zu übernehmen.

Ein Jahr später bekam Lisa Alex. Ich muß sagen, ich habe nie begriffen, warum Lisa so viele Kinder kriegt. Ich meine, sie muß doch Bescheid wissen. Natürlich ist sie unbekümmert und nachlässig, aber trotzdem. Ich habe zwei, und damit hat es sich, vorbehaltlich Pannen. Schließlich habe ich vor, wieder zu arbeiten, wenn ich kann. Ich bin sicher, daß Lisa das alles sehr kalt und berechnend finden würde, aber so bin ich nun einmal. Lisa sagt, sie hält nichts davon, das Leben zu planen, man läßt einfach alles geschehen und wartet ab, was kommt.

Alex sah schon als winziges Baby irgendwie chinesisch aus, aber wir brauchten endlos, ehe wir es kapierten, und er war schon elf Monate alt, ehe der Groschen fiel und uns klar wurde, daß, um es offen zu sagen, Melvyn nicht der Vater war.

Es war ein ziemlicher Schlag, besonders für unsere arme Mutter. Sie war tagelang sehr still, und ich muß zugeben, daß sie Alex seitdem gar nicht mehr so sehr mochte, ihn jedenfalls nicht so vergötterte wie die anderen.

Der Vater war jemand, den Lisa in London kennengelernt hatte. Er stammte übrigens aus Thailand, nicht aus China. Aber eigentlich war die Geschichte schon vorbei,

noch bevor Alex zur Welt kam, und sie hat ihn nie wieder-
gesehen.

Melvyn nahm alles sehr gut auf. Ich glaube, er muß es
schon vor uns gewußt haben. Melvyn war überhaupt von
Anfang an sehr gut zu Lisa, und nichts, was passiert ist, war
im geringsten seine Schuld. Wenige Männer hätten sich so
um die Kinder gekümmert, wie er das von Beginn an tat,
weil Lisa so oft weg oder mit ihren eigenen Angelegenhei-
ten beschäftigt war. In Wahrheit war es auch besser für die
Kinder. Nicht, daß Lisa eine schlechte Mutter gewesen wäre,
ich meine, sie wird nicht besonders schnell ungeduldig oder
ärgerlich, sie kümmert sich einfach nicht viel um sie. Sie
sagt, das Schlimmste sei zu große Fürsorglichkeit, und Mutter sei immer überfürsorglich mit ihr umgegangen.

Bella Sims wußte einige recht üble Dinge über sie zu
sagen. Doch bald darauf verkaufte sie die Galerie und zog
wieder nach London, und wir sahen sie nie wieder. Das hier
war offenbar die falsche Sorte Provinzstadt; hier würde man
mit Kunst nie ein lebensfähiges Geschäft in Gang bringen
können.

Nachdem Alex geboren war, wurde es schlimmer. Lisa
fuhr immer öfter weg. Manchmal waren die Kinder tagelang bei uns, oder aber Melvyn kam vorbei, ziemlich am
Ende seiner Kräfte, und fragte, ob wir ihm nicht helfen
könnten, Lisa sei in London, um bei einer Galerie vorzu-
sprechen, die vielleicht ihre Sachen ausstellen würde, oder
sie sei nach Wales gefahren, um eine Frau zu besuchen, die
phantastische Keramiken machte.

Als Francesca davonlief und einen ganzen Tag lang verschwunden blieb und die Polizei sie schließlich fand und
herauskam, daß Lisa irgendwo mit Ravi, ihrem indischen
Freund, gewesen war, spitzten sich die Dinge einigermaßen
zu. Lisa und Melvyn hatten Krach, und Lisa brachte sämtliche Kinder spätnachts in ihren Pyjamas zu mir herüber und

sagte, sie sei so aufgeregt über das alles, daß sie ein paar Tage allein verreisen und über das alles nachdenken müsse. Jim hatte die Grippe, und ich hatte sie eben erst überstanden, deshalb wurde ich ein bißchen scharf mit ihr. Ich fragte, ob nicht Melvyn sie übernehmen könnte, und sie sagte, nein, Melvyn müsse den ganzen nächsten Tag unterrichten, was vermutlich sogar stimmte. Und überhaupt, sagte sie, sind es meine Kinder, ich bin für sie verantwortlich. Ich muß mit mir ins reine kommen, was zu unternehmen ist. Sie trug etwas Langes, Rotblaues aus einem handbedruckten Stoff und eine Masse silberner Armreifen und sah erschöpft aus und zugleich irgendwie sehr dramatisch. Die Kinder heulten alle.

Also übernahm ich sie natürlich, und sie war ungefähr eine Woche weg. Während sie weg war, besprachen wir die Sache, Jim und ich. Jim sagte (was er noch nie getan hatte), er fände, Lisa sollte sich ein bißchen zusammenreißen, und ich mußte ihm beipflichten. Es war leichter, solange sie nicht da war. Irgendwie hat man, wenn sie da ist, immer das Gefühl, man könne von ihr nicht dasselbe verlangen wie von anderen Leuten. Es setzt mir immer zu, wenn ich sehe, wie Lisa mal den Boden scheuert oder Windeln wäscht oder sonst etwas, was ich jeden Tag tue. Irgendwie ist das bei ihr etwas anderes.

Mutter sprach auch mit Melvyn, der vorbeigekommen war, um festzustellen, wo die Kinder waren. Mutter war ganz Mitgefühl, sie weiß, was es heißt, mit Lisa zu leben. Wir alle wissen es. Sie sagte zu Melvyn, natürlich hätte sich Lisa verantwortungslos und töricht benommen, das könne keiner leugnen. Als Lisa noch klein und manchmal besonders eigensinnig und lästig gewesen sei, sagte Mutter mit einem aufmunternden kleinen Lachen, hätte sie ihr manchmal um ein Haar einen tüchtigen Klaps gegeben. Aber da, sagte sie, sei ihr gewöhnlich noch rechtzeitig eingefallen, daß solche Menschen nur bis zu einem gewissen Punkt für ihr Verhalten verantwortlich sind. Man kann nicht das gleiche von ihnen erwarten wie von allen anderen.

Ich weiß nicht, was Melvyn darüber dachte, gesagt hat er es nicht. Nach der Scheidung hat er dann Sylvie Fletcher geheiratet, die in der Bibliothek arbeitet. Ich war mit ihr in der Schule, und sie ist sehr nett, aber ganz und gar Durchschnitt. Mutter sagt immer, es muß ihm doch wie ein Abstieg vorkommen, nach Lisa. Jetzt haben sie einen kleinen Jungen, und Melvyn gibt sich größte Mühe, Francesca und Jason (und auch Alex) zu besuchen, so oft er kann. Es bedeutet wirklich große Mühe, weil er dazu nach London fahren und herauskriegen muß, wohin Lisa gerade wieder gezogen ist, außer die Kinder sind sowieso bei uns oder bei Mutter.

Mutter und ich haben auch miteinander gesprochen. Ich bin zu ihr gegangen und fand sie in Lisas Atelier, wo sie vor diesem großen Ding stand, das Lisa mal gemacht hat. Es besteht teils aus dick aufgeklatschter Ölfarbe und teils aus daraufgepapptem und dann übermaltem Stoff, und in der oberen Ecke war ein auf der Seite liegendes Foto des Herzogs von Edinburgh aus einer Zeitschrift unter einer Lackschicht. Ich glaube, es sollte witzig sein oder sarkastisch oder so. Wir standen beide eine Weile davor, und Mutter sagte: »Es ist natürlich sehr gut, oder?«

Ich sagte, ich wüßte es ehrlich nicht.

Wir fühlten uns beide etwas verlegen da im Atelier. Lisa war immer sehr heikel mit ihrer Privatsphäre. Sie sagt, was absolut niemand darf, ist ins Leben anderer eindringen, sie ist unbedingt dafür, daß alle Leute unabhängig sind und ihre individuellen Rechte haben. Darum haben Mutter und ich nur kurz saubergemacht, weil der Staub Mutter gestört hat, und dann gingen wir hinunter und tranken eine Tasse Tee und schwatzten. Mutter sprach über das Buch von Augustus

John, das sie gelesen hatte. Sie interessiert sich sehr für die Biographien berühmter Dichter und Künstler und solcher Leute. Sie sagte, was für eine faszinierende Persönlichkeit er gewesen sein muß, natürlich benahm er sich schlecht gegenüber anderen, seiner Ehefrau und all den übrigen Frauen, aber es muß trotzdem wundervoll aufregend gewesen sein, das Leben mit so jemand. Man sah, daß sie dabei halb und halb an Lisa dachte. Ich wurde ein bißchen patzig, weil mich die Kinder so fertigmachten, und sagte, Lisa ist nicht Augustus John, oder? Eigentlich wissen wir doch gar nicht, nicht wahr, ob sie überhaupt gut ist oder nicht.

Es entstand ein Schweigen. Wir sahen uns an. Dann schaute Mutter weg und sagte: »Nein, das wissen wir nicht. Aber es könnte doch sein, oder? Und es wäre doch schrecklich, wenn sie es wäre und keiner hätte sie verstanden und ihr geholfen.«

Lisa kam die Kinder erst holen, als sie eine Wohnung gefunden hatte. Sie hatte sich die Haare schneiden lassen, und was davon noch übrig war, gab ihr das Aussehen eines kleinen Jungen – alles glatt zum Hinterkopf gekämmt. Sie sah aus wie ungefähr sechzehn. Lisa ist, das sollte ich dazusagen, sehr klein und mager. Alle Leute bieten sich immer gleich an, ihr die Koffer zu tragen, und wenn man sie etwas tun sieht, was Anstrengung erfordert, nimmt man es ihr automatisch ab, weil man das Gefühl hat, sie schafft es nicht, jedenfalls bekommt man beim Zuschauen ein schlechtes Gewissen.

Sie sagte, ihre Frisur sei symbolisch, denn sie finge jetzt ganz neu an und löse sich von der Atmosphäre, die sie bisher eingeengt habe (ich nehme an, sie meinte den armen Melvyn), und jetzt würde wirklich alles gut, denn Ravis Vater sei ein reicher indischer Geschäftsmann und würde eine kleine Galerie in Islington kaufen, die Ravi führen würde, und sie arbeite hektisch daran, genügend Objekte für eine Ausstellung zusammenzubringen.

Die Galerie hielt sich nicht lange, weil laufend Geld zugebuttert werden mußte, und nach einer Weile sagte Ravis Vater, der ein ganz gewöhnlicher Geschäftsmann und keineswegs so einfühlsam und kunstinteressiert war, wie Lisa gedacht hatte, daß er verkaufen würde, um weitere Verluste zu vermeiden. Zu der Zeit lebten Ravi und Lisa gar nicht mehr zusammen, weil Lisa klargeworden war, daß an ihrer Kunst nur deswegen immer noch etwas fehlte, weil sie immer in Großstädten gelebt hatte, und im Grunde müsse sie sich, um sich angemessen zu verwirklichen, in die Einsamkeit zurückziehen und ein einfaches, arbeitsames Leben führen. Sie war der Ansicht, eigentlich sei Keramik das richtige Medium für sie, wenn sie erst genug gespart hätte für eine Drehscheibe und das alles.

Mutter half ihr finanziell aus, und Lisa brachte die Kinder hinunter nach Somerset. Da lebte ein Mann, den sie kannte, jemand sehr Reiches, der ein großes altes Haus hatte, eine Art Kommune für Künstler und für Gruppen von jungen Leuten, die die Natur und die Umwelt studieren wollten. Wir sind einmal hingefahren, als Lisa wollte, daß wir Alex für ein Weilchen zu uns nähmen, weil er kränkelte und sie es ein bißchen anstrengend fand, ihn zu versorgen. Umwelt war wirklich viel da, das Haus lag meilenweit entfernt von allem und jedem bis auf das Dorf, und das war auch nicht groß, so daß es mehr Künstler als normale Dorfbewohner zu geben schien. Es war ein heißer Sommer, und Lisa und die übrigen liefen so gut wie ohne Kleider herum, es war mehr wie Südfrankreich als wie Westsomerset, und ich hatte den Eindruck, daß es einigen älteren Dorfbewohnern gar nicht so gefiel. An einem Wochenende gab es ein Popfestival im Freien, das Tag und Nacht weiterging, und der Mann, dem das Anwesen gehörte, hatte den Künstlern die Kirche als Ausstellungsraum zur Verfügung gestellt. Es war eine kleine graue Steinkirche mit altem Schnitzwerk, und sie sah sehr sonderbar aus mit den riesigen, heftigbunten Gemälden und eigenartigen Skulpturen im Inneren. Lisa sagte, es täte den Leuten wahnsinnig gut, mal mit dem heutigen Leben konfrontiert zu werden, sie seien hier so von allem abgeschnitten, und der visuelle Schock würde sie vielleicht echt aufrütteln.

Zu guter Letzt fühlte sich Lisa selber auch ein bißchen abgeschnitten, außerdem hatte es Krach mit den Leuten vom Jugendamt gegeben, den Lisa als lächerlichen Blödsinn bezeichnete, und überhaupt sei es nur eine drollige Angewohnheit von Francesca, manchmal davonzulaufen, und es sei im Grunde doch gut, daß sie sich frei und ungehemmt fühle, die meisten Menschen erdrückten ihre Kinder so. Francesca war mittlerweile sechs und Jason fünf. Jason stotterte stark, das tut er immer noch, manchmal scheint er stundenlang kein Wort herausbringen zu können.

Lisa kam dann für ein Weilchen nach Hause zu Mutter, weil die Mieten in London so irrwitzig sind, und dort hätte sie eine Stelle annehmen müssen, was natürlich nicht in Frage kam, wenn sie weiter töpfern und auch weben wollte, worauf sie jetzt ganz verrückt war. Und bei Mutter hatte sie ihr Atelier, das wäre sicher eine gute Lösung, dachte sie, vorausgesetzt, sie verlor nicht den Kontakt zu anderen Menschen und fühlte sich nicht zu sehr isoliert.

Jim und ich hatten Alex mittlerweile mehr oder weniger bei uns, wir haben ihn sehr gern, und er könnte ebensogut auch unser Kind sein. Gut ist auch, daß Jim als Mensch ist, wie er ist. Lisa findet ihn langweilig, ich weiß, aber das ist ihre Meinung, und je älter ich werde, desto weniger sicher bin ich, daß sie in allem recht hat.

Einmal bin ich vor Mutter explodiert, indirekt wohl auch wegen Lisa. Die war mal wieder nach London gefahren, um

Kontakte zu pflegen, und da war in der Schule diese Geschichte mit Francesca gewesen (manchmal stiehlt sie, es ist sehr peinlich, und sie soll zu einem Jugendpsychologen), und ich mußte mich um alles kümmern. Ich hatte es einigermaßen satt, weil ich merkte, daß ich mit Alex und so vielen Pflichten nicht Ende des Jahres wieder arbeiten könnte, wie ich es geplant hatte. Vielleicht sollte man es machen wie Lisa und überhaupt nicht planen. Jedenfalls erzählte mir Mutter von der Biographie von Dylan Thomas, die sie gelesen hatte, und was für ein überaus exzentrischer Mensch er gewesen sei und wie faszinierend es gewesen sein mußte, ihn zu kennen. Ich hatte das Buch übrigens auch gelesen, und ich persönlich sehe nicht ein, warum man nicht auch gute Gedichte schreiben kann, ohne andauernd Leute anzupumpen und Lügen zu verbreiten.

Als ich noch im College war, hat einer der Tutoren einen prominenten Dichter dazu gebracht, zu uns zu kommen und einen Vortrag zu halten. Er hatte eine Brille mit dicken Gläsern und einen ziemlich altmodischen Anzug, er hätte ohne weiteres jemandes Vater oder ein Bankangestellter sein können. Er war sehr freundlich und redete nachher im Gemeinschaftsraum mit uns und war zu keinem unhöflich. Ich habe Mutter später davon erzählt, und sie hat gesagt, so gut war er vielleicht gar nicht, ich meine als Dichter.

Und als sie so über Dylan Thomas daherredete, platzte mir der Kragen. Ich sagte, nein, ich schrie: »T. S. Eliot hat in einem Büro gearbeitet, und Gustav Holst war ein verdammter Schullehrer!«

Mutter schaute ganz erschreckt. Sie sagte: »Wer?« Für Musiker interessiert sie sich weniger.

Ich sagte mürrisch: »Ach, laß nur. Es gibt eben mehr als eine Art, an die Dinge heranzugehen.« Und dann fingen die Kinder an sich zu kabbeln, und wir wurden abgelenkt, und das Thema ist nie wieder aufgetaucht.

Lisa teilte sich mit einer Freundin eine Wohnung in London. Sie mußte ständig dort sein, weil es da diesen Bekannten gab, der davon sprach, einen Kunstgewerbeladen für Weber und Töpfer zu eröffnen, ein phantastischer neuer Plan, und sie an Ort und Stelle sein mußte, wenn es losging. Es war schwierig, die Kinder dorthin mitzunehmen, daher blieb Francesca bei Mutter, und die zwei Kleinen blieben bei uns. Francesca gewöhnte sich gut ein in der Schule und fing an, sich viel besser zu benehmen, und Jasons Stottern besserte sich, und dann tauchte Lisa plötzlich wieder auf, braun wie eine Kastanie, das Haar wieder lang und jetzt mit Henna gefärbt, und erzählte, sie hätte in Marokko diese unglaublichen Amerikaner kennengelernt, die ein Atelier hatten, und dort würde sie jetzt arbeiten und diese wundervolle neue Emailliertechnik lernen. Das hätte sie von Anfang an tun sollen, sagte sie, wenn sie nur davon gewußt hätte. Statt mit Töpfen und Stoffen herumzumurksen. Die Kinder nähme sie mit, sagte sie, weil sie noch ganz verblödeten, wenn sie in einer englischen Provinzstadt aufwüchsen, und dort draußen sei es schön und billig.

Sie nahm auch Alex mit, aber nach sechs Monaten schickte sie ihn plötzlich wieder zurück, in Begleitung einer sehr sonderbaren deutschen Freundin von ihr. Wir mußten ihn in Heathrow in Empfang nehmen. Anscheinend machte er dauernd ins Bett, und obwohl Lisa bei so was nicht besonders etepetete ist, sagte sie, sie habe das Gefühl, er sei nicht recht anpassungsfähig.

Und so geht es weiter. Nach ein paar Jahren kam sie zurück aus Marokko und blieb eine Weile in London, wo ihr ein ziemlich vermögender Holländer ein Haus in Fulham kaufte, und wir dachten, er würde sie heiraten. Sechs Monate lang ging Francesca in ein teures Internat, in dem ausschließlich auf französisch unterrichtet wurde, und dann ging der Holländer weg, und Lisa fand heraus, daß ihr Haus nur gemietet war und nicht gekauft, und so kam sie wieder ein bißchen heim, um sich alles zu überlegen, und Francesca ging in die Volksschule.

Und dann kam Wales mit dem polnischen Bildhauer, und dann die Dordogne mit den Tapisseriekünstlern, und dann wieder London und dann wieder ein Weilchen hier, und das Cottage in Sussex, das ihr jemand geliehen hatte …

Als sie das letzte Mal da war, sah sie sonderbar verknittert aus, wie ein Kleid, das man ins Schubfach gelegt hat, anstatt es richtig aufzuhängen, und mir wurde plötzlich klar, daß sie jetzt fast vierzig ist, die Lisa. Es paßt irgendwie nicht zu ihr, sie ist ein Mensch, der immer etwas vor sich hat und nichts hinter sich.

Mutter und ich haben neulich ihr Atelier ausgeräumt. Mutter hat das Gefühl, daß Francesca möglicherweise Talent hat, und in diesem Fall braucht sie es. Wir haben abgestaubt und poliert und den Schrank mit Lisas alten Gemälden und Collagen und alledem leergemacht. Sie sahen alle ziemlich schäbig aus, irgendwie verdorrt, nicht ganz so groß oder leuchtend, wie man sie in Erinnerung hatte. Mutter meinte zweifelnd: »Ich weiß nicht, ob sie sie wohl nach London geschickt haben will?« Und dann: »Natürlich ist es schade, daß sie ein so wirres Leben gehabt hat.«

Dieses »gehabt hat« fiel uns ein paar Sekunden lang nicht weiter auf. Nach einer Weile fing Mutter an, alles wieder in den Schrank zu räumen, sehr sorgfältig. Mutter ist jetzt über Siebzig, und das Bücken fällt ihr schwer. Ich überredete sie, sich hinzusetzen, und machte weiter. Da war noch eine Mappe mit Sachen, die Lisa in der Schule gemacht hat, wirklich hübsche Zeichnungen von Blumen und Blättern und ein Bleistiftporträt von einer Mitschülerin, an deren Namen weder Mutter noch ich uns erinnerten. Die tat Mutter beiseite. Sie dachte, sie könnte sie vielleicht rahmen lassen und in die Diele hängen. Als sie sie in die Höhe hielt, sagte sie: »Weißt du, bei ihrem Temperament konnte man ja nicht erwarten, daß sie ein ruhiges Leben führt, und sie war wenigstens immer frei und konnte sich selbst verwirklichen, und das ist das Wichtigste.«

Als ich nicht antwortete, sagte sie: »Nicht wahr, Liebes?« Und ich sagte: »Ja. Ja, ich denke schon, Mutter.«

Der Traum von schönen Frauen

Richard Swinton hörte die Einführungsrede des Vorsitzenden an. Sie war befriedigend schmeichelhaft. Er wartete, bis der Beifall abklang, trat ans Rednerpult und legte sich seine Papiere zurecht. Der Saal war voll bis auf den letzten Platz, wie er feststellte, eine Zuhörerschaft von achtzig bis hundert Personen füllte das getäfelte, teppichbelegte Innere eines der angenehmsten Vortragssäle Londons. Das war zu erwarten bei einem Brent-Caxton-Vortrag. Gehalten von ihm. Mehr Frauen als Männer. Sein Blick glitt über die Reihen der Gesichter, stachelhaarige Kunststudentinnen, Akademikerinnen, der intellektuelle Klüngel aus Galerien und Museen. Provozierendes schwarzes Leder, Accessoires in schicken Farben, sorgsam gewahrte Neutralität in Tweed und diskreten Mustern. Ach, Frauen waren so liebenswert durchschaubar, ob mit Kleidern oder ohne.

Er warf einen raschen Blick auf die Leinwand und das Mädchen, das die Dias betreute. Es wurde verdunkelt, und er begann zu sprechen. Es war sein Vortrag »Aktmalerei in der französischen Kunst des 19. Jahrhunderts«, für den heutigen Anlaß ein bißchen aufgepeppt, doch so vertraut wie ein alter Mantel.

Während des ersten Abschnitts gestattete er sich, die Zuhörer genauer zu mustern. Sein Auge schweifte über die Gesichter von Fremden und landete fast sofort – peng! – in der zweiten Reihe auf dem seiner dritten Geliebten.

Sie saß da, die Hände im Schoß gefaltet, den Blick ausdruckslos auf ihn gerichtet. Nein, nicht direkt auf ihn, sondern auf eine Stelle ungefähr zehn Zentimeter neben seinem linken Ohr. Sie trug ein fliederfarbenes Kostüm mit Seidenbluse und eine Perlenkette. Sie sah sehr gut aus, gesund, selbstsicher – älter natürlich, aber man sah ihr ihre – Moment, wie war das, einundfünfzig, nein, wohl eher dreiundfünfzig Jahre nicht an.

Er stockte, verlor für einen Augenblick den Faden, nahm ihn wieder auf, ehe jemand etwas gemerkt haben konnte, und klopfte mit dem Zeigestab für das erste Dia.

Valerie also. Aha. Vor langer Zeit, vor undenkbar langer Zeit hatten er und sie nackt am leeren Strand einer griechischen Insel gebadet. Er sah sie vor sich, zartrosa gegen den weißen Sand, wie sie verlangte, mit Ambre Solaire eingerieben zu werden. Noch immer besaß er, ratsamerweise versteckt zwischen alten Papieren, die seine Frau nie interessieren würden, ein Foto von ihr, wie sie in einem gelben Badeanzug auf einem Felsen saß, inzwischen schön gebräunt. Und eines von sich selber, das er recht gern hatte, auf dem das Blau seines Hemdes genau zu dem Büschel blauer Winden hinter seinem Kopf paßte. Die Augen in seinem tiefgebräunten Gesicht waren effektvoll gegen die Sonne zusammengekniffen – mit dreißig war man eben ohne Übertreibung ein gutaussehender Bursche.

Er hatte sich gut gehalten für seine fünfundfünfzig. Ein bißchen Bauchansatz (bei dem Gedanken daran zog er ihn ein), ein paar graue Haare, aber verglichen mit so manchen, die er nicht nennen wollte, noch durchaus ansehnlich.

Er wandte sich zur Leinwand, sprach über Konturen und Hauttöne, sein Zeigestab wanderte die Elfenbeinflanke von Ingres' ›Grande Odalisque‹ entlang, und ihm wurde bewußt, daß ihm die Körper der großen weiblichen Akte europäischer Kunst intimer vertraut waren als die einer wirklichen Frau. Beispielsweise konnte er sich nicht um die Welt recht an Valeries Schenkel oder Gesäß erinnern, konnte aber eine lückenlose Schilderung der Formen der ›Dame‹

von Ingres oder auch die der ›Venus‹ von Velasquez oder Rubens' ›Drei Grazien‹ und unzähliger anderer liefern. Gesichter waren etwas anderes. Er hätte jederzeit im Lauf der Jahre Valeries Gesicht heraufbeschwören können, vielleicht etwas verschwommen, doch im Wesentlichen genau. Der kurze Blick eben jetzt, für den Bruchteil einer Sekunde, hatte genügt, um sie zu erkennen. Wäre es nur ein Glied, ein Torso, eine Brust gewesen, die er sah, wäre er wahrscheinlich ungerührt vorbeigegangen.

Er war ihr in den letzten zwanzig Jahren nie mehr begegnet. Sie hatte einen Weinimporteur geheiratet, hatte er irgendwann gehört, hatte ein, zwei Kinder und schrieb gelegentlich Artikel über die feine Küche. Im Wartezimmer eines Zahnarztes war er einmal auf einen gestoßen.

Interessant, ja irgendwie rührend, daß Valerie in seinen Brent-Caxton-Vortrag ging.

Er erreichte den Schluß einer weiteren Manuskriptseite, hielt inne, stützte beide Ellbogen aufs Pult und begann zu improvisieren, eine der leichten, scherzhaften Abweichungen aus dem Stegreif, die immer so gut ankamen. Die zu ihm aufblickenden Gesichter waren in dem jetzt abgedunkelten Licht weniger deutlich, aber er sah doch die Zuhörer reagieren: hier und da ein Lächeln, die Miene von Menschen, die sich persönlich angesprochen fühlen. Er genoß es immer, dieses Gefühl, das Publikum im Griff zu haben. Ähnlich mußten Schauspieler bei einem gelungenen Auftritt empfinden. Er war immer ein guter Redner gewesen, für so etwas hatte er sich nie abmühen müssen. Es war, wie so vieles im Leben, eine Gottesgabe.

Er sah rasch hinüber zu Valerie – sie war aufmerksam, schaute aber auf die Leinwand und nicht auf ihn. Sein Blick wanderte weiter, mehr zur Mitte des Saales, und dort, gleich neben dem Mittelgang, saß seine erste Liebe, Susan.

Er blieb stecken. Die Worte fehlten ihm. Er verhaspelte

sich, hustete, schaffte einen lahmen Abschluß und flüchtete sich zurück zur Sicherheit seines Manuskripttextes. Großer Gott, was für ein bizarrer, ja eigentlich amüsanter Zufall!

Susan mit den langen, blonden Haaren, mit der er zum ersten Mal unerschrocken den Gipfel erreicht hatte, in kalten, stickigen Collegeschlafräumen und später in drittklassigen *pensions* in Paris und Avignon. Wie eng doch seine erste erotische Erfahrung mit dem Kennenlernen Europas verknüpft war. Bei Frankreich dachte er immer noch an Susan. Und nun war sie hier, das Flachshaar nicht mehr so hell, auch nicht mehr lang, sondern kurz geschnitten und von recht attraktiver Kornfarbe. Er schaute erneut zu ihr hinunter und begegnete, wie er meinte, ihrem Blick, sah hastig wieder auf die Leinwand, wo sein Zeigestab gerade ›Le bain turc‹ heraufbeschworen hatte. O ja, es war tatsächlich Susan, obwohl jetzt so verändert.

Er begann über das Bild zu sprechen. Dieses wogende weibliche Fleisch, das sich da darbot, schien plötzlich geradezu pornographisch. Es war ihm fast peinlich, hier auf eine Brust, dort auf eine Achselhöhle zu deuten. Er kürzte die ausführliche Erörterung des zweideutigen Bildes ab und ging zur nächsten Seite über.

Susan trug eine Art Hemdkleid. Sie sah so gesund aus wie schon mit neunzehn, nur auf reifere Art gesund, aber noch immer mit der gewissen Aura von Vollkorn und Hüttenkäse, die ihn damals gefesselt hatte, als faszinierender Gegensatz zu glänzendem Lippenstift und dunkel umranteten Augen, wie sie damals Mode waren. Ein anschmiegsames, gefügiges Mädchen, eines, an das er oft mit Bedauern zurückgedacht hatte, wenn er es mit schwierigeren Frauen zu tun gehabt hatte. Ein entzückendes Geschöpf. Und jetzt plötzlich hier! Sie malte natürlich immer noch, hatte hin und wieder Ausstellungen in kleinen Provinzgalerien. Irgendwann, vor ungefähr fünfzehn Jahren, hatte er sie auf einer Ausstellung im Burlington House getroffen und sie mit seiner Frau bekannt gemacht, die an diesem Abend ziemlich viele Fragen stellte. Susans Anwesenheit heute war eigentlich, wenn man es recht bedachte, nicht so überraschend. Schließlich war sie Malerin. Und doch, sie hätte nicht zu kommen brauchen. Rührend, wieder mal. Er war jetzt doch recht froh, daß Elizabeth es vorgezogen hatte, zu Hause zu bleiben mit der Begründung, sie hätte den Vortrag schon mehrmals gehört und langweile sich immer so bei den anschließenden Empfängen mit ihrem Gedränge. Sie hätte wohl noch mehr Fragen gestellt. Elizabeth hatte ein untrügliches Gedächtnis für Gesichter.

Mit wiedergewonnenem Selbstvertrauen riskierte Richard eine weitere Abschweifung vom Manuskript, indem er das Publikum länger als gewöhnlich aufforderte, den kühlen Blick von Manets Olympia zu beachten.

»Widerspricht er nicht allem übrigen an ihr? Dieser berechnende, dieser bourgeoise Blick – unterhalb davon erwartet man doch ein schwarzes Wollkleid und nicht Nacktheit. Ihr Körper ist verlockend, ihre Miene abweisend.«

Er glaubte zu sehen, wie Susan nachdenklich den Kopf auf die Seite legte, und hätte fast gelächelt. So hatte sie sich immer seine jugendlichen Auslassungen angehört, im Louvre, im Jeu de Paume.

Bestimmt hatte sie seine Karriere verfolgt, die Ernennungen, die Veröffentlichungen, den Vorsitz bei diesem und jenem, den Orden. Valerie auch – und noch eine ganze Menge andere. Eine wohlwollende Beobachtung, durfte er wohl annehmen, hatte es doch nie ein bitteres Ende gegeben, immer nur ein Weitergehen, obwohl vielleicht er es war, der für gewöhnlich als erster weiterging. Er konnte sich jetzt wirklich nicht mehr erinnern. Nur noch an die Anfänge, an die Augenblicke, in denen das Interesse für eine andere Frau reif wurde, in denen einem zum ersten Mal das Bewußtsein zu Kopf stieg, daß es endlos viele von ihnen gab, daß es war, als sei man in einem Erdbeerbeet losgelassen. So war es ihm vorgekommen – mit zwanzig. Und ehrlich gesagt, hatte dieses berauschende Gefühl unbegrenzter Möglichkeiten ihn nie verlassen. Eine belebte Straße hinunterzugehen oder einen Raum wie diesen zu betreten war immer noch Anlaß, die wunderbare Vielfalt der Frauen anerkennend zu mustern, ganz objektiv, nicht einmal sexuell interessiert, nur einfach voller Bewunderung für diese Fülle an Gesichtern und Formen. An Menschen. Ich mag Frauen gern, dachte er. Ich kann mit ihnen umgehen. Und sie mögen mich. Ganz abgesehen vom Sex. Natürlich hatte er zu gegebener Zeit angefangen, sich Stabilität zu wünschen, und Elizabeth war aufgetaucht, aber auch dann noch …

Valerie bewegte sich, schlug die Beine übereinander, zupfte an ihrem Rock. Susan schaute nach unten, er sah ihr Gesicht nicht mehr. Was diese beiden wohl dachten? Er empfand Nachsicht und wurde ein bißchen sentimental. Und amüsiert. Was für eine absurde Situation, und wie schade, daß er sie mit niemandem teilen konnte.

Er war jetzt bei Renoir angelangt, die Leinwand war angefüllt mit dem leuchtenden, fruchtigen Fleisch der ›Baigneuses‹, der ganze Raum schien durchflutet von Farben. Er ließ sie nacheinander in Erscheinung treten, diese dunkeläugigen, willfährigen Mädchen mit den betonten Brustwarzen. Er selbst, gestand er den Hörern, hätte gewisse Vorbehalte, man bewundere zwar die Sinnlichkeit dieser fließenden Linien, fühle sich aber letzten Ende doch irgendwie übersättigt. Und doch, sehen Sie da … sein Zeigestab deutete hier auf einen Rücken, dort auf einen Busen. Eine nach der anderen präsentierten sie sich, ein Spiel üppigen Lichtes auf einer Leinwand.

»In mancher Hinsicht«, sagte Richard, »kommen mir diese Frauen nicht real vor, es sind idealisierte Wesen, Manifestationen der Phantasie des Malers. Um es ketzerisch zu sagen: sehr weit ist es nicht mehr bis zum Playboy.«

Er klopfte mit dem Zeigestab, um die Huris des Renoir zu entlassen, wandte sich zum Publikum und erblickte in diesem Augenblick Elaine, die Geliebte seiner reiferen Jahre, in der hintersten Reihe.

Nein, unmöglich. Er schaute noch einmal hin und lehnte sich dabei leicht nach vorn. Aber ja, sie war es. Selbst aus dieser Entfernung war sie unverwechselbar. Der Schlag saß, der Zeigestab fiel ihm aus der Hand. Der Vorsitzende sprang auf, um ihn aufzuheben, Richard bückte sich gleichzeitig. In dem entstehenden Durcheinander gelang es ihm, den Ausdruck unverhohlenen Schreckens aus seinem Gesicht zu löschen. Gott sei Dank, daß Elizabeth nicht mitgekommen war, sie und Elaine hatten eine gewisse Zeit koexistiert, und es hatte Probleme gegeben. Doch kaum war der Schreck aufflackernder Erleichterung gewichen, da krampften sich ihm die Eingeweide in einer fürchterlichen Welle des Zweifels zusammen. Was ging hier eigentlich vor? Valerie, Susan, und jetzt noch Elaine, die in Lebensgröße dasaß, jung und schön, nur mit anderer Frisur und einer modischen Brille.

Es fiel ihm schwer fortzufahren. Er verlor den Faden, stotterte, improvisierte, fand zum Thema zurück. Die Zuhörer wurden unruhig, seine Verlegenheit übertrug sich auf sie. Das war mehr als nur ein Zufall. Es *mußte* mehr sein als nur ein Zufall. Aber wie war das möglich? Sie kannten sich doch gar nicht. Wo sollten sie sich denn begegnet sein? Natürlich wußten sie andeutungsweise voneinander … Natürlich ließ man vor dem derzeitigen Mädchen dies und das über andere fallen, so etwas erregt bei Frauen einen angenehmen Kitzel, und überhaupt war es nur natürlich, von der Vergangenheit in all ihren Facetten zu sprechen, man wollte ja nicht als Eunuch gelten – das hätte weder gestimmt noch irgendeinen Reiz gehabt. Man erzählte also ein bißchen, manchmal auch etwas ausführlicher.

Aber es war doch unvorstellbar, daß sie alle … Es wäre einfach absurd zu glauben, daß sie … Oder etwa nicht?

Er kämpfte sich weiter durch seinen Vortrag. Irgendwie fielen ihm die Worte wieder ein. Die Gedanken kochten in seinem Kopf. Sie hatten das irgendwie geplant, sich zusammengetan, über ihn gelacht. Was für eine typisch weibliche Idee. Wie Schulmädchen, die sich einen Streich ausdenken. Kinder, wir jagen Richard jetzt den Schreck seines Lebens ein. Und amüsieren uns köstlich. Es war so … so kindisch, man sollte es einfach ignorieren … nur daß man es nicht ignorieren konnte, wenn man hier oben festsaß und sie einen von unten anglotzten. Und … großer Gott, waren womöglich noch mehr da? Einen hysterischen Moment lang glaubte er, mit jeder Frau unter den Zuhörern im Bett gewesen zu sein. Er verstummte und trank einen Schluck Wasser. Er gestattete sich eine lange Pause, er prüfte die Gesichter vor ihm, die deutlichen und die undeutlichen. Bitte, lieber Gott, keine weiteren.

Es gab keine weiteren. Das waren alle. Und sie genügten vollkommen. Ihm war der kalte Schweiß ausgebrochen. Er mußte das Taschentuch herausziehen und sich die Stirn wischen. Er merkte, daß der Vorsitzende ihn besorgt musterte. Grimmig zwang er sich, im Vortrag fortzufahren, vom Text wieder zur Leinwand zu wechseln, von Valeurs und Komposition zu sprechen. Er behandelte Körper für Körper, endlos, wie es schien, mit allen Kurven und Grübchen und Schatten, den strategisch plazierten Stoffetzen und verbergenden Händen, den sorgsam arrangierten Gliedern und den unergründlichen Gesichtern.

Er sah nicht wieder zu Valerie hin. Auch zu Susan nicht.

Auch zu Elaine nicht. Er spürte ihre Blicke auf sich lasten wie … grob ausgedrückt, wie die einer Schar Harpyien. Was sie vorhatten, war ganz klar: nachher auf ihn niederzustoßen, auf dem verfluchten Empfang, dem er unmöglich entkommen konnte. Wo ihm ein Glas in die Hand gedrückt und dann das Publikum auf ihn losgelassen würde, das nun auch noch den restlichen Gegenwert für sein Geld in Form von Alkohol und Konversation haben wollte. Und dann würden Valerie, Susan und Elaine sich um ihn versammeln, über das ganze Gesicht grinsend, und sich an seiner Bloßstellung weiden, an der zur Strecke gebrachten Beute. Was für ein Genuß für sie, was für ein Spaß, sich später gegenseitig anzurufen und darüber zu lachen!

Ein paar Sekunden lang erwog er ernsthaft, Übelkeit vorzutäuschen, seine Papiere wegzulegen, sich mit der Hand an den Kopf zu greifen und sich vom Podium herab und in ein Taxi führen zu lassen. Heimzufahren zu einer liebevollen und fürsorglichen Elizabeth, die einen Riesenwirbel um ihn machen, ihn mit Aspirin und Wärmflasche ins Bett stecken würde, wo er sofort einschlafen und die ganze unerfreuliche Geschichte vergessen konnte.

Nein, unmöglich. Den Mut hatte er nicht. Und außerdem – er versuchte, sich zusammenzunehmen –, was konnten sie ihm schon antun? Niemand sonst hatte eine Ahnung von der Beziehung – nur er und sie wußten Bescheid. Nein, es war lächerlich. Er spielte ihnen ja in die Hände, wenn er sich in einen solchen Zustand bringen ließ. Er mußte es einfach nur durchstehen, so tun, als ließe es ihn kalt, erstaunt und freundlich tun, wenn sie – wenn eine von ihnen – an ihn herantrat.

Er absolvierte den letzten Abschnitt seines Vortrags, das rosige, wollüstige Mädchen, das sich auf einer Couch hinter seinem Kopf räkelte, erlosch, es wurde wieder hell, er nahm den Applaus entgegen und wurde vom Vorsitzenden die

Stufen des Podiums hinuntergeleitet, aus der Tür und in den Hörsaal, wo Serviererinnen mit Tabletts voller Gläser standen. Die Zuhörer strömten hinter ihm her, der Raum füllte sich, seine Aufmerksamkeit wurde in Anspruch genommen – »Roten oder Weißen, Sir?« – »Darf ich Ihnen unseren Rektor vorstellen?« – »Professor Swinton, Sie kennen mich nicht, aber ich muß Ihnen doch unbedingt sagen, wie anregend …«

Er sah sich verstohlen um. Nirgends eine Spur von ihnen. Dann sah er Valerie, die keine drei Meter entfernt angeregt plauderte. O Gott! Elizabeth hätte hiersein sollen, dachte er verstimmt, warum muß ich ganz allein mit solchen Sachen fertig werden? Elizabeth sollte hiersein und mir den Rücken stärken, mir helfen, mich diskret zu entschuldigen und zu absentieren. Seine Panik verwandelte sich kurz in Unmut – Elizabeth war nicht immer die Stütze, die sie sein sollte, saß einfach daheim mit einem Buch oder vorm Fernseher, während er hier so schikaniert wurde. Das war einfach nicht in Ordnung.

Eine Frau schwatzte wegen seines Buchs über Watteau auf ihn ein. Durch die Menge behielt er Valerie weiter im Auge, plötzlich drehte sie sich um, hob grüßend die Hand und unterhielt sich weiter. Was sie nur vorhatte? Eine Art Überfall zu einem ihr genehmen Zeitpunkt? Er sagte: »Entschuldigung!« zu der Frau mit dem Watteau und drängte sich durch zu Valerie.

»Hallo, Richard. Du warst aber schrecklich streng mit dem armen alten Renoir. Kennst du John Hailey?«

Ihr Begleiter wollte etwas sagen, Richard unterbrach ihn. »Ich hab dich schon drinnen gesehen. Warum bist du gekommen?«

Valerie lachte. »Na, hör mal! John hat mich mitgenommen. Bis eben hatte ich keine Ahnung, wer den Vortrag hält.«

Sie war so kühl wie nur etwas. Lachte dabei sicher innerlich über ihn. Kein Zweifel. Der Mann, wer immer es sein mochte, schien jedenfalls mit im Komplott.

Richard sagte: »Susan ist hier.«

»Susan?«

»Susan Marwood.«

»Entschuldige«, sagte Valerie, »ist das jemand, den ich kennen sollte?«

»Zu dem, was Sie eben über die Ingres-Restauration sagten«, begann der Mann, »auch ich habe immer das Gefühl, daß er ...«

Da entdeckte Richard Elaine, ihr unverwechselbares Profil am anderen Ende des Raums. Er wußte, jetzt mußte er schnell handeln. Wenn er einfach nur dumm dastand, während sie in Gang setzten, was immer sie planten, war er erledigt. Als erster handeln, darauf kam es an, und sie ins Unrecht setzen. Er wandte sich ab von Valerie und dem Mann und drängte sich durch zu Elaine. Jemand ergriff ihn am Arm und sagte: »Ach, Professor Swinton, ich hätte Sie zu gern gefragt, ob ...«

Er schüttelte sie ab. Elaine stand mit dem Rücken zu ihm, sie unterhielt sich mit einem Mann, den er flüchtig kannte – Walters, ja, der war es, der Kunstkritiker –, und einer Frau in Rot. Er drängte sich in die Gruppe und sagte: »Na, Elaine ...« mit kräftiger Mach-keinen-Unsinn-Stimme. Die Gestalt Elaines wandte ihm ihr Gesicht zu, das Gesicht einer Fremden.

»Ach, Richard«, sagte Walters, »wir verreißen hier gerade die Hayward-Ausstellung. Haben Sie sie schon gesehen?«

Die Person, die nicht Elaine war, starrte ihn an. Die Frau in Rot sagte: »Ach, Professor Swinton. Ich glaube, Sie kennen meinen Bruder, Tim Rogers. Erst neulich hat er von Ihnen gesprochen ...«

Richard wich zurück, trat jemand auf den Fuß, spürte, wie ihm jemand den Inhalt seines Glases über den Ärmel schüttete. Er murmelte etwas, verteilte gereizte Entschuldigungen. Blöde Person. Er hätte schwören können … Aus zehn Metern Entfernung war es heruntergerissen Elaine.

Der Raum war überfüllt. Er versuchte sich durchzukämpfen, lief einem Kollegen in die Arme, der ihn sofort mit jemandem bekannt machen wollte, blickte nach rechts und links in dem Versuch zu entkommen, und sah schließlich die Frau an, die ihm vorgestellt werden sollte, begann mit »Sehr erfreut, tut mir wahnsinnig leid, aber ich muß weg …«

Diese Frau war Susan.

Nur daß sie es eben doch nicht war. Sie trug Susans Hemdkleid und hatte Susans kornfarbenes Kurzhaar, dazu aber ein oberflächliches, unbekanntes Gesicht, eine aufreizend affektierte Stimme sagte, wie sehr sie sich immer gewünscht habe, ihn kennenzulernen, und wie sie sich freue, und sie wollte ihn immer schon fragen …

»Entschuldigung«, sagte er, »ich muß weg.« Er winkte, als sei ihm ein Zeichen gemacht worden, drehte sich um, schaffte es vorbei an einer anderen Gruppe und sah sich wieder blockiert. Der Lärm war fürchterlich, das überdrehte Insektengesumm einer Party; die Frauenstimmen überwogen und erzeugten diese Schrille, die einem die Ohren zerriß. Wohin er blickte, öffneten und schlossen sich Münder, zeigten Zähne und Zungen. Er stieß mit Ellbogen und Rücken und baumelnden Schultertaschen zusammen, während er versuchte, den Ausgang zu erreichen. Er drängte sich an aufdringlichen Schenkeln vorüber, verfing sich mit dem Arm an einem schwabbeligen Busen, roch den Badezimmergeruch von Körpern, die Mischung aus Schweiß und Parfum, und glaubte verrückt zu werden, wenn er noch eine Minute hier steckenblieb. Schließlich gelangte er auf freieren Raum. Und dort war wieder Valerie, jetzt allein, schlürfte ihren Drink und beobachtete ihn.

Sie sagte: »Du siehst aus, als wärst du wegen irgendwas ziemlich aus dem Häuschen.«

»Mir geht es ausgezeichnet.«

»Dann ist es ja gut«, sagte Valerie. Sie hob die Hand an den Mund und unterdrückte geschickt ein Gähnen. »Ich muß weg. John hab ich irgendwo verloren. Lustig, daß wir uns hier getroffen haben. Ich bin direkt erschrocken, als ich las, wer den Vortrag hält.«

Sie lächelte breit. »Ich habe ihn jedenfalls genossen. Hör mal, ist bei dir wirklich alles in Ordnung? Du siehst total geschlaucht aus.«

»Mir geht's prima«, sagte er kurz angebunden. »Und dir auch, hoffe ich.«

»Ausgezeichnet, danke, Richard.«

»Also dann gute Nacht.«

»Gute Nacht.«

Er stürmte hinaus auf die Straße. Nach einigen Metern merkte er, daß er seinen Regenmantel hatte hängenlassen. Er kehrte um. Eine Frau eilte in entgegengesetzter Richtung davon, ihr Umriß war ihm sofort gänzlich vertraut. Er stand auf dem Bürgersteig im Regen und starrte unsicher auf etwas, das aussah wie die fliehende Gestalt seiner Frau.

Der schwarze Hund

Eines Abends im Sommer kam John Case nach Hause und fand seine Frau zusammengekauert auf dem Sofa im Wohnzimmer, bei zugezogenen Vorhängen. Sie sagte, im Garten sei ein schwarzer Hund, der sie durchs Fenster anstarre. Ihr Ehemann stellte seine Aktentasche in der Diele ab und ging hinaus. Da war kein Hund. Eine Amsel flüchtete kreischend über den Rasen, und nebenan war jemand mit dem Rasenmäher zugange. Er konnte sich auch nicht vorstellen, wie ein Hund hätte in den Garten kommen können: der Zaun war zu beiden Seiten anderthalb Meter hoch, und am anderen Ende war eine Mauer. Er kehrte ins Haus zurück und machte das seiner Frau klar, die die Achseln zuckte und weiter in der Sofaecke blieb. Dort fand er sie auch am nächsten Abend, und am Wochenende weigerte sie sich, ins Freie zu gehen, saß die meiste Zeit nur da und behielt das Fenster im Auge.

Die Töchter kamen, erwachsene Mädchen mit Jobs bei Versicherungen, Schränken voll bunter Kleider und mit Hypotheken in Höhe von zwanzigtausend Pfund. Sie beobachteten Brenda Case und sagten, sie solle öfter ausgehen. Sie solle Abendkurse besuchen, sagten sie, dem Fitneßclub beitreten, einen Sprachkurs belegen, Polstern lernen, Joggen gehen, den Führerschein machen.

Brenda Case saß am Küchentisch und nickte. Sie war ganz einverstanden. Es wäre gut, sich für Neues zu interessieren. Jogging, Polstern, Französisch, ja, sagte sie, sie müsse sich zusammenreißen, es läge wirklich allein an ihr, da hätten sie ganz recht. Als sie fort waren, zog sie die Vorhänge im Wohnzimmer wieder zu, setzte sich aufs Sofa und sah blicklos in eine Zeitschrift, die sie ihr mitgebracht hatten. Die Zeitschrift war voller Rezepte, die ihre Töchter ihr geraten hatten auszuprobieren, es gab riesige, bunte Hochglanzfotos von Puddings mit alpiner Schlagsahnehaube, von dunkel-glänzenden Schmorgerichten und von Salaten, die der Palette eines Künstlers glichen. Die Zeitschrift hatte die Kosten jedes Rezepts ausgerechnet, ein Essen mit vier Gängen für sechs Personen kam auf vier Pfund pro Kopf. Außerdem enthielt sie Artikel mit Ratschlägen für den Abschluß einer Lebensversicherung, die Behandlung von Brustkrebs und zur Vervollkommnung der Liebestechnik.

John Case machte sich allmählich Sorgen um seine Frau. Sie war immer eine gute Hausfrau gewesen, jetzt gingen die Vorräte im Haus zu Ende. Als es eines Abends nur noch kaltes Fleisch und Käse zu essen gab, protestierte er. Sie sagte, sie habe nicht einkaufen gehen können, weil es den ganzen Tag geregnet hätte, und an regnerischen Tagen sei der Hund die ganze Zeit vor dem Haus und warte auf sie.

Die Töchter kamen wieder und sprachen sehr streng mit ihrer Mutter. In einem anderen Ton sprachen sie anschließend mit dem Vater allein, schlugen einen Urlaub in Portugal oder auf den Kanarischen Inseln vor, eine neue Sitzgruppe für das Wohnzimmer, einen Bisammantel.

John Case besprach das alles mit seiner Frau, ganz vernünftig, und zwar eines Abends, als er den Toyota in die Garage gefahren hatte, zur Haustür herumgegangen war und sie von innen verschlossen fand. Als Brenda öffnete, entschuldigte sie sich, der Hund sei heute im Vorgarten gewesen, sagte sie, und hätte mitten auf dem Weg gesessen.

Zunächst meinte er leichthin, man habe noch nie von Hunden gehört, die auf den Hinterbeinen gehen und Türen öffnen. Und überhaupt, fuhr er fort, gibt es gar keinen Hund. Überhaupt keinen Hund. Der Hund ist etwas, was du dir einbildest. Ich habe alle Nachbarn befragt, keiner hat einen großen schwarzen Hund gesehen. Keiner hier in der Gegend besitzt einen großen, schwarzen Hund. Nichts deutet auf einen Hund. Du mußt aufhören, ständig von diesem Hund zu reden, weil es ihn nicht gibt.

»Was ist denn los?« fragte er sanft. »Es muß doch irgendwas los sein. Würdest du gern verreisen? Sollen wir das Haus neu möblieren?«

Brenda Case hörte ihm zu. Er saß auf dem Sofa, mit dem Rücken zum Fenster. Sie hörte ihm sehr aufmerksam zu, und von Zeit zu Zeit irrten ihre Augen von seinem Gesicht ab und auf den Rasen draußen, in dessen Mitte der Hund saß, mit funkelnden Augen und aus dem Maul hängender Zunge. Sie sagte, sie könnten verreisen, wenn er wollte, und auch gern das Haus neu einrichten. Ihr Mann sprach von Reisebüros und Möbelhäusern, und zwischendurch stand er einmal auf und trat ans Fenster, um zu sehen, ob es neu gestrichen werden müßte. Der Hund blieb, wie Brenda sah, sitzen und starrte sie unverwandt an.

Sie reisten für zehn Tage nach Marrakesch. Es kamen Leute und strichen die Küche blaßgrün statt rosa an und tapezierten die Diele pergament- statt magnolienfarben. Der September wurde zum Oktober, und Brenda Case holte vom Speicher einen dicken, knorrigen Spazierstock, ein Überbleibsel von einer Tour nach Tirol vor vielen Jahren. Den nahm sie jedesmal mit, wenn sie aus dem Haus ging, was jetzt nicht mehr oft der Fall war. Auch im Haus war der Stock immer irgendwo in Reichweite – sein Ende ragte unter dem Sofa hervor, oder er war über ihre Sessellehne gehakt.

Die Töchter schüttelten die Köpfe über ihre Mutter, bauten sich in ihren modisch weiten Hosen und übergroßen, knallbunten Jacken vor ihr auf. Es ist unfair Dad gegenüber, sagten sie, siehst du das nicht ein? Man hat doch nur ein

Leben, sagten sie streng, und Brenda Case erwiderte, das sei ihr bewußt, wirklich. Also dann …, sagten die Töchter, die rechts und links von ihr standen, größer als sie, gescheiter, lauter, die immer sagten, was sie dachten, sofort zur Sache kamen und keinen Unsinn duldeten, sich mit Einkommensteuerrückzahlungen auskannten und alles Chaotische verachteten.

Wenn sie allein war, hielt Brenda Case immer Türen und Fenster geschlossen. Gelegentlich öffnete sie, wenn der Hund nicht da war, die oberen Fenster, um das Bad und die Schlafzimmer zu lüften, dann stand sie hinter den wehenden Vorhängen und sog die frische Luft in vollen Zügen ein. Im Parterre konnte sie das selbstverständlich nicht riskieren, denn bei dem Hund wußte man nie. Mal war er den ganzen Tag nicht da, dann hockte er plötzlich neben dem Zaun oder tauchte plötzlich aus dem Nichts auf und stand vor der Terrassentür. Dann zog sie resigniert die Vorhänge zu oder ging in ein anderes Zimmer und ertrug das Wissen um seine Anwesenheit jenseits der Mauer, nur wenige Meter entfernt. Wenn er da war, tat sie nichts, saß nur da und starrte vor sich hin, schweigend und geduldig. Wenn er weg war, ging sie im Haus herum, bereitete die Mahlzeiten vor, hörte ein bißchen Radio und holte sich manchmal die alten Fotoalben aus der untersten Schublade der Kommode im Wohnzimmer. In diesen Alben wandelten sich die Töchter langsam von Wickelkindern mit Affengesichtern und dünnem Flaum auf dem Kopf zu stämmigen Kleinkindern und später zu storchbeinigen Mädchen in gleichen Kittelschürzen. Sie spielten an Stränden in Cornwall oder posierten an ihrer Hand auf dem Rasen, dem gleichen Rasen, auf dem der Hund jetzt saß. Auf den Fotos sah sie lächelnd auf die beiden herab, und sie blickten zu ihr auf oder hielten ihr etwas hin, was sie anschauen sollte, eine Blume, eine Muschel. Auch ihr Mann war auf manchen Fotos, er schien damals kleiner als heute, mit einem sonderbar verletzlichen Ausdruck, als habe man ihn in einem intimen Augenblick überrascht. War sie selbst mit auf dem Foto, sah Brenda eine hübsche junge Frau, die ihr irgendwie bekannt vorkam, wie eine Verwandte, die man lange Jahre nicht mehr gesehen hat.

John Case wurde klar, daß sich durch Marrakesch und die Neumöblierung des Hauses nichts geändert hatte. Er versuchte den knorrigen Spazierstock auf den Speicher zurückzubringen, aber seine Frau holte ihn wieder herunter. Wenn er die Türen zur Terrasse öffnete, pflegte sie sie einfach wieder zu schließen, sobald er den Raum verlassen hatte. Manchmal sah er sie über seine Schulter in den Garten blicken mit einem Gesichtsausdruck, bei dem es ihn eisig überlief. Eines Tages fragte er sie, was der Hund ihrer Ansicht nach denn tun würde, sollte er eines Tages ins Haus gelangen, da schwieg sie kurz und sagte dann ganz ruhig, er würde sie wohl fressen.

Er sagte, er könne nicht verstehen, einfach nicht verstehen, was sie hätte. Es sei nicht so, sagte er, daß sie sich um irgend etwas Sorgen machen müßten. Er wies sie sanft darauf hin, daß es ihr an nichts fehle. Es ist doch nicht so, daß wir jeden Pfennig umdrehen müßten, wie früher einmal, sagte er.

»Als wir jung waren«, sagte Brenda Case. »Als die Kinder noch klein waren.«

»Genau. Jetzt ist doch alles anders, stimmt's?« Er zeigte auf den großen Farbfernseher, die Stereoanlage, den Mikrowellenherd, die Einbauküche, das Badezimmer mit separater Dusche. Er erinnerte sie an ihre private Krankenversicherung, an die Rentenversicherung, an die Aktien und Dividenden. Brenda gab zu, es sei jetzt anders, ganz entschieden anders.

Die Töchter kamen und brachten ihre Freunde mit,

selbstbewußte junge Männer mit guten Manieren und in sehr sauberen Hemden. Sie erzählten Brenda von ihrer Arbeit bei Firmen, die Computer und japanische Kameras verkauften, während die Mädchen mit John in den Garten gingen und mit ihm über ihre Mutter sprachen.

»Sie entwickelt wirklich eine Agoraphobie.«

»Sie glaubt, daß sie diesen schwarzen Hund sieht«, sagte John Case.

»Das wissen wir«, sagte die Ältere. »Aber das besagt offen gestanden gar nichts. Es ist schlicht ein Mechanismus. Ein Spielchen, wie es Kinder spielen. Man muß es an der Wurzel packen, das ist es.«

»Es ist dieses Alter«, sagte die Jüngere.

»Natürlich ist es das Alter«, schnaubte die Ältere. »Aber es liegt auch an ihrem Wesen. Sie war schon immer negativ veranlagt, aber das jetzt ist einfach lächerlich.«

»Negativ?« sagte John Case. Er versuchte sich seiner Frau zu erinnern, der verschiedenen Manifestationen seiner Frau – von denen er jetzt eine im Inneren des Hauses durch das Glas des Verandafensters sah und die zwischen zwei jungen Männern, die er kaum kannte, zu ihm heraus- schaute. Das Spiegelbild seiner Töchter, seiner drallen, blü- henden Töchter überlagerte das ihrer Mutter, so daß sie ihn durch das Kirschrot und Orange und Gelb ihrer Kleider anblickte.

»Ja, negativ. Hat sich immer Sorgen gemacht. Man muß positiv denken, sag' *ich* immer, aber für Mum ist das nichts, stimmt's?«

»Das würde ich nicht sagen«, begann er.

»Sie ist unmotiviert«, sagte die Jüngere. »Das ist das wirklich Schlimme. Kein Job, kein gar nichts. Das ist natür- lich auch ein Generationsproblem.«

»Ich bemühe mich …«, begann ihr Vater.

»Das wissen wir, Dad, das wissen wir. Der springende

Punkt ist: Sie braucht Hilfe. Damit wirst du allein nicht fertig. Sie muß jemanden konsultieren.«

»Keine Chance, daß wir Mum zu einer Therapie kriegen«, sagte die Jüngere.

»Dad kann sie doch einfach zu einem Allgemeinarzt fahren«, sagte die Ältere. »Dann ist erst einmal ein Anfang gemacht.«

Der Arzt, der neue Arzt – es gab ständig einen neuen Arzt –, war etwa im Alter ihrer Töchter, stellte Brenda Case fest. Früher einmal waren die Ärzte ältere Herren gewesen, väterlich und verläßlich. Dieser war jung und gutaussehend, so wie die Männer auf den Fotos in Modejournalen. Er saß da, sah sie sehr freundlich an, und sie erzählte ihm, was sie empfand. Soweit das möglich war.

Als sie geendet hatte, klopfte er mit einem Bleistift auf seinen Schreibtisch.

»Ja«, sagte er. »Ja, ich verstehe.« Und fuhr dann fort: »Es scheint demnach kein spezifisches Problem vorzuliegen, nicht wahr, Mrs. Case.«

Sie bejahte.

»Wie würden Sie selbst es denn definieren?«

Sie überlegte. Schließlich sagte sie, sie habe wahrscheinlich nichts, was nicht – nun ja, jede habe.

»Genau«, sagte der Doktor und schrieb etwas auf seinen Block. »Das ist eine vernünftige Ansicht. Ich gebe Ihnen mal … das hier … drei am Tag … Kommen Sie in zwei Wochen wieder.«

Hinterher bat John Case, den Arzt kurz sprechen zu können. Er erklärte, daß er sich Sorgen um seine Frau mache. Der Arzt nickte teilnehmend. John erzählte ihm kleinlaut von dem schwarzen Hund, der Arzt sah einen Augenblick nachdenklich aus und sagte dann: »Ihre Frau ist vierundfünfzig.«

John Case bejahte. Sie war tatsächlich vierundfünfzig.

»Genau«, sagte der Arzt. »Wir können also davon ausgehen, daß mit der Zeit und mit einigem Verständnis diese Schwierigkeiten … verschwinden werden. Ich habe ihr etwas gegeben«, sagte er zuversichtlich, und John Case lächelte beipflichtend. Dabei blieb es.

»Es wird vorbeigehen«, sagte John Case entschlossen zu seiner Frau. Er wußte zwar nicht ganz genau, was er damit meinte, war aber überzeugt, es sei ganz verkehrt, sich unentschlossen zu verhalten. Sie sah ihn ausdruckslos an.

Brenda Case schluckte jeden Tag die Pillen, die der Arzt ihr gegeben hatte. Sie glaubte an Medikamente und Doktoren, hatte immer gefunden, daß Aspirin gegen Kopfschmerzen half, und ging mit den Mädchen, als sie klein waren, oft zum Arzt. Sie wartete auf ein Wunder.

In den ersten paar Tagen schien es ihr tatsächlich, als ob der Hund etwas kleiner würde, aber nach einer Woche stellte sie fest, daß das nicht der Fall war. Sie nahm weiter die Pillen, und als sie nach vierzehn Tagen dem Arzt sagte, es sei alles unverändert, sagte er, so etwas dauere eben seine Zeit, und man müsse Geduld haben. Sie sah ihn an, diesen jungen Mann auf seinem Drehstuhl auf der anderen Seite eines überladenen Schreibtischs, und wußte, wenn da etwas zu machen war, dann nicht durch ihn oder durch kleine gelbe Pillen, die aussahen wie Bonbons für Kinder.

Die Töchter kamen kontrollieren und um zu warnen. Sie sagte, doch, sie sei wieder beim Arzt gewesen, und doch, sie fühle sich eigentlich mehr – mehr wie sie selbst. Sie zeigte ihnen die neue Nähmaschine mit den vielen Extras, die sie noch nicht benutzt hatte, und als sie wegfuhren, sah sie ihnen nach, wie sie über den vorderen Gartenweg zu ihren Wagen gingen, die Handtaschen schwenkend und einander etwas zurufend, und sah den Hund. Er wich ihnen aus und wedelte. Als sie fort waren, öffnete sie noch einmal die Tür, stand ein paar Minuten da und sah ihn an. Der Hund, keine

199

fünf Meter entfernt, erwiderte ihren Blick und rührte sich nicht.

Am nächsten Tag nahm sie den Einkaufswagen und machte sich zu den Geschäften auf. Als sie die Gartentür öffnete, sah sie den Hund aus dem Schatten des Zauns auftauchen, aber sie kehrte nicht um. Sie ging weiter die Straße hinunter, obwohl sie ihn in einigem Abstand hinter sich spürte. Sie unterhielt sich mit ein paar Nachbarn, machte ihre Einkäufe und kehrte ins Haus zurück. Der Hund war die ganze Zeit dabei, zwanzig Schritte hinter ihr. Als sie zur Vordertür ging, hörte sie seine Krallen auf dem Pflaster und mußte sich zusammennehmen, sich nicht umzudrehen. Beim Eintreten war sie in Schweiß gebadet und zitterte am ganzen Leibe. Als ihr Mann an diesem Abend heimkam, fand er sie in einer sonderbaren Stimmung, sie bat um ein Glas Sherry, und später schlug sie vor, eine Platte aufzulegen statt fernzusehen – die ›West Side Story‹, oder eine andere Show, die sie vor Jahren gesehen hatten.

Er war überrascht über den Wandel bei ihr. Sie fing an, täglich auszugehen, und obwohl sie abends oft ganz erschöpft schien, als sei sie auf Berge gestiegen und nicht nur Vorstadtstraßen entlanggegangen, war sie seltsam ruhig. Zugegeben, sie hatte auch vorher keinen aufgeregten Eindruck gemacht, doch ihre Ruhe war unnatürlich gewesen. Jetzt spürte er, daß das anders war. Wenn die Töchter anriefen, berichtete er ihnen vom Zustand ihrer Mutter und hörte sich ihre selbstgefälligen Kommentare an. Dieses Zeug wirkte eben, alle Ärzte verschrieben es heutzutage, sie hätten ja immer gewußt, daß Mum bald wieder okay sein würde.

Als er jedoch den Hörer auflegte und zu seiner Frau ins Wohnzimmer zurückkehrte, ertappte er sich dabei, daß er sie voller Unbehagen musterte. Sie war auf eine Weise angespannt und auf der Hut, die ihn beunruhigte. Später meinte er draußen etwas zu hören und ging nachschauen. Er bemerkte weder vor noch hinter dem Haus etwas, und seine Frau las weiter in einer Zeitschrift. Als er sich wieder setzte, sah sie mit einem schwachen Lächeln zu ihm herüber.

Es hatte damit angefangen, daß sie dem Hund in die Augen sah, in die gelben Augen. Dadurch hatte sie gelernt, daß sie ihn bremsen konnte, ihn daran hindern, sie ständig zu beschatten, ihn auf dem Trottoir oder dem Gartenweg einfach sitzen lassen konnte. Sie ließ wieder die Vordertür angelehnt, öffnete die Verandafenster. Sie konnte nicht sagen, was daraufhin passieren würde, wußte nur, es war unvermeidlich. Sie schwitzte oder zitterte nicht mehr, sie warf keinen Blick hinter sich, wenn sie draußen war, und wenn sie im Haus von einem Zimmer ins andere ging, summte sie vor sich hin.

Als John Case an einem Herbstabend heimkehrte, sah er beim Aussteigen aus dem Wagen Licht durch die offenstehende Haustür fallen. Er glaubte auch, seine Frau mit jemand reden zu hören. Als er jedoch in die Küche kam, war sie allein.

Er sagte: »Die Haustür war auf«, und sie erwiderte, sie müsse sie versehentlich offengelassen haben. Sie war mit einem Kochtopf auf dem Herd beschäftigt, und in einer Ecke des Raums sah ihr Mann einen großen Hundekorb stehen, zu dem sich ihr Blick gelegentlich verirrte.

Er äußerte sich nicht dazu. Er ging zurück in die Diele, hängte seinen Mantel auf und erschrak plötzlich über sein Gesicht, das ihm unversehens aus dem Spiegel beim Hutständer entgegenstarrte und das jemand anders zu gehören schien, einem älteren und zugleich kummervolleren Mann als ihm. Er musterte es einige Augenblicke und tat dann einen Schritt in Richtung Küche. Von dort hörte er das leise Klopfgeräusch des hölzernen Kochlöffels seiner Frau, die etwas im Topf rührte, und dann, so schien ihm, das Knarren von Korbgeflecht.

Er wandte sich mit einem Ruck um und ging ins Wohnzimmer. Dort trat er ans Fenster und schaute hinaus. Er sah den in der Abenddämmerung schwärzlichen Rasen, der in Dunkelheit zerfloß. Er knipste die Außenbeleuchtung an und überflutete alles mit künstlichem Licht – das Gras, die Stufen zur Veranda und das Blumenbeet, aus dem er am Wochenende die Sommerblumen geräumt hatte. Die nackte Erde war, wie er jetzt erkannte, über und über mit etwas gezeichnet, was aussah wie die Fußspur eines Tieres, und als er dastand und darauf hinstarrte, war ihm, als hörte er das Tapsen von Pfoten auf dem Teppich hinter sich. Er blieb lange so stehen, ehe er sich schließlich umwandte.

Das Hotel auf der Krim

Caroline Oakley hatte nach dem Tode ihres Mannes, der seinen Urlaub lieber an der Küste von Cornwall oder in den westlichen Highlands verbrachte, angefangen ins Ausland zu reisen.

Seinerzeit hatte Caroline nichts gegen Cornwall oder die Highlands einzuwenden gehabt, aber nach den ersten zwei, drei schmerzlichen Jahren der Witwenschaft hatte sie allmählich das Gefühl, sie müsse sich zusammennehmen und positiver leben. Reisen war eine der Aufgaben, die sie sich stellte. Sie besuchte Italien und Griechenland auf Gruppenreisen und mit Bekannten, dann wurde sie ehrgeiziger. Sie trat der örtlichen Literarisch-Philosophischen Gesellschaft bei, nicht aus intellektuellen Gründen, sondern weil sie erfahren hatte, daß man dort alljährlich Auslandsreisen organisierte. Dieses Jahr nach Jalta am Schwarzen Meer, um Tschechows Haus zu besuchen. Vor ein paar Jahren hatte Caroline den ›Kirschgarten‹ gesehen und sich auch einmal einen Sammelband Kurzgeschichten von Tschechow aus der Leihbücherei geholt. Eine davon spielte, wie sie sich erinnerte, in Jalta, etwas mit einer Dame und einem Hund, und sie war damals etwas erstaunt, ja leicht irritiert gewesen, denn sie hatte den Hund gänzlich überflüssig gefunden.

Doch auf Tschechow kam es eigentlich gar nicht an. Das Interessante wäre, das Schwarze Meer zu sehen, das schon wegen seines Namens etwas Märchenhaftes hatte wie Shangri-La oder die Hängenden Gärten von Babylon. Außerdem lag es in Rußland, was natürlich neugierig machte, und es gab einem noch andere Assoziationen ein: Florence Nightingale und der Sturm der Leichten Brigade. Das lohnte unbedingt den Beitritt zur *Lit. & Phil.* und die aufgezwungene Gesellschaft einiger ihrer Mitglieder. Caroline war sowieso von Natur eine passive Reisende und hatte es gern, daß man für sie organisierte und sie sich zurücklehnen und genießen konnte, ohne Entschlüsse fassen und Verhandlungen führen zu müssen.

Es war Anfang September, als die aus achtzehn Personen bestehende Gruppe der *Middleton Lit. & Phil.* Gesellschaft auf dem Flughafen von Simferopol in einer Aeroflot Iljuschin eintraf. Die Innenausstattung der Iljuschin war genauso gewesen wie die jedes anderen großen Jets, einschließlich der dudelnden Musik nach der Landung und der Netze für Werbematerial an den Rückenlehnen (die jedoch leer waren). Die Stewardessen waren untersetzter gewesen als gewöhnlich. Aber sonst schien noch nichts fremdartig. Die Gruppe stand auf dem Rollfeld herum, tauschte Bemerkungen über den milden Sonnenschein und wurde durch Paßkontrolle, Zoll und schließlich in einen Bus von Intourist geschleust, sorgfältig gezählt und nochmals gezählt von einem Intourist-Mädchen.

Caroline, die nach dem Flug müde war, wählte einen Sitz allein im Fond und sah die Landschaft vorüberrollen: riesige, abgeerntete Felder, die schließlich in hügeliges Land mit Weinbergen und Maisfeldern übergingen. Sie fühlte sich melancholisch, fast etwas trostlos, und dachte beständig an ihren Mann. Die ersten Urlaubstage hatten üblicherweise diese Wirkung. Florenz oder Athen wurden dann überlagert von St. Ives oder Glenelg, und sie bewegte sich wie in einer Kapsel der Erinnerungen und blickte durch eine gläserne Wand auf die unwirkliche Welt draußen.

Der Rest der Reisegruppe war bei der Ankunft in Jalta ein bißchen erschrocken, als man feststellte, daß ihr Hotel ein

riesenhaftes, felsenähnliches Gebäude war, zwar mit ein-
drucksvoller Aussicht auf Meer und Küste, aber vierzehn
Stock hoch und mit tausend Zimmern. Das Vestibül war
eine ungeheure Halle mit glänzendem Boden, in der Hunderte von Menschen durcheinanderwimmelten, die deutsch
oder osteuropäische Sprachen sprachen und dabei aussahen
wie die Urlaubermassen in jedem anderen Ferienort auch.
Die Gruppe aus Middleton versammelte sich bei ihrem
Gepäck, und das Mädchen von Intourist ging die Zimmer-
schlüssel holen. Der Kreisbibliothekar, das einzige Mitglied
der *Lit. & Phil.*, das die Informationsbroschüre aufmerksam
gelesen hatte, die man ihnen gab, versicherte immer wieder,
man habe sie über das Hotel unterrichtet. Die meisten
jedoch, verwirrt durch Fotos von Palmen und mit Bougain-
villeas überwachsenen Villen des neunzehnten Jahrhunderts, hatten den weniger interessanten Teil über die modernen touristischen Anlagen überblättert und sich eine nette,
einheimische Pension mit einem belaubten Hof vorgestellt.
Immerhin, sagten sie zueinander, sprach auch vieles für
modernen Komfort und anständiges Essen.

Caroline Oakley stand, ehe sie zu Bett ging, auf ihrem
Balkon (unter dem es gräßlich tief hinunterging, sie ver-
mied sorgfältig jeden Blick nach unten) und sah das Licht
oberhalb der dunklen Umrisse der Berge, die so steil aus
dem Meer aufstiegen, verblassen. An einem dieser Berge
hatten sie vom Bus aus dicht unter dem Gipfel eine kahle
Felswand gesehen, auf der man eine Inschrift in roter Farbe
entziffern konnte – ihre Reiseführerin hatte sie ihnen über-
setzt, sie lautete offenbar: Es lebe die Partei. Die *Lit. & Phil.*
hatte Witze darüber gerissen. »Sollte mir einfallen, den
Snowdon zu erklimmen und ›Wählt Thatcher‹ draufzu-
schreiben«, sagte jemand. Der Kreisbibliothekar bemerkte
etwas scharf, das sei wohl kaum ein passender Vergleich.
Caroline in ihrer Kapsel hatte wenig darauf geachtet. Jetzt,

in der weichen warmen Nachtluft hatte sie zum ersten Mal das Gefühl, in einem anderen Land zu sein. Auf dem Nachbarbalkon scharrte ein Liegestuhl auf dem Boden, und jemand sagte etwas in einer ihr fremden Sprache. Musik drang von weit unten herauf. Lichter blitzten entlang der Küste. Das Meer war ganz flach und still, um eine Nuance dunkler als der Himmel und zweigeteilt durch einen breiten glänzenden Streifen Mondlicht, das sich auf dem Wasser spiegelte.

Sie versuchte sich zu erinnern, wann genau der Krimkrieg stattgefunden hatte und worum es dabei gegangen war. Wer gegen wen, und wer hatte gesiegt? Sie wußte nur noch Florence Nightingale und die Leichte Brigade. Über Florence Nightingale hatte sie erst kürzlich ein Buch gelesen. Es hatte einen feministischen Standpunkt vertreten, aber Caroline hatte der wenig beneidenswerte Zustand der Männer damals am stärksten beeindruckt. Die Schilderung der Leiden der Soldaten war etwas, das man nie wieder vergaß, Typhus, Cholera, Brand, die widerlichen eiternden Wunden, der Dreck und die Kälte. Die Kranken und Verwundeten in Reihen gelegt wie Leichen, die Operationen ohne Narkose. Wenn man das las, war es kein Wunder, daß man kaum darauf achtete, um was es sich eigentlich gedreht hatte oder wer siegte. Es schien jetzt so belanglos wie das Hündchen in Tschechows Geschichte.

Vorsichtig blickte sie hinunter auf den Vorplatz vor dem Hotel, auf dem die Intourist-Busse im Scheinwerferlicht nächtigten. Sewastopol lag wohl, vermutete sie, weiter hinten an der Küste. Man würde sie vielleicht hinfahren.

Doch das war, wie sich herausstellte, nicht vorgesehen. Die Intourist-Angestellte sagte, es wäre nicht interessant. Sie würden den Palast von Livadia besuchen, in dem die berühmte Konferenz stattgefunden hatte, einen Weinberg, den Botanischen Garten und – natürlich – Tschechows

Haus. Es wurde ihnen dringend nahegelegt, vollen Gebrauch von den Einrichtungen des Hotels zu machen, den Saunas und Massageräumen, dem Theater, in dem Konzerte mit ukrainischer Volksmusik gegeben würden, und dem per Aufzug erreichbaren Privatstrand.

Am nächsten Morgen ging Caroline mit anderen Gruppenmitgliedern an den Strand. Der Aufzug sauste durch die Felswand nach unten und spuckte sie in einen Tunnel aus, der einer U-Bahn-Station ähnelte – eine sonderbare Art, baden zu gehen. Im Freien war die Aussicht wenig einladend: schmale betonierte Gehwege mit Reihen von Umkleide- und Duschkabinen, von denen aus Stufen zu einem Streifen Kiesstrand hinunterführten. Dort saßen oder lagen viele Leute auf Holzbrettern. Die Gruppe von *Lit. & Phil.* stieg in die Badeanzüge, holte sich Bretter und setzte sich in die Sonne.

Das Meer, flach und regungslos, war gesprenkelt mit Köpfen und Rümpfen, Menschen schwammen im Kreis herum oder standen einfach im brusttiefen Wasser. Hinter ihnen reichte die glatte, graue Fläche bis an den Horizont, vollkommen leer. Keine Segel, keine Motorboote. Das Mädchen von Intourist, jetzt in einem geblümten Bikini, wiederholte Fakten und Zahlen über die Entwicklung dieser Küste zum Erholungs- und Ferienort für das sowjetische Volk. Caroline, die auf die leblose See hinausschaute, sagte: »Wird hier nicht gesegelt?«

Das Mädchen von Intourist erwiderte, das russische Publikum sei an Booten nicht sehr interessiert.

»Wie seltsam«, sagte Caroline.

»Nein, nicht seltsam. Einfach nicht interessiert.«

Caroline stand auf und ging hinunter zum Wasser. Jetzt wurde der Sinn der Holzbretter klar: die Kiesel taten unerträglich weh an den Füßen, als laufe man über stumpfe Messer. Von einem Fuß auf den anderen hüpfend, erreichte sie das Wasser, das lauwarm war und voller winziger, harmloser Quallen, die ihr beim Hinauswaten die Schenkel streiften. Das Meer schwappte lethargisch um sie herum, sie ließ sich hineinsinken, schwamm ein kurzes Stück und trat dann Wasser. Rings um sie her tauchten andere Köpfe empor. Sie wandte dem Strand den Rücken und schaute hinaus auf die leere See, deren Horizont ganz nah schien, als könne man die Hand ausstrecken und ihn berühren. Sie überlegte, wie weit es bis zur Türkei sein mochte.

Der Nachmittag war für den Ort Jalta selbst vorgesehen, ein Rundgang zu Fuß und danach ein Besuch in Tschechows Villa. Vom Intourist-Mädchen vorangetrieben, wanderten sie langsam am Ufer entlang. Das Publikum war sehr gesittet. Sie stellten fest, daß Transistorradios, Abfälle und Rowdytum fehlten. Auf einem kleinen Jahrmarkt stand man geduldig vor dem Autoscooter und dem Riesenrad Schlange, Reihen von Teenagern saßen auf einer Mauer und schauten hinaus aufs Meer. Sie schienen lange zu gehen, die Uferpromenade des Ortes war wohl doch ausgedehnter, als man dachte.

Zwischendurch blieb Caroline einmal hinter den anderen zurück, von ihnen getrennt durch wahre Menschenmassen – es waren ungeheuer viele Leute unterwegs –, da merkte sie, daß ein Mann neben ihr ging, und stellte erschrocken fest, daß er mit ihr sprach.

»Amerikanerin?«

»Engländerin.«

Es entstand eine Pause. »Ich habe sehr gerne England«, sagte er.

»Ach ja?« sagte Caroline interessiert. »Waren Sie denn dort?«

Es war ein großer, stämmiger Mann, braungebrannt, mit beginnender Glatze, adrett angezogen mit sauberem weißem Hemd und Drillichhosen. An seinem behaarten Arm blitzte eine große Chromuhr, aus irgendeinem Grunde mußte man bei ihm ans Meer denken. Es stellte sich dann heraus, daß er als Ingenieur auf einem Containerschiff gearbeitet hatte, das die Nordsee befuhr und häufig in Hull angelegt hatte – daher kannte er England. Er war vor kurzem pensioniert worden und lebte unweit von Gorkij.

Nebeneinander hergehend, angerempelt von der immer dichter werdenden Menge (sie näherten sich jetzt dem Hauptplatz), sprachen sie von Hull (»sehr nette Menschen, sehr freundlich, ich habe besucht viele Freunde in ihrem Haus«), von den näheren Umständen von Carolines Reise auf die Krim und von der Situation des Mannes, die sie ein wenig bestürzte: ungenügende Pension, Lebensmittelknappheit, Probleme mit der Wohnung, die er mit seiner Schwester teilen mußte: »Wir haben leider uns nicht immer sehr gern.« Sie war überrascht, wie offen er sprach.

Jetzt hatten sie den Rest der Gruppe eingeholt. Caroline erklärte, daß ihr Begleiter England kannte, die Unterhaltung wurde ganz allgemein, die Intourist-Angestellte sagte: »Und nun machen wir unseren Besuch in Tschechows Villa.« Zu Caroline gewandt, fügte sie hinzu: »Ich finde diesen Mann sehr lästig, wir müssen ihn loswerden.«

»Nein«, sagte Caroline, »er ist doch nett.«

»Ich denke das nicht«, sagte das Mädchen. »Aha, da ist ja auch unser Bus. Bitte alles einsteigen.«

Als Caroline aus dem Autobusfenster schaute, war der Mann in der Menge verschwunden. Die Dame neben ihr, Ehefrau eines bekannten Schulleiters in Middleton, sagte: »Wie interessant, da taucht jemand auf und spricht englisch. Ausgerechnet Hull!« Ihr Mann lehnte sich über den Mittelgang. »Du mußt bedenken, ihr Sprachunterricht ist ein gut Teil besser als bei uns, wie mir scheint. Aber er hat es offenbar bei der Arbeit gelernt. Sie haben ausgiebig mit ihm geplaudert, Mrs. Oakley?«

»Ja«, sagte Caroline. »Hab ich.«

Der Bus quetschte sich durch schmale Straßen; große Villen aus der Jahrhundertwende versteckten sich hinter hohen Mauern und Laubwerk. Leute mit Plastikeinkaufstaschen standen Schlange neben einem Lastwagen, der einen Haufen Kartoffeln auf den Bürgersteig gekippt hatte.

In Tschechows Villa gelangte man durch ein Museum, darin waren Andenken und Fotos ausgestellt, Briefe in Glaskästen, frühe Ausgaben seiner Werke, ein sehr langer, schwarzer Mantel, ein Paar Handschuhe, ein Taschentuch. Auf einem der Fotos sah man den Schriftsteller in offenbar ebendiesem Mantel und mit zwei Hunden neben einer großen Gießkanne stehen. Die Hunde schauten mit aufgestellten Ohren aufmerksam in die Kamera. Tschechow sah traurig aus. Caroline sah sich das Bild minutenlang an und überlegte, ob wohl die Hunde etwas mit dem Hündchen in der Geschichte zu tun haben könnten. Sie fand ihre glänzenden, interessierten Augen, die einen nach achtzig Jahren anschauten, merkwürdig ergreifend. Auf gewisse Weise auch die Gießkanne. Das Intourist-Mädchen leierte monoton und unaufhaltsam die Geschichte von Tschechows letzten Lebensjahren herunter, seine Tuberkulose, seine Verbannung in das wohltuende Klima von Jalta, seine Einsamkeit, weil er von Olga Knipper und seinen Moskauer Freunden getrennt war. Die Gruppe aus Middleton schob sich respektvoll durch die Villa, durch Samtschnüre ferngehalten von seinem Schreibtisch, dem Eßtisch, seinem Lieblingssessel. Caroline blieb einen Moment allein in einem kleinen Zimmer zurück, das auf einen baumbestandenen Garten mit kleinen, gewundenen Wegen hinausging, die im Grün verschwanden. Sie hörte nur das Knarren eines Dielenbretts und das Ticken einer Uhr und dachte an lange, schmerzvolle Nachmittage in einem leeren Haus.

Am Abend trat in dem riesigen Speisesaal eine Sängergruppe auf. Jedes Gespräch wurde durch brüllende Musik aus dem Lautsprecher abgetötet. Die *Lit. & Phil.* saß, Grimassen schneidend, wortlos beim Essen, während bunte Discoblitze über ihnen zuckten.

Caroline ging früh mit Kopfschmerzen zu Bett und lag lange wach. Ihr war, als hätte sie schon wochenlang in diesem Zimmer gewohnt. Seine Landschaft war ihr zutiefst vertraut: die zueinander passenden orange gemusterten Vorhänge und die Tagesdecke, der billig furnierte Toilettentisch, die mit einer Glasplatte bedeckte Kommode, der niedrige Sessel aus den fünfziger Jahren. Über und unter ihr und auf allen Seiten waren tausend identische Räume, wie die Zellen einer Wabe, und in jeder ein, zwei Bewohner im Bett, die in verschiedenen Sprachen träumten.

Schließlich stand sie auf, machte Licht und holte sich ein Buch aus ihrem Koffer. Ehe sie damit wieder ins Bett stieg, betrachtete sie eine Weile die Karte der Sowjetunion. Sie war vom Hotelmanagement aufmerksamerweise in die Schreibtischmappe gelegt worden, zusammen mit den Preisen für Wäsche, Mieten für Kühlschränke, Benutzung der Sauna etc. Sie sah die riesige formlose Masse, die Europa mit China verband. Da waren die vertrauten, beinahe gemütlichen Umrisse Skandinaviens, der beiden Deutschlands, Österreichs, Ungarns, Jugoslawiens, adrett und klein, und dann diese ausladende Fläche mit immer weniger und weniger Ortsnamen, die über das obere Ende der Welt hinausreichte, und von dem Indien und der malaiische Archipel herabhingen. Sie legte einen Finger auf die Krim und dachte: Hier bin ich.

Der Botanische Garten wurde besucht. Die Krimweine in einem Weinberg probiert. Sie wanderten oder tauchten im Lift hinunter zum Strand und schwammen im lauwarmen Meer. Immer wieder sagten die Leute, Rußland sei irgendwie ganz anders, als man es sich vorstellte. Am vierten Tag bestiegen sie wieder den Bus, um zum Livadia-Palast zu fahren, dem Schauplatz der Konferenz. Die Intourist-Angestellte rezitierte verbissen neuere Geschichte durch ein Megaphon. Harold Innis, der Schuldirektor, wurde ungeduldig und unterbrach sie *sotto voce*: »Ja, ja, ist schon gut, Süße. Wir sind keine totalen Ignoranten.«

Im Inneren des Palastes stand die Gruppe dann vor Glaskästen und besichtigte die Namenszüge von Roosevelt, Stalin und Churchill. Der Konferenztisch am anderen Ende einer Parkettfläche sah irreführend unscheinbar aus, als würde man sich gleich zum Frühstück daran niederlassen.

»Wir kommen jetzt zu einer Fotoausstellung«, verkündete das Mädchen, »hier entlang, bitte.«

»Ach, ich weiß nicht«, sagte Rosemary Innis. »Ich bin nicht so scharf auf Fotos. Ich geh lieber ein bißchen ins Freie und genieße den Garten.«

»Bitte alle mitkommen«, sagte das Mädchen streng. »Es ist sehr interessant. Sie werden es sehen wollen.«

Es waren Aufnahmen aus dem Krieg. Caroline wanderte vertieft von einer grauen Szene zur anderen: ein turmhoher Haufen deutscher Stahlhelme, ein Mann, der, den Kopf in den Händen vergraben, neben seiner erschossenen Frau und Tochter saß, Menschen, die im Schutt von Berlin gruben, ein Flugzeug, das sich in die Fassade eines Belgrader Hauses aus dem 18. Jahrhundert gebohrt hatte, die Mondlandschaften zerstörter Städte. Trostlosigkeit beschlich sie. Als jemand sie ansprach, konnte sie nicht antworten, sondern zog sich ans Fenster zurück. Draußen liefen kleine Kinder auf den Kieswegen des Palastgartens immer rundherum. Auf einem der Fotos waren Menschen zu sehen gewesen, die zwischen den Ruinen von Sewastopol ein Sonnenbad nahmen. Caroline fiel die Illustration im Buch über Florence Nightingale wieder ein, Soldaten auf Bahren, Reihe für Reihe, eingewickelt wie Mumien, mit Verbänden an Armen, Beinen, Köpfen.

Sie traten hinaus in die Sonne. »Jetzt spazieren wir ein wenig«, sagte das Intourist-Mädchen. »Es ist sehr hübsch, in diesen Gärten zu spazieren.«

Das war es wirklich. Aber Caroline war noch durchkältet von den Fotos und sehr müde, sie setzte sich auf eine Bank und sagte der Führerin, daß sie dort warten würde, bis der Rest der Gruppe die Führung beendet hätte. »Ich glaube, es wird Ihnen nicht gefallen allein«, sagte das Mädchen. »Ist besser, Sie kommen auch.« – »Ich fühle mich hier sehr wohl«, sagte Caroline energisch. »Bitte …« Die Gruppe verschwand zwischen den Bäumen.

Es war heiß. Sie lehnte sich zurück, den Kopf an einen Baum, und schloß die Augen. Nach einer Weile spürte sie, daß jemand neben ihr stand, und öffnete sie wieder. Es war ein Mann, anscheinend hinter dem Baum hervorgesprungen, denn als sie sich setzte, war niemand zu sehen gewesen. Er trug nur eine Badehose und glitzerte von Schweiß. Es war, wie sie verwundert feststellte, der Mann von der Strandpromenade in Jalta, der englischsprechende Ingenieur. Er lächelte über das ganze Gesicht.

»Guten Morgen.«

»Guten Morgen«, sagte Caroline.

»Ich freue mich sehr, Sie wiederzusehen.«

Noch immer starrte sie ihn ganz verblüfft an. Er trug ein zusammengerolltes Frottiertuch unter dem einen Arm, das er jetzt ausschüttelte und sich energisch über den tiefgebräunten Oberkörper rieb.

»Ich bin sehr heiß. Ich bin weit gelaufen. Darf ich mich setzen?«

»Ja, natürlich.«

Er setzte sich neben sie auf die Bank. »Hat Ihnen der Besuch im Livadia-Palast gefallen?«

»Gefallen ist nicht der richtige Ausdruck, glaube ich. Jedenfalls war es interessant. Die Fotos sind sehr … bedrückend.«

»Ah …« Er schien nachdenklich zu werden. »Ich habe sie auch gesehen.«

Ein Schweigen entstand. »Wo waren Sie im Krieg?« fragte Caroline und überlegte sofort, ob das nicht taktlos war.

Anscheinend war es das nicht. Er begann lebhaft von seinem Dienst auf einem Zerstörer in der Barentssee vor Murmansk zu erzählen. Caroline saß in der Sonne und hörte zu. Um sie her wiegten sich sorgsam gepflegte Bäume und Büsche in der Brise, und ein Eichhörnchen lief über das Gras. Bilder flackerten vor ihren Augen: Gestalten in Ölzeug kämpften sich über schwankende Decks, bärtige, gischtbespritzte Gesichter, die, wie sie merkte, aus alten Filmen stammten. Als er schwieg, sagte sie: »Leider ist es mir fast unmöglich –« nicht es sich vorzustellen, denn genau das tat man unbeholfen –, »mich da hineinzudenken«, schloß sie etwas lahm.

»Sie waren Kind im Krieg, denke ich.«

»Ich war in einem Internat in Devon.«

»Bitte erzählen Sie, wie war das. Waren Sie glücklich?«

»Schwer zu sagen. Ich hatte großes Heimweh nach meinen Eltern. Ich war erst elf, als ich hinkam. Es war für mich wohl wie für viele Heranwachsende, manchmal war man fröhlich, manchmal sehr niedergedrückt.«

Um sie her erstand in dem Park auf der Krim unsichtbar das Internat aufs neue: weite Flächen glänzendes Linoleum, Büchsenfleisch, Eipulver, der Geruch nach Metallputzmitteln, die schrillen Rufe der Hockey spielenden Mädchen.

Der Mann sah sie aus freundlich erstaunten braunen Augen an: »Niedergedrückt?«

»Traurig. Unglücklich eben.«

Er nickte. »Ich auch so. Ich als Knabe sehr schwierig, sagt

meine Mutter. Ich denke, Knabe ist immer mehr schwierig als Mädchen, ja?«

»Ich habe keine Kinder, daher weiß ich es nicht so genau.«

»Auch ich habe nicht Kinder – auch nicht Frau. Ich würde mögen Frau, schon öfter, aber ist kein gutes Leben für Frau, Mann immer fort auf Schiff. Ich bin darum nicht heirat.«

»Verheiratet«, verbesserte Caroline. »Sie haben nicht geheiratet, oder Sie sind nicht verheiratet.« Gott, wie schulmeisterhaft, dachte sie und errötete.

»Entschuldigen, ich spreche sehr schlecht englisch.«

»O nein«, rief Caroline aus, »Sie sprechen es sehr gut, außerordentlich gut. Und ich kann kein Wort russisch.«

Der Mann zündete sich eine Zigarette an. »Wir kommen von sehr verschiedene Länder.«

Sie warf ihm einen nachdenklichen Blick zu.

Er wies mit der Zigarette auf ferne Berge, auf Hammer und Sichel, die über dem Hochzeitstortenpalast wehten. Sonnenfunken sprühten von seinem metallenen Uhrenarmband. »Sie nicht sehen junge Matrosen auf Zerstörer. Ich nicht sehe diese Schule – wo war sie?«

»Devon. Ja. Ich verstehe, was Sie meinen. Aber ist das nicht ein ganz allgemeines Problem? Ich meine …«, sie suchte unsicher nach Worten, erstaunt über sich, »auch bei Menschen, die man gut kennt, ja selbst bei meinem Mann, verstehen Sie, er ging jeden Tag ins Büro – er war Anwalt –, und nach seinem Tod wurde mir klar, daß ich wenig Ahnung davon hatte, wie es eigentlich für ihn *war*. Wirklich *war*, meine ich. Er war keiner, der viel über sich sprach. Jetzt macht es mir manchmal zu schaffen, der Gedanke, so wenig gewußt zu haben.« Es war ihr unklar, was sie da überkommen hatte, mit einem völlig Fremden so zu reden.

»Ich glaube, Russen sprechen mehr von sich.«

»Wirklich? Ich könnte mir denken, daß das etwas Gutes ist.«

»Ich spreche nicht soviel, weil nur meine Schwester ist da zu hören, und sie hat davon schon gehört. Da kommen Ihre Freunde wieder.«

»Ja«, sagte Caroline. »Da kommen sie.« Die *Lit. & Phil.*, angetrieben vom Intourist-Mädchen, kam auf dem Waldweg herangebummelt.

»Ich gehe jetzt.« Er stand auf. »Vielleicht wir treffen uns am Strand. Ich schwimme dort morgen früh. Noch vor dem Frühstück. Schwimmen Sie gern vor dem Frühstück?«

Caroline sah ihn nicht an. »Ich schwimme ganz gern vor dem Frühstück«, sagte sie.

Er ging. Sie hob ihre Tasche auf und gesellte sich zur Gruppe. »Endlose Bäume mit Schildchen dran«, sagte Rosemary Innis. »Sie hatten ganz recht, nicht mitzukommen.«

»Hören Sie mal!« rief ihr Mann. »War das nicht der gleiche Bursche, mit dem wir in Jalta gesprochen haben?«

»Ja«, sagte Caroline. »War er.«

»Was für ein erstaunlicher Zufall. Ich nehme doch an, daß es ein Zufall war?«

»Das weiß ich nicht«, sagte Caroline. Das Intourist-Mädchen wurde nervös und scheuchte sie alle zum Bus.

Caroline setzte sich ganz nach vorne, von dort hatte man die beste Aussicht. Im Bus, dieser Muschel aus getöntem Glas, bewegte man sich zwischen Meer und Gebirge, sah ruhig hinunter auf Menschen, Häuser, Wagen und wußte, daß man sie nie wiedersehen würde: alles glitt vorbei wie im Film, unerreichbar, und beeindruckte nur den Gesichtssinn. Man sah es, aber man fühlte es nicht. Ja, da der Bus Klimaanlage hatte, vergaß man sogar, daß es draußen heiß war.

Es blieben ihnen nur mehr zwei Tage. Die *Lit. & Phil.* war nun in kleine private Gruppen zerfallen, Caroline war häufig mit den Innis' zusammen.

»Ich hab's genossen«, verkündete Rosemary abends beim Essen, »aber ich glaube nicht, daß ich noch mal herfahre.

Einmal genügt. Es ist wirklich ein fremdes Land, ich meine, auf eine Art, wie andere es nicht sind.«

Ihr Mann wandte sich an Caroline. »Ich habe noch mal an diesen Burschen denken müssen. Sonderbar, daß er einfach so aufgetaucht ist. Ich meine – manches ist vielleicht anders, als es aussieht. Man weiß nicht, worauf er aus ist. Wahrscheinlich ist es ganz harmlos – ein bißchen Hartgeld oder so etwas. Es könnte aber auch viel komplizierter sein. Ich würde ihm an Ihrer Stelle aus dem Weg gehen, falls er wieder auftaucht.«

»Aber wie hätte er denn wissen können, daß wir gerade dann im Livadia-Palast sind?« sagte seine Frau. »Das war doch bestimmt Zufall.«

Harold Innis zuckte die Achseln. »Vermutlich.«

Nach dem Essen spazierten sie eine Weile in der warmen Dunkelheit des Hotelgartens zwischen vielsprachigen Menschenmengen. Mondlicht glitzerte auf dem Meer, wie am ersten Abend. Das Hotel, eine weiße, lichtdurchflutete Felswand, erhob sich vor dem dunklen Berg, aus einer der Diskotheken pochte Musik. Es war augenscheinlich vor zehn Jahren erbaut, schien aber auf solidere, selbstbewußtere Art die Nacht in Besitz zu nehmen als die Zarenpaläste an der Küste. Es war, als dehnte sich diese angenehme, mondbeschienene, windstille Nacht vorwärts und rückwärts aus, in ununterbrochener Kontinuität, und strafe die Fotos der Soldaten von Sewastopol auf ihren Tragbahren Lügen.

Um halb sieben stand Caroline auf. Niemand wartete auf die Aufzüge, sie fuhr allein hinunter in die gewaltige Eingangshalle, in der Putzfrauen mit riesigen Besen tätig waren. Sie ging zu Fuß den sich schlängelnden Felsenpfad zum Strand hinunter. Ein paar Köpfe tanzten auf dem Wasser, und Jogger trabten die Promenade auf und ab.

Sie setzte sich an den Strand, und als sie aufsah, kam er

die Steinstufen herunter, einen Bademantel über dem Badezeug.

Sie gingen zusammen ins Wasser und schwammen hinaus. Er war ein kraftvoller Schwimmer, arbeitete sich mit
entschlossenen Stößen vorwärts und wurde nur von Zeit zu
Zeit langsamer, damit Caroline ihn einholen konnte. Als sie
sich umwandte, sah sie den Strand schon in beunruhigender Entfernung und wurde ein bißchen ängstlich.

»Ich glaube, ich kehre jetzt um – ich bin nicht so gut in
Form.«

Er sagte: »Dieses Meer ist sehr ruhig, hat keine … wie
nennt man: Kräfte?«

»Strömungen«, sagte Caroline. »Aber trotzdem …«

Wieder am Strand, trockneten sie sich ab. »Ich fand eine
Karte von England«, sagte er. »Es war nicht leicht, aber
schließlich ich finde jemand, der eine hat. So sehe ich Devon,
wo diese Schule am einen Ende ist – da –«, er zeichnete einen
Umriß in die Luft und stieß mit dem Finger hinein: »Da!«

Das Meer war fast leer, auch der Strand, träge schaukel-
ten ein Paar Köpfe, jemand machte in einigen hundert
Metern Entfernung Liegestütze auf dem Kies. Sie waren
allein.

»Ich habe auch eine Karte angeschaut«, sagte Caroline.
»Und Murmansk gesucht. Mir war nicht klar, wie weit
nördlich es ist. Fast im Polarkreis.«

Sie wandte sich ihm zu. Er hatte nichts bei sich als sein
Handtuch und den Bademantel. Sie hatte nur ihr Handtuch
und das Kleid, das sie über den feuchten Badeanzug gezogen
hatte. Wenn einer von uns gedacht hätte, dem anderen etwas
geben zu können oder etwas zu bekommen, dachte sie, ist
mittlerweile klar, daß wir es nicht haben. Wir haben alle beide
nur Badezeug, Handtücher und das, was wir denken.

Er sagte: »Ich glaube, Sie fahren morgen wieder zu
Hause?«

»Ja.«

Nun wandte auch er sich um und ihr zu. »Ich bin«, erklärte er, »ein Mann, der ist sehr alleinig.«

»Allein«, verbesserte sie.

Sie stand auf und sah auf ihn herab. »Ich bin auch allein. Sehr oft. Darum verstehe ich es. Und jetzt werde ich besser gehen.«

Sie hielt ihm die Hand hin. Er stand auf, nahm sie, und so blieben sie stehen, bis Caroline einen Schritt zurück tat und anfing, die Treppe zur Promenade hinaufzusteigen.

Als sie auf halber Höhe war, schaute sie zurück. Er war noch immer da, saß auf seinem Brett und blickte aufs Meer hinaus. Die Sonne stand nun schon hoch, und die Hitze des Tages fing an sich zusammenzuballen. Caroline stieg weiter, bis zum Hotel, aus dem jetzt, um fast halb neun, spärlich bekleidete Menschen auf die Betonflächen hinausströmten, die es umgaben.

Penelope Lively im dtv

»Penelope Lively ist Expertin darin, Dinge von
zeitloser Gültigkeit in Worte zu fassen.«
New York Times Book Review

Moon Tiger
Roman · dtv 12380
Das Leben der Claudia
Hampton wird bestimmt
von der Rivalität mit
ihrem Bruder, von der ei-
genartigen Beziehung zum
Vater ihrer Tochter und
jenem tragischen Zwi-
schenfall in der Wüste, der
schon mehr als vierzig
Jahre zurückliegt…

Kleopatras Schwester
Roman · dtv 11918
Eine Gruppe von Reisen-
den gerät in die Gewalt
eines größenwahnsinnigen
Machthabers. Dabei ent-
wickelt sich eine ganz
besondere Liebesge-
schichte…

London im Kopf
dtv 11981
Der Architekt Matthew
Halland, Vater einer Tochter, geschieden, arbeitet an
einem ehrgeizigen Bau-
projekt in den Londoner
Docklands. Während der
Komplex aus Glas und
Stahl in die Höhe wächst,
wird die Vergangenheit
der Stadt für ihn lebendig.

Ein Schritt vom Wege
Roman · dtv 12156
Annes Leben verläuft in
ruhigen, geordneten Bah-
nen. Als ihr Vater langsam
sein Gedächtnis verliert
und sie seine Papiere ord-
net, erfährt sie Dinge über
sein Leben, die sie tief er-
schüttern. Dann lernt sie
einen Mann kennen, dem
sie sich ganz nah fühlt…

Der wilde Garten
Roman · dtv 12336
Die Geschwister Helen
und Edward leben in
einem großen Haus mit
wildem Garten. Nach dem
Tod ihrer Mutter gerät das
Leben der Geschwister –
beide unverheiratet und
Anfang Fünfzig – plötz-
lich in Bewegung.

Hinter dem Weizenfeld
Roman · dtv 12515
Ein Roman von Müttern
und Töchtern, Untreue
und Eifersucht, Selbstbe-
trug und Solidarität.

Mary Wesley im dtv

»Mary Wesley ist wie Jane Austen mit Sex.«
Independent on Sunday

Eine talentierte Frau
Roman · dtv 11650
Hebe ist noch keine
zwanzig, mittellos und
schwanger, aber sie nutzt
ihre Talente gut.

Ein Leben nach Maß
Roman · dtv 11741
Drei Männer begleiten
Flora ein Leben lang…
»Eine Vierer-Liebesbezie-
hung mit viel Esprit, sehr
charmant und etwas böse.«
(Karin Urbach)

Matildas letzter Sommer
Roman · dtv 11893
Matilda glaubt sich mit
Ende Fünfzig reif für
einen würdigen Abgang.
Doch sie läßt sich auf ein
letztes Abenteuer ein…

Führe mich in Versuchung
Roman · dtv 20117
Fünfzig Jahre lang hat
Rose zwei Männern die
Treue gehalten. Jetzt, mit
67 Jahren, nimmt sie end-
lich ihre Zukunft selbst in
die Hand.

Die letzten Tage der Unschuld
Roman · dtv 12214
Sommer 1939: Fünf junge
Leute verbringen die letz-
ten unbeschwert glückli-
chen Tage vor dem Krieg.

Zweite Geige
Roman · dtv 25084
Laura Thornby will sich
auf keine enge Beziehung
einlassen. Doch dann ver-
liebt sie sich in den viel
jüngeren Claud.

Ein böses Nachspiel
Roman · dtv 20072
Manche Dinge bereut man
sein Leben lang… Aber
Henry macht das Beste
aus seiner mißglückten
Ehe.

Ein ganz besonderes Gefühl
Roman · dtv 20120
Eine Liebesgeschichte
zwischen zwei sehr eigen-
willigen Menschen – und
eine Liebeserklärung an
den Londoner Stadtteil
Chelsea.

Nina Bawden im dtv

»Kaum jemand kann weibliche Lebenssituationen sensibler
darstellen als Nina Bawden.«
The Times Literary Supplement

Ein Haus mit Garten
Roman · dtv 24103
Fanny Pye stellt sich auf
der Straße einer Gruppe
von Gewalttätern in den
Weg. Sie erwacht im
Krankenhaus, und ihr
Leben verändert sich auf
eine Weise, die ihre Familie einigermaßen in Be-
stürzung versetzt.

Besuch bei Freunden
Roman · dtv 11635
Laura ist glücklich verheiratet und eine erfolgreiche
Schriftstellerin. Doch da
sind diese Alpträume, in
denen das Haus über ihr
zusammenbricht...

**Eine Frau in meinen
Jahren**
Roman · dtv 11726
Eine Urlaubsreise nach
Marokko wird für Eliza-
beth Anlaß, den eigenen
Lebenslügen nachzu-
spüren.

Das Eishaus
Roman · dtv 11775
Ruth und Daisy sind
Freundinnen fürs Leben.
Die Entdeckung, daß ihr
Mann eine Affäre hat,
bringt Ruth jedoch völlig
aus dem Gleichgewicht.

Kunst der Täuschung
Roman · dtv 11908
Ein Mann, zwei Frauen,
Kinder. Er verdient sein
Geld mit dem Kopieren
alter Meister. Täuschung
ist sein Lebenselement.
Doch manchmal täuscht
er sich auch selbst.

Ein Flamingo im Regen
Kriminalroman
dtv 12314
Ein Mädchen wird tot aus
der Themse gefischt. In
ihrer Tasche findet man
Briefe, die den Schuldirektor Humphrey schwer be-
lasten.

dtv